古典詩歌研究彙刊

第十一輯

龔鵬程 主編

第28冊

洪亮吉山水詩研究

蘇偉然 著

國家圖書館出版品預行編目資料

洪亮吉山水詩研究／蘇偉然 著 -- 初版 -- 新北市：花木蘭文化出版社，2012〔民101〕

目 2+222 面；17×24 公分

（古典詩歌研究彙刊 第十一輯；第 28 冊）

ISBN 978-986-254-746-5（精裝）

1.（清）洪亮吉 2. 山水詩 3. 詩評

820.91 101001406

古典詩歌研究彙刊

第十一輯 第二八冊 ISBN：978-986-254-746-5

洪亮吉山水詩研究

作 者 蘇偉然

主 編 龔鵬程

總 編 輯 杜潔祥

出 版 花木蘭文化出版社

發 行 所 花木蘭文化出版社

發 行 人 高小娟

聯絡地址 新北市永和區中正路五九五號七樓

電話：02-2923-1455／傳眞：02-2923-1452

網 址 http://www.huamulan.tw 信箱 sut81518@gmail.com

印 刷 普羅文化出版廣告事業

初 版 2012 年 3 月

定 價 第十一輯 30 冊（精裝）新台幣 42,000 元

洪亮吉山水詩研究

蘇偉然 著

作者簡介

蘇偉然，臺灣臺南人，1982 年 9 月生。中山大學中國文學系碩士畢，現任編輯。喜好詩、小說、字帖、電影、唱歌與任何不合時宜的原則或生活方式。期許自己繼續過著坦坦蕩蕩煮字療飢、校讎營生的日子；為值得讚嘆或悲傷的一切寫詩。

提　　要

本文研究的對象是洪亮吉的山水詩。分作六章。第一章是緒論。第一節，陳述本文的研究動機；第二節，梳理與本文相關的文獻資料；第三節，說明本文之架構及各章節進行的方向。

第二章是文學外緣的研究，論洪亮吉山水詩的創作背景。第一節，論洪亮吉所處之乾嘉詩壇與常州地域的人文精神；第二節，勾勒洪亮吉的生命歷程，凸顯其詩人形象；第三節，爬梳洪亮吉的詩友交遊，觀察當代人物對洪亮吉詩學與詩歌創作之影響；第四節，探討洪亮吉的詩學，以掌握詩人創作的基本原則。

第三章與第四章是洪亮吉山水詩文學內涵的研究。藉由第二章對洪亮吉傳記的研究成果，將詩作內容、取材及風格的差異，依創作時間次第分期，在不同的小節裡，探究各時期詩作呈現的山水之美及其蘊藏的情感與思想。第一節，論《附鮚軒詩》時期的詩作；第二節，論洪亮吉《卷施閣詩》中「未達以前」的詩作；第三節，論洪亮吉入黔時期的詩作。第四章第一節，論《萬里荷戈集》、《百日賜環集》中的詩作；第二節，論洪亮吉征戍歸來、終老江南的詩作。

第五章是洪亮吉山水詩寫作技法的探析。第一節，從名詞意象物性的強調、意象與意象間「動態的演示」及詩中物我兩涉的意象等層面，論意象的塑造與應用；第二節，論洪亮吉詩句篇章的行布，探討各種詩體的句法、章法、篇法、格律與風格；第三節，論詩境中的時空意識與物我關係，詮釋詩人如何藉由「主體」表現深入山水的經驗。

第六章是結論，歸納研究成果，分析洪亮吉山水詩的繼承與開拓、長處與缺失，最後則並提出本文的侷限與展望。

目次

第一章　緒　論

第一節　研究動機

山水詩的發展到了清代，名家輩出。打開序幕的是前朝的遺民與貳臣，無論是錢謙益（1582～1664）吳梅村（1609～1672）失節的悔恨，或顧炎武（1613～1682）屈大均（1630～1696）反清的節操，山水皆成爲他們濃郁情感的載體。時序遞嬗，施閏章（1618～1683）宋琬（1614～1673）朱彝尊（1629～1709）查愼行（1650～1727）與趙執信（1662～1744）這些詩人漸漸擺脫家國之變的陰影，宗唐學宋，以不同的風格模山範水，打開了清代山水詩的新局面。然而，影響最大的是王士禎（1634～1711）。他以「神韻」爲準則，創造出許多沖淡清遠風格的詩篇，一洗遺民貳臣之悲壯，使詩歌語言得以更純粹的展現自然之美。乾隆以降，在漁洋引領的高峰過後，「格調」、「性靈」、「肌理」等詩學各領風騷，其中受袁枚（1716～1797）影響而論詩重視「性靈」、「性情」的詩人們，又爲詩境中的山水開創出新的面貌。本文所探討的洪亮吉（字稚存，號北江，1746～1809）便是其中一員。

洪亮吉一生勤於治學著述，《洪北江先生遺集・序》：「所著凡二百六十卷」。〔註1〕這些豐富的著作中包含了以山水詩佔了絕大多數的

〔註1〕參見〔清〕蘇完恩：《洪北江先生遺集・序》，收入〔清〕洪亮吉著，

五千多首詩作。其實洪亮吉除了學術上的成就，他性好山水、遊則有詩的詩人氣質亦廣爲當時人所知。孫星衍（1753～1818）曰：「君一生勤學，不以所遇榮枯輟卷軼……遊山窮極勝境，登黃山天都峰絕頂，入茅山石洞，然燭行數里，皆人所不能到。放舟登洞庭縹緲峰，值大風浪，嘯歌如故。」；〔註2〕謝階樹曰：「先生雅好遊覽，自吳、越、楚、黔、秦、晉、齊、豫山水，屨跡幾徧焉。遊輒有詩文。」；〔註3〕吳錫麒（1746～1818）曰：「生平嗜好山水，窮極險異，足跡所到，名勝殆周。故自發軔江淮之始，以逮從軍磧鹵而西，中間關隴馳輪，巴黔弭節，州有九而涉其八，嶽有五而登其三。」〔註4〕這些傳記資料證實了洪亮吉自云其平生：「性嗜山水，蹤跡所至，幾徧寰宇，鍾鑿幽險，冒犯霜霰，若飢之於食，渴之於飲，未嘗暫離。」〔註5〕確實不假。洪亮吉對山水的狂熱，〔註6〕促使他的詩才詩筆也隨著人生的步履，在行旅、遊覽的歷程中歌詠江南、華北、黔貴、新疆等地名山大川之壯美，留下了上千首的山水詩。這些詩作或有謝靈運（385～433）那種「大必籠山海，細不遺草樹」〔註7〕的特質，然其蘊藏的

劉德權點校：《洪亮吉集》（北京：中華書局，2001年），冊5，頁2399。

〔註2〕參見〔清〕孫星衍：〈翰林院編修洪君傳〉，收入〔清〕洪亮吉著，劉德權點校：《洪亮吉集》，冊5，頁2358～2359。

〔註3〕參見〔清〕謝階樹：〈洪稚存先生傳〉，收入〔清〕洪亮吉著，劉德權點校：《洪亮吉集》，冊5，頁2361。

〔註4〕參見〔清〕吳錫麒：〈清故奉直大夫翰林院編修洪君墓碑〉，收入〔清〕洪亮吉著，劉德權點校：《洪亮吉集》，冊5，頁2366。

〔註5〕參見〔清〕洪亮吉著，劉德權點校：〈平生遊歷圖序〉，《洪亮吉集》，冊3，頁1073。

〔註6〕洪亮吉在詩中亦屢屢題及自己對深入山水的熱情。如〈東南風急不得至西山因回舟從伍浦抵東山作〉：「憐茲眼前景，不作身後記。」（參見〔清〕洪亮吉著，劉德權點校：《洪亮吉集》，冊3，頁1281。）又，北江認爲詩中的「奇思」，藝術表現的極至，有賴於山水之美的促進。如〈舟次偶成〉詩云：「至險至危處，偏能得至文。塗非阻山水，思豈入風雲。」（參見〔清〕洪亮吉著，劉德權點校：《洪亮吉集》，冊4，頁1854。）

〔註7〕參見〔唐〕白居易：〈讀謝靈運詩〉，《白居易集》（臺北：里仁書局，1980年），頁131。

思想、呈現的風格又與大謝山水詩不同。洪亮吉受儒家正統思想的影響很深，有很高的道德責任感與經世濟民的理想。在他的詩作內涵中，談玄悟道與禪味佛理的成分已是極少，取而代之的大自然壯美的再現或積極入世的儒者精神；在修辭技巧、詩篇結構等技法層面上，洪亮吉論詩雖反格調、反神韻，但不廢師法前人，並於實際創作，經由學習謝靈運、李白（701～762）杜甫（712～770）及岑參（715～770）等人，而形成其「激湍峻嶺，疏少回旋」的詩風。《乾嘉詩壇點將錄》將洪亮吉比作天孤星花和尚魯智深，〔註 8〕以其山水詩的表現來看，《點將錄》雖是遊戲之筆，卻頗能掌握詩人剛猛中帶有細膩的特色。這種特色值得我們深入玩味，並思考其在詩史上的獨特性。

綜觀國內外與洪亮吉詩相關的研究，大抵而言，關注其詩論者較多，而深入剖析其詩作的研究較少。平允而論，洪亮吉詩歌上的成就雖未必能與清代第一流詩人匹敵，但自有特色，不應忽視。特別是在山水詩這塊領域，更是具有開創性與文學價值。是以本文即企圖透過系統性的探析洪亮吉山水詩的創作背景、文學內涵、寫作技法與風格呈現等，掌握其文學特質與成就，尋求詩人於清詩史上的定位。

第二節　文獻探討

對洪亮吉山水詩進行文本剖析前，首先必須探討與之相關的文獻資料。這工作可分作兩部分：一、掌握洪亮吉詩文集的版本與流傳，以求可信且完備的版本；二、搜羅國內外相關的研究，藉由問題史的整理與建立，了解當下之研究現況。

一、洪亮吉詩文集的版本與流傳

洪亮吉的詩文分別刊刻於乾隆、嘉慶、道光、光緒年間，可分爲

〔註 8〕參見〔清〕舒位：《乾嘉詩壇點將錄》，收入沈雲龍主編：《近代中國史料叢刊續輯》（臺北：文海出版社，1974 年），輯 7，冊 70，頁 67～68。

「北江遺書」與「授經堂本」兩個系統。分述於下：

（一）北江遺書本

北江遺書本即乾隆、嘉慶及道光年間的刻本，其中《卷施閣文甲集》十卷、《卷施閣文乙集》八卷、《卷施閣詩》二十卷與《附鮚軒詩》八卷乃北江門生呂培、譚正治等校訂，於乾隆六十年（1795）至嘉慶年間刊刻於貴陽節署。〔註 9〕《更生齋文甲集》四卷、《更生齋文乙集》四卷、《更生齋詩》八卷、《更生齋詩餘》二卷，爲譚正治、譚貴治等校訂，嘉慶七年（1802）孟夏刊於洋川書院。《擬兩晉南北史樂府》二卷、《附鮚軒外集唐宋小樂府》二卷，則爲道光五年（1825）續刻。

今日常見的洪亮吉詩文集，屬於北江遺書系統者，主要是中華書局的《四部備要》本與上海商務書局《四部叢刊》本。《四部備要》本乃據乾隆、嘉慶刻本影印而成，而《四部叢刊》乃影印自上海涵芬樓所藏北江全書，其蒐錄之詩文較《四部備要》豐富。

（二）授經堂本

此本即洪亮吉曾孫用懃於光緒三年（1877）四年（1878）授經堂刊本。此本是以北江遺書本作爲基礎，再補上《更生齋文續集》二卷、《更生齋詩續集》十卷〔註 10〕、《北江詩話》六卷〔註 11〕和《卷施閣

〔註 9〕呂培《洪北江先生年譜》：「六十年乙卯（按：1795）……門下士爲先生校刊《附鮚軒》《卷施閣》二集」（參見〔清〕洪亮吉著，劉德權點校：《洪亮吉集》，冊 5，頁 2343。）；袁枚〈覆洪稚存學使〉：「枚今年七十有九……寄來《卷施閣詩》十四卷，雖未能讀畢，而天風海濤之奇，雲蒸霞蔚之彩，已照耀耳目……惟裝成四本，其中缺頁甚多。如啖魚羹，正當美處而遭骨，悶不可言。將來再賜一冊，以便抽添爲望。」（參見〔清〕袁枚《小倉山房尺牘》卷 9，收於〔清〕袁枚著，王英志主編《袁枚全集》（南京：江蘇古籍出版社，1993 年），冊 5，頁 192。））由袁枚的生年推敲則知他這封信作於乾隆六十年，他所看到的《卷施閣詩》應爲北江門生爲之刊刻者。只是依其敘述，袁枚所見刻本在素質上似乎有待加強。

〔註 10〕《更生齋詩續集》與《更生齋文續集》於道光年間已刊刻。楊文蓀曰：「凡《更生齋詩續集》十卷，《文續集》二卷，附《卷施閣外編》二卷，刻始於已酉（按：道光二十九年，1849）四月，蕆工於七月。」

文甲集》續一卷、補遺一卷。

今日常見的華文書局《洪北江（亮吉）先生遺集》即據授經堂本影印。中華書局 2001 年劉德權點校之《洪亮吉集》也是以此本爲基礎，再參照他本考定而成。其所收錄之洪亮吉詩文最爲詳實，故本篇論文所引之詩文以中華書局本爲主。然中華書局《洪亮吉集》未錄之《外家紀聞》、《天山客話》、《伊犁日記》，本文則以華文書局本與其他刻本爲參考對象。

二、國內外相關研究

洪亮吉作爲全方面的學者兼詩人，著述既豐，後輩學者對其學術成績之研究亦不算少，但以探究其思想與地理著作者較多。論及洪亮吉詩與詩學的期刊論文主要如：

（1）丁蘊琴：〈洪亮吉評傳〉，《東方雜誌》，第 41 卷第 20 期，1945 年 10 月，頁 60～65。

（2）龔顯宗：〈洪亮吉詩觀〉，《中華詩學》，第 9 卷第 4 期，1973 年 10 月，頁 35～40。

（3）劉兆云：〈洪亮吉萬里荷戈〉，《新疆大學學報（社會科學版）》，第 2 期，1978 年 2 月，頁 34～39。

（4）林逸：〈洪亮吉的學術和藝文〉，《書和人》，第 397 期，1980

（參見〔清〕楊文蓀：《更生齋詩續集．序》，收入〔清〕洪亮吉著，劉德權點校：《洪亮吉集》，冊 4，頁 1471。）然《卷施閣外編》二卷至光緒年間已經亡佚，不見於授經堂刻本。又據柯愈春的搜羅，湖南省圖書館藏有道光五年（1825）的《更生齋詩續集》十卷、《文續集》二卷、《文甲集補遺》一卷與《文乙集續編》一卷。（參見氏著《清人詩文總集總目提要》（北京：北京古籍出版公司，2002 年），頁 645。）

〔註 11〕《北江詩話》最早有張詩舲四卷本、李云生二卷本與周霽堂六卷本，其中周刻本乃爲足本。咸豐四年（1854）伍崇曜《粵雅堂叢書》本，乃以張刻本之四卷與洪齮生續刻其父《北江詩話》五、六兩卷合刊。洪用懃授經堂刻本中的《北江詩話》六本，乃以周刻本爲底本校定而成。

年8月，頁1～8。

（5）張修齡：〈洪亮吉與乾嘉詩壇〉，《蘇州大學學報（哲社版）》，第2期，1987年2月，頁72～75。

（6）王英志：〈洪亮吉詩論管窺〉，《文學論叢》，第21輯，1985年2月，頁347～365。（按：此文後收入氏著：《清人詩論研究》，南京：江蘇古籍出版社，1986年。）

（7）陳訓明：〈靈氣歸筆端奇矯得未嘗——洪亮吉旅黔紀遊詩當論〉，《貴州社會科學》，第2期，1985年2月，頁47～51。

（8）龔顯宗：〈一個學博才高的異人〉，《國文天地》，第7卷第10期，1992年3月，頁84～87。

（9）蔡靜平：〈論洪亮吉《北江詩話》〉，《中國文學研究》，第4期，1996年4月，頁62～68。

（10）王英志：〈常州"二俊"山水詩論略——洪亮吉的無我之境與黃景仁的有我之境〉，《齊魯學刊》，第6期，1997年6月，頁101～107。

（11）李國華：〈試廣論域闊　持論亦時新——讀《北江詩話》〉，《雲南民族學院學報》（哲學社會科學版），第2期，1998年2月，頁67～71。

（12）李中耀：〈洪亮吉對西域壯美山河的吟唱〉，《新疆大學學報（社會科學版），第28卷第2期，2000年6月，頁63～67。

（13）曹虹：〈從《北江詩話》看洪亮吉對婦女德藝的評章〉，《中國文學研究》，第4期，2002年4月，頁99～105。

（14）張麗：〈試論洪亮吉的天山詩〉，《新疆教育學報》，第21卷第1期，2005年3月，頁13～16。

觀察這些期刊論文的發表時間，我們發現近年來學界發表的篇章雖不多，但對洪亮吉詩與詩學還是有所關注。再觀察這些論文的發表單位，我們發現洪亮吉對於歌詠某地風光之詩作，特別能引起該地學者的迴響。如編號（3）（7）（12）（14）篇論文皆是如此。

筆者以爲這些論文中較重要較有創見的是編號（1）（2）（6）（10）與（13）等文。編號（1）丁蘊琴的文章全面的介紹洪亮吉的生命歷程與學術藝文之成就，對其詩與詩學探討得雖然比較有限，然丁氏根據年譜釐清洪亮吉每本詩集的創作時間，歸納出一清晰的表格，〔註12〕雖有訛誤，還是有助於吾人對洪亮吉詩的研究。編號（2）的〈洪亮吉詩觀〉，是兩岸三地最早系統且深入的剖析洪亮吉詩學之文章。龔氏將洪亮吉論詩之重點，歸納爲「重視『性』、『情』、『氣』、『趣』、『格』五要素」、「不相師襲」、「不以己律人」、「重讀書識字」、「重詩人品行」、「詩隨時代氣運轉移」、「辨明善詩者未必善論詩」、「詩文兼美者寡」八項，標明其詩學中的主要原則。編號（6）的〈洪亮吉詩論管窺〉，從洪亮吉詩學架構「性」、「情」、「氣」、「趣」、「格」五者分別論述其詩學的精要，對北江論詩所指之「性情」與袁枚性靈說的差異，還有他詩學中的矛盾與缺失，都有深入的探析。編號（10）的〈常州“二俊”山水詩論略——洪亮吉的無我之境與黃景仁的有我之境〉，將洪亮吉山水詩依文學內涵與創作時間作分期，並與黃景仁（1749～1783）的詩比較研究。王英志以爲洪亮吉山水詩風格奇險，貼近山水之美質。早年（35歲前）借山水抒寫狂情，後期山水則達無我之境。王氏的發現可謂當今研究洪亮吉山水詩的里程碑。編號（13）的〈從《北江詩話》看洪亮吉對婦女德藝的評章〉肯定了洪亮吉詩學對品評婦女詩藝之貢獻，並梳理他對婦女之「才」與「德」的意見，對於日後應用《北江詩話》來探析清代女性文學的研究很有幫助。

至於專書部分有：

（1）青木正兒著，陳淑女譯：《清代文學批評史》，臺北：臺灣開明書店，1991年。

（2）吳宏一：《清代詩學初探》，臺北：臺灣學生書局，1986年。

〔註12〕本文附錄一之表格即以丁氏表格爲參考對象，另外再依其他資料校正補充丁氏之訛誤。

(3) 鄔國平、王鎮遠：《清代文學批評史》：上海，上海古籍出版社，1995 年。
(4) 劉世南：《清詩流派史》，臺北：文津出版社，1995 年。
(5) 嚴迪昌：《清詩史》，杭州：浙江古籍出版社，2002 年。
(6) 嚴明：《洪亮吉評傳》，臺北：文津出版社，1993 年。
(7) 陳金陵：《洪亮吉評傳》，北京：中國人民大學出版社，1995 年。

青木正兒指出洪亮吉的詩學重心在「性情」、「學識」與「品格」，三者之中又以「性情爲重」。吳宏一《清代詩學初探》乃依其博士論文《清代詩學研究》修訂而成。吳氏認爲洪亮吉的詩學乃袁枚性靈說的反響，其論詩重性情、反格調之論點與袁枚相合，論詩重時代升降則與袁枚大相逕庭。鄔國平、王鎮遠的《清代文學批評史》所論者，亦與青木正兒、龔顯宗、吳宏一與王英志等人的意見相去不遠。

劉世南與嚴迪昌兩人的論述則涉及了常州的地域性。劉世南認爲毗陵七子洪亮吉、孫星衍、黃景仁、趙懷玉（1747～1823）楊倫（1747～1803）呂星垣（1753～1821）與徐書受（1751～1805）以及同是乾隆時期毗陵詩人的錢維喬（1739～1806）楊芳燦（1753～1815）等人因爲地域關係且論詩的傾向相近，故將他們目之爲「常州詩派」。其中黃景仁的詩代表了他們實際創作的最高成就，洪亮吉的詩學理論則爲他們詩學思想的完整體現。嚴迪昌則將他們目之爲地域性的詩人群體，認爲洪亮吉的名聲僅次於黃景仁，其詩論以「眞」爲本，講性情而重學問，其詩則善寫奇景奇情，豐富新穎。

至於兩本《洪亮吉評傳》。嚴明所作者較爲全面性的探討洪亮吉的學術成就；陳金陵所作者乃以洪亮吉的詩文尺牘作爲材料，用較多的篇幅研究其生命歷程。專論洪亮吉的詩與詩學皆非這兩本著作主要目的，是以兩本評傳在這個層面的研究成果比較有限。

學位論文部分，臺灣有陳姿吟的碩士論文《洪北江詩論研究》。

〔註13〕該研究以《北江詩話》爲主，並搜羅洪亮吉散見於其他詩文的文學意見，分別就其詩論的基本觀點、創作論、批評論與實際批評諸面相，系統的整理洪亮吉的詩學評論。大陸有博士論文一篇，碩士論文兩篇，分別爲：紀玲妹的博士論文《毗陵詩派研究》，〔註14〕以及付大軍《洪亮吉論》〔註15〕與邱林山《洪亮吉詩歌研究》〔註16〕兩本碩士論文。筆者以爲紀玲妹的觀念受劉世南、嚴迪昌影響很深，其研究範疇涉及清初到乾嘉年間毗陵詩人的詩學理論及詩歌成就。作者以趙翼（1727～1814）與洪亮吉的詩學作爲毗陵詩人詩論之代表，強調毗陵詩人強調性情、品格、學術並重，與性靈派有所差異。此外該研究亦認爲洪亮吉的西域詩乃毗陵詩人邊疆詩的傑出表現，並以一節的篇幅論之。整體而言，紀氏對洪亮吉詩論的剖析比她對北江西域詩的觀察要來得深入。付大軍的碩士論文在極其有限的篇幅中又分作上下兩部，上部論洪亮吉的生平，下部論北江的詩與詩學，但其研究成果大抵如嚴明、陳金陵對洪亮吉的觀察，未有太多突破。相較之下，邱林山的研究出色許多。邱氏站在前人的研究基礎上，對洪亮吉詩之背景的論述非常詳實。文本部分，則依詩作的題材分別論述洪亮吉詩的藝術特色。只是論述的主旨在洪亮吉詩的整體表現，對其山水詩幽微的旨趣與細膩的寫作技法，未能論及。〔註17〕

〔註13〕陳姿吟：《洪北江詩論研究》，高雄：國立高雄師範大學國文系碩士論文，1999年6月。

〔註14〕紀玲妹：《毗陵詩派研究》，南京：南京師範大學文學博士論文，2007年4月。

〔註15〕付大軍：《洪亮吉論》，長春：吉林大學古代文學碩士論文，2007年4月。

〔註16〕邱林山：《洪亮吉詩歌研究》，蘭州：西北師範大學中國古代文學碩士論文，2007年7月。

〔註17〕拙文係依筆者碩士論文修訂而成。論文發表後，海峽兩岸復有其他研究洪亮吉詩或詩學之學位論文發表。臺灣有陳秀香：《黃景仁詩人之詩與洪亮吉學人之詩比較研究》，臺北：國立臺灣師範大學國文系博士論文，2010年6月；楊寧遠：《趙翼、洪亮吉詩學之比較研究》，臺北：東吳大學中文系碩士論文，2010年。大陸有祕薇《洪亮吉詩

第三節　研究方法與進行步驟

本研究的架構可分爲文本外緣之研究與文本本身的剖析兩個層面，外緣研究之成果主要做爲探析文本內涵的輔助資料。

文本外緣之研究將在第二章展開，以作者洪亮吉爲中心，探討其詩創作的背景。第一節著重於觀察乾嘉詩壇與常州地方的人文精神是如何影響洪亮吉詩學觀念的形成；第二節論述洪亮吉的生平行跡，其中詩人對山水風光的經歷領略，筆者將藉由歸納洪亮吉的傳記資料，連結其旅跡與詩作，使傳記資料成爲觀察洪亮吉詩歌內涵的輔助材料，這部分的研究成果將於三、四兩章，以表格形式呈現；第三節則觀其詩友交遊，爬梳當代人物對洪亮吉詩學與詩歌創作的影響；第四節即深入洪亮吉的詩學，掌握其論詩之基本傾向。

在文本剖析部分，於第三、第四章對文本進行分期剖析，共時性的觀察某時段文本的內涵特質，也歷時性的爬梳其內涵之變化。

洪亮吉山水詩的寫作技法將於第五章論之。以歷代詩話對修辭與詩體的審美原則，探討洪亮吉山水詩關於文體、修辭與結構等一些偏於技巧層面的問題。

至於詩作之風格，筆者以爲必然與詩作之內涵及寫作技法息息相關。是以風格問題本文即於第三、四章之內涵剖析及第五章論寫作技法時一并探討，不另立章節專論，以避免本文的冗長蕪雜。

歌創作及詩歌批評研究》，南京，復旦大學碩士論文。

第二章　洪亮吉詩的創作背景

本章進行的是「文學外緣」的研究。第一節探討乾嘉詩壇與常州地域的人文精神，辨明詩人所處的文學環境；第二節擬於傳記資料與前人的研究基礎上，論述洪亮吉的生命歷程；第三節則觀其詩友交遊，爬梳當代人物對洪亮吉詩學與詩歌創作的影響；第四節即深入洪亮吉的詩學，掌握其論詩之基本傾向。換言之，本章乃透過「知其人」、「論其世」，以釐清洪亮吉詩歌創作的背景。

第一節　乾嘉詩壇與常州地域的人文精神

《文心雕龍・時序》:「文變染乎世情，興廢繫乎時序。」〔註1〕洪亮吉活動的乾嘉時期在政治策略上一方面提倡文化，另一方面又控制思想。是以當時詩壇在詩學理論的探討上得到了很高的成就，而於實際創作部分雖然詩作數量豐碩，也不乏一流詩人，但對詩歌題材的開創卻比較貧乏。大抵來說，洪亮吉也沒突破時代的侷限。

至於北江出身的江蘇陽湖，屬常州所轄，因爲得天獨厚的地理環境而人文薈萃，有其獨特的人文精神。洪亮吉全面的學術藝文成就與

〔註1〕參見〔齊〕劉勰著，范文瀾註:《文心雕龍註》(臺北：學海出版社，1980年)，頁675。

耿介性格，本身即爲具有「常州特質」的代表人物之一。以下分述時代環境與地方文化對洪亮吉詩與詩學帶來的影響：

一、乾嘉詩壇

梁啓超認爲乾嘉時期樸學學風之興起，主要與統治者以「剛柔並濟」的手腕控制文士階層有關。如乾隆一方面提倡文化，不少典籍也因此得以保存；但另一方面他發布禁書令，藉由編纂古籍的機會焚書以控制思想。

較焚書影響更大的是文字獄。雍正、乾隆對學術言論的雅量不及乃父乃祖康熙，文字獄的高壓使得當時文士不得不把他們經世致用的學術熱情，投向古典經籍的考證詮釋，逐漸形成乾嘉學派的獨特面貌。〔註2〕

政治風氣也影響了當時詩壇，柳詒徵曰：「胡雍乾以來，志節之士，蕩然無存。有思想才力者，無所發洩，惟寄之餘攷古，庶不干當時之禁忌。其時所傳之詩文，亦惟頌諛獻媚，或徜徉山水，消遣時序，及尋常應酬之作。稍一不慎，禍且不測。」〔註3〕誠如柳說，乾嘉時期的詩人因爲政治高壓，在題材的選擇上傾向保守，敢於言及政治社會黑暗的詩作不多。然而「徜徉山水」的傾向，卻也使當時詩壇留下了不少傑出的山水詩篇。縱使北江不怕死、敢言直諫的特色如梁啓超所謂：「在清朝學者眞是麟角鳳毛」，〔註4〕但他以歌詠山川作爲詩集中的基調，仍不離當時風氣。

清代中葉統治者提倡文化、重視儒術，也企圖透過與詩相關的活動，以詩教之雅正，強化統治的力量；而試帖詩的再現、文人喜結詩

〔註2〕參見梁啓超：〈清代學術變遷與學術的影響〉，《近三百年學術史》（臺北：華正書局，1994年），頁20～27。

〔註3〕參見柳詒徵：《中國文化史》（上海：上海書店，1947年據正中書局影印），冊下，頁198。

〔註4〕參見梁啓超：〈清代學術變遷與學術的影響〉，《近三百年學術史》，頁28。

社之風氣，對乾嘉詩壇都有很大的影響。吳宏一曰：

> 科舉既須考試帖詩，士子不論有無文學天才或興趣，爲求功名起見，對於詩的格式聲律，自然都要下一番琢磨的功夫，因而詩學常識不會一無所知；等到博得功名後，在傳統的舊社會裏，又難免要與一些士大夫往來酬答，詩社文會，席間尊前，談藝論詩的雅事，往往也是避免不了的，因此，試帖詩對於詩學的影響，不可謂不大。〔註5〕

由於試帖詩與科考仕宦的直接連結，詩學不再只是雅好吟詠者所關注的學問。大量與詩相關的著作出現在全中國的書市，無疑的刺激了詩與詩學的普遍性。就政治效用而言，提倡試帖詩雖未必如嚴迪昌所說：「是弘曆玩弄文人騷客於其股掌中的手段」，〔註6〕但統治者企圖透過言必莊雅的試帖詩，來箝制文士個性以便統治，正與大力提拔重視詩教、力主格調的沈德潛（1673～1739）作爲詩壇領袖，用意相同。

清初對黨社的集結曾明文禁止，但隨著統治的力量日漸穩固，清廷對以文會友的詩人群體也不再加予干涉。詩社集結在清代相當普遍，文人雅士唱酬既多，又喜於討論詩藝、品評詩人，也隨之促進詩與詩學的發展。只是上位者既以詩教作爲統治工具，詩社集結的動機有時就不那麼單純。嚴迪昌曰：

> 達官大僚以權勢、才學、名望、財力等諸種因素綜合而成的優勢廣覽人才「結佩」相交，並非只是一種純文學的風雅韻事。在具體歷史條件下，他們所起的作用是使「務期於正」的旨歸得以貫徹於實踐，從而淨化著高層次人才圈的氛圍。〔註7〕

縱使君王對詩歌的提倡有濃厚的政治因素，但在此環境下詩學也確實因而興盛了起來。清人論詩，在理論的深度及系統的完整性都勝過前

〔註5〕參見吳宏一：《清代詩學初探》（臺北：臺灣學生書局，1986年），頁16。

〔註6〕參見嚴迪昌：《清詩史》（杭州：浙江古籍出版社，2002年），冊下，頁710。

〔註7〕參見嚴迪昌：《清詩史》，冊下，頁657。

賢。雖然說文學批評未必能引領文學創作，但乾嘉時期流行的詩學如沈德潛的「格調說」、袁枚的「性靈說」，及翁方綱（1733～1818）「肌理說」皆影響了當代與往後之詩壇。這些詩學的精要，前人論之甚詳，筆者僅簡述於下。

格調說的提倡者沈德潛少時師事葉燮（1627～1703），也受了明七子及康熙朝王漁洋的影響。格調說「復古」的傾向與七子相同，但沈氏強調「活法」、「章法之妙，不見句法；句法之妙，不見字法者也」，〔註 8〕以避免七子模擬剽竊之弊。沈氏也洞悉漁洋論「神韻」過於偏重沖淡的詩風，故標榜杜甫、韓愈的雄渾詩風以擴充之。〔註 9〕換言之，格調說可以說是「復古宗唐」詩學在乾隆朝的繼承者與修正者。

沈德潛相當強調詩的社會功能性。《說詩晬語》：「詩之爲道，可以理性情，善倫物，感鬼神，設教邦國，應對諸侯。」；〔註 10〕既重視詩教功能，故詩歌題材必須雅正，風格則須溫柔敦厚。《清詩別裁・凡例》云：「詩必原本性情，關乎人倫日用，及古今成敗興壞之故者，方可爲存。」〔註 11〕可見他對詩之本質的見解，受儒家學說實用傾向的影響甚深。至於格調說對古典的態度則是力主學古、摩取聲調、講求格律。沈德潛認爲宋詩近腐、元詩近纖，故以唐爲正軌，肯定明代

〔註 8〕 參見〔清〕沈德潛《說詩晬語》卷上，收入丁福保編：《清詩話》（臺北：木鐸出版社，1988 年），頁 540。

〔註 9〕 沈德潛《唐詩別裁集・序》：「新城王阮亭尚書選唐賢三昧集，取司空表聖『不著一字，盡得風流』、嚴滄浪『羚羊掛角無迹可求』之意。蓋味在鹽酸之外也，而於杜少陵所云：『鯨魚碧海』、韓昌黎所云：『巨刃摩天』者，或未之及。吾因取杜、韓語意，定唐詩別裁，而新城所取亦兼及焉。」（參見〔清〕沈德潛：《唐詩別裁集》（香港：中華書局，1977 年），頁 1。）青木正兒認爲沈德潛於詩的審美傾向與明七子相近，《唐詩別裁》的編纂或許是企圖順格調派之長流，以會合神韻派。（參見〔日〕青木正兒著，陳淑女譯：《清代文學批評史》（臺北：臺灣開明書店，1991 年），頁 102。）

〔註 10〕 參見〔清〕沈德潛：《說詩晬語》卷上，收入丁福保編：《清詩話》，頁 523。

〔註 11〕 參見〔清〕沈德潛選，王雲五編：《清詩別裁》（臺北：臺灣商務印書館，1974 年），冊 1，頁 2。

七子的文學成就。

綜上所論，筆者以為格調說的特色在於復古而平和中正，然失之於迂腐僵化；而當時批評格調說最力且自成系統者，即袁枚的性靈說。

袁枚遠紹明代公安派的主張，重視獨創、標榜性靈，與沈德潛的詩學針鋒相對。錢泳《履園譚詩》：「沈歸愚宗伯與袁簡齋太史論詩判若水火，宗伯專講格律，太史專取性靈。自宗伯三種別裁集出，詩人日漸日少；自太史隨園詩話出，詩人日漸日多。」〔註12〕格調說建立起一套師法古典的嚴謹系統，自然使有意學詩、作詩之人敬而遠之；袁枚的詩學則強調創作的源泉，以詩人性情與靈機作為創作的第一要義，其學說沒有格調說那麼僵硬，故使「詩人日漸日多」，影響的層面更為廣泛。

標舉性靈，並不意味性靈說無視學問、師古、格調、雕琢等要素，而是以學問濟性情，人巧濟天籟。但如郭紹虞所說，袁枚的詩學因為他為人放誕、詩話收取太濫，還有治學根基不穩，常常被人所誤解。其實隨園之詩論，雖是建築在性靈之上，卻是千門萬戶，無所不備，弊病甚少。〔註13〕吳宏一認為袁枚性靈說的特色，在內容方面重視眞性情；在形式方面主張去陳言、出新意，反對模擬；在體制方面，則兼取唐宋，不作時代升降之論。〔註14〕比起格調說與稍後論述的肌理說，袁枚詩學是比較進步且活潑的。

翁方綱的肌理說與前述之格調、性靈說不同，它沒有繼承明代的文學思想並修正之，而肌理說是當時樸學學風之下的產物，誠如蔡鎮楚所謂：「以樸學家的眼光論詩」。〔註15〕覃溪標舉「肌理」，旨在「以實就虛」，修正鎔裁神韻、格調二說。他對神韻、格調的見解「與眾

〔註12〕參見〔清〕錢泳：《履園譚詩》，收入丁福保編：《清詩話》，頁871。

〔註13〕參見郭紹虞：《中國文學批評史》（臺北：五南圖書出版公司，2003年），頁526～527。

〔註14〕參見吳宏一：《清代詩學初探》，頁235。

〔註15〕參見蔡鎮楚：《中國文學批評史》（北京：中華書局，2006年），頁365。

不同」。在其理論系統下，神韻乃「一種境界，一種造詣」而「徹上徹下無所不該」；〔註16〕翁氏〈格調論上〉又曰:「漁洋變格調曰神韻，其實格調耳」。〔註17〕依他的詮釋，神韻、格調實爲詩之心聲，無迹可循，而他強調的肌理，便是神韻之法，便是學詩時必須依循的法則。

肌理既爲詩法，詩法又有「立本之法」與「盡變之法」的區別。〈詩法論〉:「法之立也，有立乎其先，立乎其中者，此法之正本探原也。有立乎其節目，立乎其肌理界縫者，此法之窮形盡變也。杜云:『法自儒家有』此法之立本者也。又云:『佳句法如何』，此法之盡變者也。」〔註18〕「立本之法」乃就詩歌內涵而言，「盡變之法」則是詩歌形式上的技巧。翁氏以爲詩歌內涵必須藉由學問來充實，又因爲當時重視考據的學風之影響，故於實際創作則力求合辭章考據爲一；在技巧上，他推崇「妙境在實處」的宋詩，而他本身對鑽研詩藝的成果也相當豐碩。翁方綱的詩雖然貧弱無趣，但其理論確實有其價値所在。

上述之格調、性靈、肌理三說，各有偏重，但基本上如郭紹虞的觀察:清代文學批評正如當時其他的學術，沒有明代「空疏不學」、「極端偏勝」的弊病，其長處在於「集大成」的將古人所說之言論加以演繹而重新申述之，就算是偏勝的理論也沒有偏勝的流弊。〔註19〕這些當時流行的詩學理論，洪亮吉基本上傾向於性靈說，但也非全盤接受；對格調、肌理詩學，洪亮吉則是完全否定。只是《北江詩話》中講性情卻認爲以古爲尊、強調人品決定詩品，《卷施閣詩》中一些以考據入詩的創作，從這些傾向我們也不能否定洪亮吉多少爲格調、肌理詩學所影響。

〔註16〕語見郭紹虞:《中國文學批評史》，頁551。

〔註17〕參見〔清〕翁方綱:《復初齋文集》卷8，收入《續修四庫全書》(上海:上海古籍出版社，2002年，據清李彥章校刻本影印)，冊1455，頁421。

〔註18〕參見〔清〕翁方綱:《復初齋文集》卷8，收入《續修四庫全書》，冊1455，頁420。

〔註19〕參見郭紹虞:《中國文學批評史》，頁7～8。

二、常州地域的人文精神

錢穆《近三百年學術史》曰：「言晚清學術者，蘇州、徽州而外，首及常州。」〔註20〕而常州學術成就的輝煌其實可以出於溯源自乾嘉時期。常州地域的人文精神得力於「海陸之饒；物產豐阜」〔註21〕的經濟條件。衣食無虞，是以當地「人性佶直，黎庶淳讓，敏於習文」〔註22〕而學風鼎盛。梁啓超認爲常州之學有兩個源頭，一是經學，二是文章，兩者合一則產生了在考據學基礎上「經世致用」的新精神。〔註23〕任公所說的兩個源頭，筆者以爲即尚儒術、尚吟詠之風氣所形成；經學文章兩者合一，即常州文人「淵博」特質之體現。

因爲「淵博」，故常州諸子在各種學科與藝術領域無不名家輩出，成績斐然。錢鍾書《談藝錄》：「龔定盦〈常州高材篇〉可作常州學派總序讀。於乾嘉間吾郡人各種學問，無不提要鉤玄。」〔註24〕龔詩提到了常州諸子於易學、小學、經學、算數、文章與詞學的成就。至於趙翼與洪亮吉與黃景仁的詩歌，龔氏則自稱「我生乾隆五十七，晚矣不及諳前修。」而不能論及。梁啓超〈近代學風之地理的分佈〉認爲常州之學除了影響力甚大的「今文經學」外，善治經者乃孫星衍；善治史者有趙翼、洪亮吉；陸繼輅、惲敬頗能「以文談學」而建立「陽湖派」，張惠言、李兆洛皆陽湖派之雄。〔註25〕其中趙翼《二十二史箚記》頗具史識、陽湖派「得力於諸子百家」的特色，皆以其淵博的學養表現了兼容並蓄的精神，突破了以往的學術成就。

〔註20〕參見錢穆：《中國近三百年學術史》（臺北：臺灣商務出版社，1964年），冊下，頁523。

〔註21〕參見清仁宗敕撰：《大清一統志》，收入《四部叢刊續編．史部．嘉慶重修一統志》（上海：上海書店，1984年），冊4，卷86，頁4。

〔註22〕參見清仁宗敕撰：《大清一統志》，收入《四部叢刊續編．史部．嘉慶重修一統志》，冊4，卷86，頁4。

〔註23〕參見梁啓超：《近代學風之地理的分布》（臺北：臺灣中華書局，1971年），頁19～20。

〔註24〕參見錢鍾書：《談藝錄》（北京：中華書局，1984年），頁134。

〔註25〕參見梁啓超：《近代學風之地理的分布》，頁19。

洪亮吉的一生，基本上就是常州人文精神的縮影。常州「人性佶直」，他與孫星衍不附和權臣和珅而被稱爲「憨物」；〔註26〕常州學風之「兼容並蓄」，北江除本文論及的詩與詩學、梁任公贊許的史學外，於小學、經學、地理、考證都有著作；今文經學、陽湖派和常州詞派，似乎與洪亮吉無太大關係。然莊存與（1719～1789）乃北江長輩，張惠言（1761～1802）係北江門生，劉逢祿（1776～1829）也曾受過北江的指導，筆者相信他們的精神是會相互左右的。如北江的《意言》與地理方志諸作的考察，其思想雖與今文經學不同，但其經世致用的原則卻是相通。常州地域的人文精神，確實有其獨特的感染力。

第二節　詩人洪亮吉的生命歷程述論

洪亮吉，初名蓮，小字元，號藕莊、華封。乾隆三十七年（1772）改名禮吉，四十六年（1781）爲避禮部諱方改名亮吉，字君直，一字稚存，號北江，晚號更生。生於乾隆十一年（1746），卒於嘉慶十四年（1809），江蘇省常州府陽湖縣人。洪亮吉乃清代中葉傑出的學者兼文藝創作者，其生平經歷，前人實已論之甚詳。如北江年譜有清人呂培、近人林逸編訂；其「評傳」有兩位大陸學者嚴明、陳金陵撰作；

〔註26〕紀玲妹《毗陵詩派研究》中曾引劉禺生對「憨翰林」的記載。《世載堂雜憶》：「常州諸老輩在京者，相戒不與和珅往來。北京呼常州人爲憨物，孫淵如、洪稚存其領袖也。孫淵如點傳臚，留京，無一日不罵和珅……當時和珅甚重稚存，猶劉瑾之于康對山也。求一見不得，祈一字不得。稚存時在上書房行走，和珅求成親王手交稚存，寫之爲對，稚存不能拒也。翌日，對書就，呈成親王。題款從左軸左方，小字直書賜進士出身翰林院上書房行走等等官銜洪亮吉，敬奉成親王（抬頭）命，書賜大學士等等官銜和珅。成親王見之，謂此何可交付？稚存曰:『奉命刻畫，臣能爲者此耳。』和珅知之，向成親王求稚存所書對，成親王每以遊詞延緩之，此人所不盡知也……孫、洪、阮、畢並重一時，但氣節獨歸孫、洪，官爵皆歸阮、畢；尚氣節者固甘爲憨物也。」（轉引自紀陵妹：《毗陵詩派研究》（南京：南京師範大學文學博士論文，2007 年 4 月），頁 47～48。）

其不同面向的學術成就，亦有若干學位論文深入探析，這些著作也不免涉及他生命歷程的研究。〔註27〕前輩學者研究成果如此豐碩，實已無須筆者深入詳述之。因此本小節進行的方向是：簡述其生平，但特別彰顯北江的「詩人性格」，強調影響其詩藝與詩學的事件。

陳金陵的研究將洪亮吉一生分爲「少年」、「幕客」、「學臣」、「謫述」、「歸里」五個階段。事實上這五階段亦是北江詩作內涵特質的分野，是以本文即借用陳氏的分類，分別論述洪亮吉之生命歷程。

一、青少年時期

洪亮吉出身於一個沒落的士大夫之家，〔註28〕少孤失怙，〔註29〕母親蔣氏困於家貧，遂攜子女寄居外家。洪亮吉《外家紀聞》論其外祖父兄弟：「兄弟五人，成進士者二，舉於鄉者一，貢入冑監者一。」〔註30〕可見蔣家亦爲書香門第。在經濟上洪家人雖然艱苦，但外祖母龔氏對亮吉的寵愛，母親對他的課業嚴格督促，姊姊也爲他的學費勤作女紅，因此年幼的他還是得以接受良好的教育。〔註31〕

〔註27〕除了本文第一章文獻探討時所列舉的研究洪亮吉詩與詩學之學位論文外，研究北江思想的論文有吳德玲：《洪亮吉〈意言〉研究》（臺中：國立中興大學中文系碩士論文，1996年6月）；研究北江聲韻學成就的論文有戴俊芬：《洪亮吉《漢魏音》研究》（高雄：國立中山大學中文系博士論文，2006年6月）。

〔註28〕洪亮吉先世本居歙縣洪坑。亮吉祖父公案，著有詩集《午峯集》，爲趙氏贅婿，因居常州。父翹，著有詩集《兩間書屋集》，爲國子監生。

〔註29〕洪翹於乾隆十六年（1751），亮吉六歲時病逝。

〔註30〕參見〔清〕洪亮吉著，〔清〕洪用懃編《洪北江（亮吉）先生遺集》（臺北：華文書局，1969年，影印光緒三年（1877）授經堂刻本），冊18，頁10574。

〔註31〕洪亮吉〈平生遊歷圖序〉：「右《南樓課讀圖》第一。主人六歲孤，從母育于外家。雖間出從塾師讀，然《毛詩》、《魯論》、《爾雅》、《孟子》，實皆母太宜人所親授也。又極爲外王母龔孺人鍾愛，以樓後廡居之，時給其缺乏。」（參見〔清〕洪亮吉著，劉德權點校：《洪亮吉集》，冊3，頁1074。），而《南樓憶舊詩四十首》自註云：「諸姊隨太安人作苦，終歲不下樓也。」又云：「余八九歲時自塾中遣歸，每夜執經從太安人紡側讀，恒至漏盡。」（參見〔清〕洪亮吉著，劉

洪亮吉對詩的興趣與天份萌發得很早，他自云：「余少日在外家讀書，出塾後，即喜爲詩。」〔註32〕縱使阮囊羞澀，也不能阻擋對詩的熱情，《外家紀聞》云：「曾私質棉夾衣數件，市本朝人詩集三四種。太宜人覓衣不得，曾痛笞之。不得已，斷機中布鬻去，爲一一贖出。」〔註33〕洪亮吉十三歲時開始有系統的學習作詩塡詞，呂培《洪北江先生年譜》(下文簡稱《年譜》)：「二十三歲戊寅(1758)，先生十三歲……先生始學作詩……從陳蕤賓先生寶讀書……課徒之暇，喜錄唐宋詩餘，于是先生亦學作小令，並與表兄馨日課漢魏六朝三唐詩，成誦乃已。」〔註34〕年紀增長後的洪亮吉憶及蒙師陳蕤賓，並未給他太高的評價。〔註35〕北江蒙師中對他往後詩歌創作影響較大的是唐爲垣。依洪亮吉〈唐見山先生傳〉記載，北江雖年逾半百，仍不忘這位工詩的恩師之教誨；他教育皇曾孫奕純的方針，仍是出於恩師的原則，足見唐先生的影響之深。

洪亮吉的青少年階段，生活重心不外乎鑽研制舉的技巧，或教導蒙童讀書以貼補家用，活動範圍不出江蘇省。至於他的場屋生涯，可以說是「關關難過關關過」。他到乾隆三十四年（1769）第四次參加童試，才取得縣學附生的資格，至三十六年（1771）方補爲增廣生。比起枯燥的考場戰史，洪亮吉的詩人生涯精采許多。這個時期，與他來往的詩友或爲表兄弟如蔣肇新等，或爲里中才俊如唐鵬、黃景仁、莊寶書、趙懷

德權點校：《洪亮吉集》，冊 2，頁 662。)；呂培《洪北江先生年譜》：「二十一年丙午（按：1756），先生十一歲……日夕歸，蔣太宜人令之背誦，必爲泣而正焉。」(參見〔清〕洪亮吉著，劉德權點校：《洪亮吉集》，冊 5，頁 2325。)

〔註32〕參見〔清〕洪亮吉著，劉德權點校：〈楊大令倫九柏山房詩集序〉，《洪亮吉集》，冊 3，頁 1145。

〔註33〕參見〔清〕洪亮吉著，〔清〕洪用懃編：《洪北江（亮吉）先生遺集》，冊 18，頁 10584。

〔註34〕參見〔清〕洪亮吉著，劉德權點校：《洪亮吉集》，冊 5，頁 2326。

〔註35〕〈錢大令維喬詩序〉：「蕤賓能頌習古人矣，顧自爲詩反不能學古人。」(參見〔清〕洪亮吉著，劉德權點校：《洪亮吉集》，冊 3，頁 968。)

玉與楊倫。〔註 36〕日後他與黃景仁、趙懷玉、楊倫等人並稱爲「毗陵七子」，而與黃、趙相交最深，他們的友誼也一再爲後人歌誦。

除了里中才俊外，年輕的洪亮吉亦結識了當時文壇先賢邵齊燾（1718～1769）與袁枚。洪亮吉〈傷知己賦〉自註云：「歲丁亥戊子（按：1767～1768），邵先生主龍城書院講席。余偕黃君景仁受業焉，先生嘗呼之爲二俊。」〔註 37〕邵齊燾爲乾隆七年（1742）進士，駢體名聞四海。他對洪、黃二人的肯定，給兩位青年很大的鼓勵；洪亮吉日後亦工於駢文，相信是受了邵齊燾的影響。只是他們師生緣淺，《年譜》：「三十三年戊子，先生二十三歲……婚甫五日，即赴弔邵先生齊燾於常熟。」〔註 38〕洪亮吉不顧剛剛完婚的避諱（妻爲表妹蔣氏），堅持送恩師最後一程，可見其至性過人且不畏世俗眼光的作風。相較於邵齊燾，袁枚與北江的師友之誼要來得深厚且長遠。乾隆三十五年（1770），洪亮吉與黃景仁至江寧參加鄉試，因而與袁枚結識。做爲長輩的袁枚對北江詩中的弊病總是不吝指正，而晚輩亮吉也熱情的爲袁枚引薦他所結識的新銳詩人。北江雖然在這次考試中挫敗，但與袁枚之交對他的詩藝更是裨益良多，可謂不虛江寧之行。

這個時期，詩人洪亮吉完成了《附鮚軒詩》中的《機聲鐙影集》，還有《擬兩晉南北史樂府》、《附鮚軒外集唐宋小樂府》等兩部擬古樂府之作。《采石敬亭集》中也有若干詩作亦創作於幕客生涯以前。

二、幕客生涯

二十六歲的洪亮吉因爲塾師的收入不足養親，遂開始他的幕客生涯，也使其人生經歷更加開闊。洪亮吉離開故里來到安徽，首先在沈業富（1732～1807）幕下，旋即轉入安徽學使朱筠（1729～1781）幕府。在安徽學使署中與邵晉涵（1743～1796）高文照（1738～1776）王念孫

〔註 36〕莊寶書乃北江從母子，楊倫乃北江外姊子，趙懷玉的姑婆是北江祖母，都有親戚關係。

〔註 37〕參見〔清〕洪亮吉著，劉德權點校：《洪亮吉集》，冊 1，頁 289。

〔註 38〕參見〔清〕洪亮吉著，劉德權點校：《洪亮吉集》，冊 5，頁 2329。

（1744～1832）章學誠（1738～1801）吳蘭廷（1730～1801）相交。當時戴震（1724～1777）亦常至學使署中爲客。此外，洪亮吉進入朱筠幕府以前，即與汪中（1745～1794）顧九苞（1738～1781）結識。

洪亮吉與這一隊當代碩儒爲友，切磋琢磨；並在朱筠引薦下進入四庫館，使他在這段期間內得以閱覽群書，窮究經籍，奠定往後以詞章、考據並重的基礎。然而洪亮吉對詩的興趣不因爲致力於學術而荒廢，相反的，其詩作在題材上還有所開拓，這與他的長官朱筠有很大關係。朱筠性喜山水，於是洪亮吉得以隨著公務，遊覽江南的名山大川。《年譜》：「三十七年壬辰，先生二十七歲。在安徽學使署……隨歷徽州、寧國、池州、安慶、廬州、鳳陽七府、六安一州，徧遊采石、青山、敬亭、黃山、齊雲諸名勝；三十八年癸己（按：1773）……由新安江徧遊嚴陵、富春及錢塘山水諸勝」。〔註 39〕自此以後，山水就成爲洪亮吉詩歌中最主要的題材。

在朱筠幕僚這段期間，洪亮吉於詩歌於學問雖然「眼界大開」，但他進入朱學士幕府的主要原因——即經濟問題，仍不見改善。洪亮吉在乾隆三十七年至揚州拜訪蔣士銓（1725～1785）汪端光（1748～1826），三十八年年末與趙懷玉遊蘇州洞庭諸勝，其成行的原因竟是因爲「以所負多」、「不能家食」。所幸在彭元瑞（1731～1803）蔣士銓的幫助下，洪亮吉得以進入常鎮通道袁鑒署中授徒，又在揚州書院肄業領取「膏火費」，經濟的重擔才稍微減輕。在北江二十九歲這一年，除了與汪端光唱和極多外，與摯友孫星衍定交亦在此際。洪、孫二人和同里之黃景仁、趙懷玉、徐書受、呂星垣、楊倫等人唱酬無間，號爲「毗陵七子」。在蔣和寧、錢維城（1720～1777）的獎掖提攜下，這個詩人群體逐漸聲名遠播。〔註 40〕

〔註 39〕參見〔清〕洪亮吉著，劉德權點校：《洪亮吉集》，冊 5，頁 2330。

〔註 40〕「毗陵七子」這個名號即已突顯此文人群體的地域性，此外，七子之間又有很強的家族牽絆。他們的本家多爲毗陵當地的書香門第，除比鄰而居外又多有婚姻上的連結。蔣和寧、錢維城對這群青年才俊的提攜，多少有培植接班人的意味。詳見梁爾濤：〈談談毗陵七子

乾隆四十年（1775），彭元瑞又推薦北江進入江寧太守陶易（1714～1778）署中。該年九月太守擢官，北江因親老在不能遠遊，遂應句容林光照聘，課其子弟。孫星衍這段期間也在句容，兩人徧遊茅山、棲霞諸勝，情誼日篤。吟詠山川、詩歌互答的篇章多見於洪亮吉的《茅峰攝山集》。乾隆四十一年（1776）四月，林光照罷任歸里，北江遂轉入浙江學使王杰（1725～1805）署中。在王杰幕府沒有多久就發生了一件影響北江一生的大事，即母親蔣氏中風急卒。趙懷玉述及此事云：「先生天性過人，事母至孝。母歿，先生方在處州，家人先以病告，歸，過郡城之八字橋，得凶問，失足墜河幾死。三年不食肉，不入於內，不與里中祭弔。又以母疾時方聽樂，遂終身不近絲竹。」；〔註 41〕《年譜》云：「嗣後每遇忌日，輒終日不食，客中途次不變，三十年如一日。」〔註 42〕對至情至性的洪亮吉而言，母親的死無疑是莫大的衝擊，這衝擊也涉及了他的創作。洪亮吉於丁憂期間，詩歌創作停擺，工作上也僅靠著在里授徒或擔任安徽學使劉權之幕僚，以應付葬母所需的龐大費用。又值仲弟靄吉經商失敗，經濟壓力更爲沉重，是以守喪期滿，北江遂偕仲弟北上入京，別謀進取。這一遠行，卻也開啓了另一片天空，開啓了詩歌內涵嶄新的局面。

在京期間，洪亮吉以校書鬻文維生，同時也廣交京中仕人。翁方綱、蔣士銓、程晉芳（1718～1784）吳錫麒等人結爲詩社，即力邀洪亮吉、黃景仁入會，《年譜》云：「先生遇雖甚困，而友朋之樂，以此二年爲最。」〔註 43〕此樂終究不能化解生活上的困境，從洪亮吉《傭書東觀集》中的詩篇即知詩人對窘於經濟、困於場屋的人生還是相當苦悶。意外的是，在他對科舉「不復有進取心」之際卻通過了鄉試；

形成過程中的家庭因素〉，收入《古典文學知識》，2007 年 1 月，頁 62～66。

〔註 41〕參見〔清〕趙懷玉：〈皇清奉直大夫翰林院編修洪君墓志銘〉，收入〔清〕洪亮吉著，劉德權點校：《洪亮吉集》，冊 5，頁 2362。

〔註 42〕參見〔清〕洪亮吉著，劉德權點校：《洪亮吉集》，冊 5，頁 2332。

〔註 43〕參見〔清〕洪亮吉著，劉德權點校：《洪亮吉集》，冊 5，頁 2334。

雖然隔年的禮部會試他又嘗到了場屋之苦，名落孫山。

落榜後，洪亮吉收到孫星衍的來信，信中提及陝西巡撫畢沅（1730～1797）傾慕相邀之意，因此決意西行入秦。他在畢沅幕府中深受長官的器重，允與重任，是以一待就是八年。即使畢沅調撫河南，又改任兩湖總督，洪亮吉也是隨著長官南北西東。畢沅禮賢下士，對其幕客待遇甚佳，洪亮吉〈書畢公保遺事〉云：「公愛士甚篤，聞有一藝長，必馳幣聘請，惟恐其不來，來則厚資給之。」〔註44〕在畢沅的資助下，洪亮吉的經濟狀況有所改善，甚至有餘力添置新屋，可見畢公慷慨過人。〔註45〕洪亮吉雖然仍有「作客二十年，衣食知其難。卑身與周旋，不敢忤世顏。」〔註46〕的感嘆，但經濟壓力的減輕確實給他更多的精力深入學問，也讓他在南北奔波之餘，得以忘卻世俗煩惱而投入自然山川之美。在這個階段，洪亮吉的學術著作質量俱佳，他的詩作亦復如是。雖然南北奔波不斷，但詩人的才情爲大江南北的名山大嶽所激發，創造的詩境更加遼闊。

洪亮吉入畢沅幕僚後，無論是物質生活或精神生命都有「愈來愈好」的趨勢，唯一的例外當屬摯友黃景仁之死。在洪亮吉與孫星衍的推薦之下，畢沅得知黃景仁的才學，有意聘之，無奈仲則不幸早逝，得年三十五。黃景仁在病危時，即把後事托付亮吉，《年譜》：「四十八年癸卯……五月，得黃君景仁安邑臨終遺札，以身後事相屬。先生由西安假驛騎，四晝夜馳七百里，抵安邑，哭之于蕭寺中，爲措資送其柩歸里。」〔註47〕除此之外，黃景仁的詩文也是洪亮吉托人編定而

〔註44〕參見〔清〕洪亮吉著，劉德權點校：《洪亮吉集》，冊3，頁1037。

〔註45〕呂培《洪北江先生年譜》：「四十八年癸卯（按：1783）……先是畢公之所居賃宅逼隘，因贈資爲購宅，即今花橋北居第也。」；又「五十二年丁未（按：1787）……五月，搆卷施閣于宅西。」（參見〔清〕洪亮吉著，劉德權點校：《洪亮吉集》，冊5，頁2337、2339。）

〔註46〕參見〔清〕洪亮吉著，劉德權點校：〈飲酒十首〉，《洪亮吉集》，冊2，頁621。

〔註47〕參見〔清〕洪亮吉著，劉德權點校：《洪亮吉集》，冊5，頁2337。

成，洪亮吉〈出關與畢侍郎箋〉：「今謹上其詩及樂府，共四大冊。此君（按：黃景仁）平生與亮吉雅故，惟持論不同，嘗戲謂亮吉曰：『予不幸早死，集經君訂定，必乖余之旨趣矣。』省其遺言，爲之墮淚。今不敢輒加朱墨，皆封送閣下。暨與述菴聯使、東有侍讀，共刪定之。」〔註 48〕畢沅《吳會英才集》論亮吉此事云：「暨黃客死，素車千里奔赴其喪，世有巨卿之目」〔註 49〕洪亮吉篤於友誼的懿行確實令人感佩讚嘆。

離開畢沅幕府後，洪亮吉又在常州太守李廷敬署短暫停留。至乾隆五十五年（1790），他通過會試，殿試爲第一甲第二名，授職翰林院編修，總算可以脫離東奔西走的幕客生涯了。

這個時期，詩人洪亮吉完成了《附鮚軒詩》中的《采石敬亭集》的部分詩作和《黃山白嶽集》、《長淮清潁集》、《桐廬林屋集》、《鍾阜蜀岡集》、《茅峰攝山集》、《天台雁蕩集》，以及《卷施閣詩》中的《傭書東觀集》、《憑軾西行集》、《仙館聯吟集》、《官閣圍爐集》、《太華凌門集》、《中條太行集》、《緱山少室集》、《靈巖天竺集》、還有《西苑祝釐集》中的部分詩作。

三、高中榜眼

洪亮吉高中榜眼，在京供職，前後歷任翰林院編修與國史館編纂官，官居七品。在京期間，他結交了不少詩友。《年譜》：「五十五年庚戌……是歲，偕張太史問陶唱酬極多……；五十六年辛亥（按：1791）……是歲，偕法學士式善、劉檢討錫五、伊刑部秉授、何工部道生、王孝廉芑孫，唱酬極多。」〔註 50〕與法式善（1753～1813）相交，使亮吉更深入探討詩中「有我／無我」的問題；與張問陶（1764～1814）唱和，使亮吉集中出現了一些較空疏粗豪的詩作。但詩觀與

〔註 48〕參見〔清〕洪亮吉著，劉德權點校：《洪亮吉集》，冊 1，頁 345。
〔註 49〕轉引自錢仲聯：《清詩紀事》（南京：江蘇古籍出版社，1989 年），冊 10，頁 6787。
〔註 50〕參見〔清〕洪亮吉著，劉德權點校：《洪亮吉集》，冊 5，頁 2340。

詩風的變化的主要原因，是因爲詩人科考與仕途的順遂，身分與心態有所轉變。洪亮吉此時已不再透過山水表達「壯志難酬」的苦悶與豪情，登上仕途的他也不復把山水視之爲隱遁閑適的嚮往。因此，他以一種比以往更加純粹的審美態度去面對山水。

所幸，老翰林洪亮吉並沒有一直擔任京官。乾隆五十七年（1792）八月，洪亮吉充順天鄉試同考官，十四日，又破格提拔爲貴州學政。在貴州爲官三年，可以說是洪亮吉一生中最順遂的時光，他作育英才的政治理想得以實踐。北江治黔的用心，《年譜》論之甚詳：

> 先生每課士，皆終日坐堂皇，評騭試卷，積弊悉除，又歷試諸府，皆拔其尤者，送入貴陽書院肄業。一歲捐廉俸數百金，助諸生膏火，又購經史足本及《文選》、《通典》諸書，伴資諷誦。其在省日，每日必自課之，令高等諸生進署，講貫詩文，娓娓不倦，欵以飲撰，獎之銀兩。由是黔中人士，皆知勵學好古。〔註 51〕

洪亮吉並不隨著飛黃騰達而忘了貧困士子之苦，他深知貴州在物質民生或文化水準都遠遠不及富庶的江南諸省，因此致力於改善黔中諸生的經濟情況，也替教育落後的貴州購入不少書籍。這些措施帶動了貴州「勵學好古」的讀書風氣，幫助貴州仕子在科考上表現得更加出色。

公務之餘，洪亮吉在學術著作與詩歌吟詠也有新的表現。《意言》一書即表現了他思想上的高度，書中的人口論，更與西方著名學者馬爾薩斯（Thomas Robert Malthus，1766～1814）不謀而合，可見北江這方面的成就乃是世界性的。

在詩作表現上，也因爲詩觀的轉變以及黔中獨特的風光，衍生出新的審美趣味。這時期北江寫了一些純粹書寫山水之美的詩篇，部分作品甚至帶有王漁洋一派的沖淡平易風格。縱使這類詩作文學成就較有限，但對詩人來說，這也是一種新的開創。

嘉慶元年（1796），洪亮吉因貴州學政任滿返京。七月，派充咸

〔註 51〕參見〔清〕洪亮吉著，劉德權點校：《洪亮吉集》，冊 5，頁 2341。

安宮官學總裁。隔年三月初三，奉旨在上書房行走，侍皇曾孫奕純讀書。侍學三天，或許不及治學黔中那樣快意，但其榮耀尤有過之。洪亮吉的宦遊生涯，在此刻抵達了最高峰。嘉慶三年（1798）二月廿七，大考翰詹諸員。洪亮吉所作之〈征邪教疏〉力陳內外弊政，其敢言的作風已廣爲朝中人物所知，也爲他將來的政治危機埋下伏筆。不久，北江得知仲弟過往的消息，陳情引疾返家；離開政治核心沒有太久，太上皇乾隆崩，北江不得不回到京城。弘曆這一死，把洪亮吉的仕宦生涯帶到了終點，卻也間接引領出北江生命最光輝的一面。

這個時期，詩人洪亮吉完成了《卷施閣詩》中的《西苑祝釐集》的部分詩作、《祕閣研經集》、《五陘聯騎集》、《黔中持節集》三卷、《關嶺衝寒集》、《蓮臺消暑集》、《回舟百嶠集》、《侍學三天集》、《全家南下集》以及《單車北上集》。

四、謫戍伊犁

嘉慶四年（1799）九月，洪亮吉有見於時局紛亂，長久的幕僚與仕宦生涯也使他洞悉時政弊病。出於儒者的責任感，北江鼓起道德勇氣上書直諫，也因此以言獲罪。此事本末北江摯友孫星衍論之甚詳，〈清故奉直大夫翰林院編修加三級洪君墓碑銘〉云：

> 君在館撰著，議依古史，裁務簡約，足明事體，與同館諸公意見不合，既擬假歸，又感激今上大開言路，翰林無奏事之責，因陳時政數千言，指斥故福郡王所過繁費，致州縣虛帑，藏以供億，故相和珅擅權，時有達官清選，或執贄門下，或屈節求擢官出使者，凡羅列中外官罔上負國者四十餘人。爲書分上成親王及朱文正珪、劉相國權之，進呈御覽。有旨革職審擬。君詞色不撓，直陳無隱，或詰問以官無言責，君曰「庶人傳語，況翰林乎！」王大臣等擬以大不敬重辟。〔註52〕

洪亮吉此舉獲罪的主因乃是越權瀆職、議論宮禁。他敢於如此直諫，

〔註52〕參見〔清〕洪亮吉著，劉德權點校：《洪亮吉集》，冊5，頁2369。

並非出於一時血氣之勇，自聞嘉慶帝廣開言路之詔，北江「不知寢食者累月」，對上書與否曾考慮再三。〔註 53〕據《年譜》記載，北江上書後「始以原稿示長子飴孫，告以當弃官待罪，是日，宿宣南坊蓮花寺，與知交相別，同人皆懼叵測，先生議論眠食如常。」〔註 54〕獲罪下獄，表弟趙懷玉與之訣別，泣不能忍，北江反而安慰之。趙懷玉稱他「辭意慷慨，無可憐之色。」〔註 55〕可見洪亮吉爲了成仁取義，確實已將生死置之度外。

雖然「丈夫自信頭顱好，肯爲朝廷吃一刀。」但嘉慶皇帝既不擅殺，也無意成全洪亮吉烈士的美名，於是將他發戍伊犁。西域的奇寒酷暑折磨著北江的身軀，卻也焠煉著他的詩筆。他書寫天山戈壁的詩篇，將奇警陽剛的詩風發揮到極致，開創出唐人未及之境界，是其文藝生涯的最高峰。只是洪亮吉在伊犁並未停留太久，前後不過百日。

他得以賜還之本末也很具戲劇性，《清史稿》卷三百五十六記載：

> 京師旱，上禱雨未應，命清獄囚，釋久戍。未及期，詔曰：「罪亮吉後，言事者日少，即有，亦論官吏常事，於君德民隱休戚相關之實，絕無言者。豈非因亮吉獲罪，鉗口不復敢言？朕不聞過，下情復壅，爲害甚鉅。亮吉所論，實足啓沃朕心，故銘諸座右，時常觀覽……」即傳諭伊犁將軍，釋亮吉回籍。詔下而雨……〔註 56〕

於是洪亮吉帶著醞釀許久的詩意（謫戍期間不得飲酒，不許作詩），回歸故里。里中無事，便將往返伊犁的經驗化作《萬里荷戈集》與《百

〔註 53〕謝階樹〈洪稚存先生傳〉：「先生念自身微賤，受知兩朝，居侍從之列，曆試諸職，欲終不言，則非人臣匪躬之義；言之，又慮其不可以徑達也。自聞詔後不知夜食者累月。」（參見〔清〕洪亮吉著，劉德權點校：《洪亮吉集》，冊 5，頁 2360。）

〔註 54〕參見〔清〕洪亮吉著，劉德權點校：《洪亮吉集》，冊 5，頁 2345。

〔註 55〕參見〔清〕趙懷玉：〈皇清奉直大夫翰林院編修洪君墓志銘〉，收入〔清〕洪亮吉著，劉德權點校：《洪亮吉集》，冊 5，頁 2363。

〔註 56〕參見趙爾巽等著：《清史稿》卷 356，收入〔清〕洪亮吉著，劉德權點校：《洪亮吉集》，冊 5，頁 2383。

日賜環集》中的詩篇。

五、里中終老

嘉慶五年（1800）九月初七，洪亮吉自戍所抵里，「親故話舊，幾如隔世，因自號更生居士。」〔註 57〕自號更生，除了感激皇上不殺之恩，也意味著他生命重心的改變，自此不復以仕宦爲意，而致力於讀書著述，優游於詩酒唱和。只是初歸故里，洪亮吉的行動與心靈並不完全消遙自由。在行動上，嘉慶皇帝要江蘇巡府岳起，對北江留心查看，不許他出境；〔註 58〕在心境上，他經歷了謫戍伊犁這樣一場苦難，也還是心有餘悸。

洪亮吉在故里與里中諸子相互酬唱，每歲皆然。這些人中，趙翼對他的詩作有較深刻的批評。甌北當時正在撰作其詩話，這也刺激了洪亮吉《北江詩話》的誕生。除了里中詩友外，洪亮吉復與詩僧巨超（1756～1835）慧超亦相交日深。北江雖不信佛法，但焦山的清幽與兩位詩僧的智慧確實幫助他放下畏讒畏譏的恐懼，引領他的心靈漸漸平靜，這種內在的變化也展現在他的詩作內涵中。

在政府對洪亮吉的看管漸漸鬆弛後，他又得以徜徉於山水之間。除了屢次重遊黃山、天台之外，北江在廬山、武夷山也留下了足跡。《更生齋詩》（扣去《萬里荷戈集》與《百日賜環集》不算）與《更生齋詩續集》共計有 2177 首詩作，其中有不少篇章旨在歌詠江南的好山好水。

洪亮吉晚年的生活也不全是讀書賦詩、遊山玩水。孫星衍曰：「雖蒙編管，江左名士過君講學問字者無虛日，或有延君主講者，盡心教士，其學大行。」〔註 59〕可見洪亮吉對獎掖後進的用心。常州學派的

〔註 57〕語見〔清〕呂培：《洪北江先生年譜》，收入〔清〕洪亮吉著，劉德權點校：《洪亮吉集》，冊 5，頁 2348。

〔註 58〕參見《清仁宗實錄》卷 65，收入〔清〕洪亮吉著，劉德權點校：《洪亮吉集》，冊 5，頁 2394。

〔註 59〕參見〔清〕孫星衍：〈清故奉直大夫翰林院編修加三級洪君墓碑銘〉，

劉逢祿，即是北江的後學之一。至於孫星衍提到的「延君主講者」，則是洋川書院與梅花書院。雖然洪亮吉自言他於洋川書院講學乃「借以避讒謗」，〔註60〕但教館三年，仍致力於作育英才。《洪北江先生年譜》的作者呂培即爲他於洋川書院的學生。

嘉慶十二年（1807），常州大旱，饑民剝樹皮以食。年逾花甲的洪亮吉總理賑災一事，請當道設賑局，自捐金三百以爲倡，所全數十萬計。〔註61〕只是這救人的義舉，或許正是北江病卒的關鍵。陳金陵以爲，洪亮吉於六十四歲因脇痛而卒，應爲慢性肝病導致。〔註62〕筆者以爲陳氏的推測很有可能。蓋肝沒有痛覺，直至病情嚴重才會引起週遭神經作痛，與洪亮吉過世幾個月才有「脇痛」的病史符合。又如趙翼〈哭洪稚存編修〉詩云：「和韻詩常推勁敵，賞文錢尚賑饑民。更從何處論陰德，救得蒼生反殞身。」〔註63〕且不論陰德，洪亮吉於卒前一兩年屢屢爲賑災一事奔走，很可能因爲這樣累壞了身體。嘉慶十四年三月，重遊焦山憩定慧寺，好飲的北江在這次出遊中又喝了酒，〔註64〕這些酒精讓他的肝臟到了極限，是以「四月遊焦山歸，衣袖所留，猶是雲氣；江風忽過，竟散詩聲。」〔註65〕一代學人兼詩人的洪亮吉就這樣留下等身的著作、璀璨的詩文而告別了人間。

收入〔清〕洪亮吉著，劉德權點校：《洪亮吉集》，冊5，頁2370。

〔註60〕參見〔清〕洪亮吉著，劉德權點校：〈將至旌德趙兵備翼枉詩相餞未暇報也山館無事戲作常句柬之約同遊黃山〉，《洪亮吉集》，冊3，頁1316。

〔註61〕參見〔清〕李元度：《國朝先正事略》卷35，收入〔清〕洪亮吉著，劉德權點校：《洪亮吉集》，冊5，頁2376。

〔註62〕參見陳金陵：《洪亮吉評傳》，頁339。

〔註63〕參見〔清〕趙翼著，華夫編：《趙翼詩編年全集》（天津：天津古籍出版社，1996年），冊4，頁1727。

〔註64〕《更生齋詩續集》卷十有詩〈初六晚薄醉與巨超覺燈行山南棧道半里許始回〉記載洪亮吉此次遊焦山的飲酒情形，參見〔清〕洪亮吉著，劉德權點校：《洪亮吉集》，冊4，頁1886。

〔註65〕參見〔清〕吳錫麒：〈清故奉直大夫翰林院編修洪君墓碑〉，收入〔清〕洪亮吉著，劉德權點校：《洪亮吉集》，冊5，頁2364。

第三節　洪亮吉的詩友交遊

洪亮吉於《北江詩話》卷一曾對當代詩人作了言簡意賅的評論，在他論及的一百零四位詩人中，僅有嶺南的黎簡（1748～1799）不曾識面，可見其詩友交遊之廣。他廣泛的人際網路之成因，筆者以爲主要有二。一是他出身於文風鼎盛的江南：如論詩重視性情的「乾隆三大家」，其中趙翼與他是同里之親，袁枚和蔣士銓也因爲地緣關係，洪亮吉於二十多歲時便和他們有所往來。二是其行遍大江南北的宦遊：如北江在幕客生涯得以師事朱筠、畢沅，任館閣詞臣時又與法式善、張問陶等人相互酬唱，人生旅途的南北東西，無形中也提升了他與當代大人物認識的機會。

觀察洪亮吉的詩友交遊，我們發現他的詩友有與其論詩意見相近的袁枚、創作風格相近的張問陶，也有論詩意見持不同調的翁方綱、法式善。洪亮吉並非一味接受某一派詩學所左右，而是廣泛接受當時吟談流行的各種論詩之意見。乾嘉時期傑出的詩人有的作爲他的師長、前輩，對其詩風、詩藝與詩觀的形成頗有啓發之功；有的則作爲詩友，在詩歌創作的道路上互相切磋琢磨，他們對洪亮吉詩都有相當的影響。

一、師長傳詩

洪亮吉結識的前輩詩人不少，但與之有「師友淵源之益」主要是唐爲垣、朱筠、袁枚與畢沅。以下分別論之：

（一）唐為垣

唐爲垣，字麟臣，一字見山，江蘇武進人，是洪亮吉的蒙師。唐氏雖非著名文人，然北江於詩及左傳學有出色的成就，實有賴於他的教誨。《年譜》：「二十五年庚辰（按：1760），先生十五歲。在西廟溝謝氏塾，從唐麟臣先生爲垣受《左傳》及《史記》《漢書》雜文。唐先生，武進縣學附生，工詩。」〔註66〕依洪亮吉〈唐見山先生傳〉記載，

〔註66〕參見〔清〕洪亮吉著，劉德權點校：《洪亮吉集》，冊5，頁2326。

他是個一生爲功名科考所苦的讀書人，晚年因久試不第而狂飲無度，以酒至疾而亡，〔註67〕其詩今多不見。〔註68〕佳句如〈過殤女厝棺〉：「白晝畏人依故隴，黃昏覓伴嘯孤村。」北江評曰：「荒寒蕭瑟及小兒女情態，並寫得出。」〔註69〕可見其詩筆除描山繪水外，亦能直指人心。洪亮吉雖未明言他的詩歌創作受了唐爲垣的影響，但北江師事唐氏期間，詩藝確實有顯著成長，本文於第三章第一節即深入探析之。

（二）朱　筠

朱筠，字美叔，又字竹君，號笥河，直隸大興人。乾隆十九年（1754）進士，官翰林院編修、侍讀學士，充日講起居注官，協辦內閣學士，以博聞宏覽，好獎掖後進聞名於世。洪亮吉早在十七歲所作之〈寄大興朱編修筠〉即表現了他對這位前輩學者的敬仰：〔註70〕乾隆三十六年朱筠官安徽學使，洪亮吉因此得以輾轉進入他的幕僚之中。〔註71〕

〔註67〕洪亮吉〈唐見山先生傳〉：「五應省試不售，晚節益自放於酒，見衣冠者或上視不喜，酷喜呼販夫騶卒共飲，潤筆所入輒寄酒家，家數日不舉火不問也。卒前狂飲無度，不復視案上書……」（參見〔清〕洪亮吉著，劉德權點校：《洪亮吉集》，冊3，頁1166。）

〔註68〕《北江詩話》卷一：「余蒙師唐先生爲垣，素工詩，今集多散失。」（參見〔清〕洪亮吉著，劉德權點校：《洪亮吉集》，冊5，頁2254）；〈唐見山先生傳〉：「所爲詩甚多，不自愛惜，今所存《桐孫詩稿》一卷，類皆中年所成，半屬門下及子銓所記憶者。」（參見〔清〕洪亮吉著，劉德權點校：《洪亮吉集》，冊3，頁1166。）至今《桐孫詩稿》仍錄於近人張維驤所撰《毗陵近代書目》，然筆者未能親見。

〔註69〕參見〔清〕洪亮吉著，劉德權點校：《北江詩話》，《洪亮吉集》，冊5，頁2254。

〔註70〕〈寄大興朱編修筠〉詩序曰：「壬午冬（按：1762），在友人處讀公古賦數首，愛不忍釋，又聞公愛士，遂作此寄之。」（參見〔清〕洪亮吉著，劉德權點校：《洪亮吉集》，冊5，頁1915。）

〔註71〕呂培《洪北江先生年譜》：「三十六年辛卯……十一月，先生以館穀不足養親，買舟至安徽太平府，謁朱學使筠，時學使尚未抵任。沈太守業富素重先生，留入府署。未匝月，適安徽道俞君成欲延書記，太守以先生應聘，已至蕪湖，有留上朱學使書，學使得之甚喜，以爲文似漢魏，及專使相延入幕。以臘月八日復抵太平，黃君景仁已先在署。學使作書徧致同朝，謂甫到江南，即得洪黃二生，其才如龍泉太阿，皆萬人敵云。」（參見〔清〕洪亮吉著，劉德權點校：《洪

朱筠與亮吉師生二人性格相近，嚴明論曰：「朱筠天性孝友、篤好交往，與北江同；重視學問根基、強調爲學必先識字，與北江同；喜論時事、激揚清濁、褒貶正邪，與北江同；極愛山水，名山大川、過必登臨泛舟，遊興常盛不衰，與北江同。」〔註72〕或許正因爲性格相近而投緣，朱筠對洪亮吉的器重與栽培也全方面的影響了他。學問方面，北江入朱筠幕僚中除了大開眼界，奠定了經學、小學之基礎，又結識了王念孫、章學誠等一流學者。〔註73〕此外，朱筠作爲提議開四庫館校書的第一人，復推薦北江總司安徽「四庫館」收集民間遺書的工作。這個經歷亦使北江得以過目不少罕見的書籍。

據袁枚記載，朱筠論詩亦以性情爲重，《隨園詩話》：「朱竹君學士曰：『詩以道性情。性情有厚薄，詩境有淺深。性情厚者，詞淺而意深；性情薄者，詞深而意淺。』」〔註74〕實際創作部分，朱筠於詩的審美趣味，以及對山水題材的偏愛，都影響了洪亮吉。徐世昌《晚晴簃詩匯》論竹君詩曰：

> 詩初學昌谷、昌黎，五言力追漢、魏，晚乃導匯百家，變化開闢，神明於規矩之外。尤愛佳山水，使車所至，嘗在登黃山、武夷，攀蘿造巔，題名鍥石而後返。故集中亦以登臨覽勝之作爲多云。〔註75〕

亮吉集》，冊5，頁2330。）

〔註72〕參見嚴明：《洪亮吉評傳》，頁9。

〔註73〕呂培《洪北江先生年譜》：「三十六年辛卯……及入學使署，又與邵進士晉涵、高孝廉文照、王孝廉念孫、章孝廉學誠、吳秀才蘭庭交最密，由是識解益進。始從事諸經正義及《說文》、《玉篇》，每夕至三鼓方就寢。」（參見〔清〕洪亮吉著，劉德權點校：《洪亮吉集》，冊5，頁2330。）；北江〈傷知己賦〉自註亦曰：「歲辛卯，先生視學安徽，一時人士會集最盛，如張布衣鳳翔、王水部念孫、邵編修晉涵、章進士學誠、吳孝廉蘭庭、高孝廉文照、莊大令炘、翟上舍華與余及黃君景仁，皆在幕府，而戴吉士震兄弟、汪明經中，亦時至。」（參見〔清〕洪亮吉著，劉德權點校：《洪亮吉集》，冊1，頁289～290。）

〔註74〕參見〔清〕袁枚著，王英志校點：《隨園詩話》卷8，收入《袁枚全集》（南京：江蘇古籍出版社，1993年），冊3，頁275。

〔註75〕轉引自錢仲聯：《清詩紀事》，冊9，頁5570。

洪亮吉少年時期詩作，師法漢、魏、李賀、韓愈，以追求古樸、奇警風格之痕跡頗爲明顯。蔣士銓論北江少年所作詩云：「新詩光怪森寒芒，萬鈞入手能挽強。月斧雲斤鏤肝腎，出入韓杜爭軒昂。卷軸塡胸字難煮，學士愛才心獨苦。」；〔註 76〕湯大奎亦曰：「詩宗昌黎，出入義山、昌谷。」〔註 77〕可見朱筠、洪亮吉在爭奇的風尚上是一致的。然爭奇太過，過分以僻字入詩，則生怪而不順。昭槤論朱筠詩就提到了這個缺點，《嘯亭續錄》云：「宋子京詩文瑰麗，與兄頡頏。其新唐書喜用僻字澀句，以矜其博，使人讀之胸臆間格格不納，殊不爽朗。近日朱笥河學士詩亦然。」〔註 78〕洪亮吉受朱筠影響，早年詩作也有此病。他這部分的缺失，還有待另一個詩壇前輩袁枚允與點撥指正。洪亮吉晚年所作的《北江詩話》以「激電怒雷，雲霧四塞。」一語評論朱筠詩的風格，與自稱其詩「激湍峻嶺，疏少回旋。」〔註 79〕相近。「激電」、「激湍」蓋指兩人風格上的陽剛奔放，然北江詩風漸漸「疏少迴旋」，相信是明白「雲霧四塞」詩風過分渾重、不夠流暢而作的改變。

除了詩風的傳承，筆者以爲，朱筠對洪亮吉詩帶來最大的影響是以詩「模山範水」的偏愛。綜觀北江早年所作之《附鮚軒集》，詩人自二十六歲入朱筠幕府後，詩中山水詩的比重大增，內涵亦丕變。蓋經濟拮据的詩人除了隨著長官公務之宜，得以遊歷江南；且朱筠性好山水，亦多登臨覽勝之作。洪亮吉爲朱筠幕僚，在公務閒暇時的詩酒唱和，〔註 80〕他歌詠山水的能力與趣味自然爲朱筠刺激而得以萌發。

〔註 76〕參見〔清〕洪亮吉著，劉德權點校：《洪亮吉集》，冊 5，頁 1979。

〔註 77〕轉引自錢仲聯：《清詩紀事》，冊 10，頁 6787。

〔註 78〕轉引自錢仲聯：《清詩紀事》，冊 9，頁 5570。

〔註 79〕參見〔清〕洪亮吉著，劉德權點校：《洪亮吉集》，冊 5，頁 2245、2247。

〔註 80〕尚小明以爲清代士人遊幕主要的文士活動主要有：(1) 經史典籍的注釋、校勘、疏解、編纂；(2) 詩文集的編纂，戲曲、書畫作品的創作；(3) 地方志的纂修；(4) 論學、講學活動；(5) 襄閱試卷。至於遊幕人士之間的詩酒唱和雖非正式的文士活動，但也是調劑幕府生活的重要方式。(參見尚小明：《清代士人遊幕表》(北京：中華

（三）袁　枚

袁枚，字子才，號簡齋，浙江錢塘人。少舉宏詞，乾隆四年（1739）進士，然對仕宦無太大興趣，三十三歲即作園於江寧小倉山下居之，號隨園，世稱隨園先生。論詩標榜性靈，所作多「清靈雋妙，筆舌互用，能解意中蘊結。」〔註81〕其影響遍及乾隆以後詩壇，洪亮吉的詩論也是袁枚性靈詩學的餘波之一。

《年譜》：「三十五年庚寅，先生二十五歲……是秋，識錢塘袁大令枚於江甯。大令謂先生詩有奇氣，逢人則誦之。」〔註82〕洪亮吉不只是得到詩壇前輩隻字片語的讚揚提攜，兩人結識後多詩歌互答、尺牘往來而情誼日篤。洪亮吉〈三與袁簡齋書〉：「先生交友以直者也，今聞先生之論，意有所疑而不更質之，是不以直道待先生矣。」〔註83〕本於這種精神，做爲後輩的亮吉敢於一再質疑袁枚的學術意見，〔註84〕而袁枚也不吝於指正亮吉於詩歌創作錯誤的觀念，如〈答洪華峰書〉則直言以古文奇字入詩的弊病：

> 頃接手書，讀古文及詩，嘆足下才健氣猛，抱萬夫之稟；而又新學笥河學士之學，一點一畫不從今書，駁駁落落，如得斷簡於蒼崖石壁間。僕初不能識，徐測以意，考之書，方始得其音義。足下眞古人歟？
>
> 雖然，僕與足下皆今之人，非古之人也。生今反古，聖人所戒……韓昌黎云：欲作文必先識字。所謂識者，正識其宜古宜今之義，非謂捃摭一二，忍富不禁，而亟亟暴章之……足下爲唐宋以後之文，而作唐宋以前之字，是猶短

書局，2005年），頁17～18。）

〔註81〕參見〔清〕王昶《蒲褐山房詩話》，轉引自錢仲聯：《清詩紀事》，冊8，頁5085。

〔註82〕參見〔清〕洪亮吉著，劉德權點校：《洪亮吉集》，冊5，頁2329。

〔註83〕參見〔清〕洪亮吉著，劉德權點校：《洪亮吉集》，冊1，頁236。

〔註84〕洪亮吉〈與袁簡齋書〉、〈再與袁簡齋書〉及〈三與袁簡齋書〉都是針對「吳中行劾座主奪情一事」與袁枚師道與禮法。參見〔清〕洪亮吉著，劉德權點校：《洪亮吉集》，冊1，頁232～238。

> 衣楚製，而猶席地摶飯，捧魯人之梡嶡，不已悖乎？……足下厭故喜新，必欲泥古以相恫嚇……讀書愈多，矜奇愈甚……宋子京最精小學，亦嘗笑楊備模仿《古文尚書》、《釋文》，人呼怪物。足下之病，得毋相類！且足下文果傳耶，雖字畫小差，而君之人必有爲之考據字書，校正重刊者。足下之文果不傳那，雖筆筆古法，而後之人必無因此相欽，肯當作字書讀者。足下不古其文而徒古其字，抑末也。《上笥河學士一百十韻》搜盡僻字，僕尤不以爲然，詩重性情，不重該博，古之訓也……《中庸》曰：「人之爲道而遠人，不可以爲道。」然則人之爲詩而遠人，獨可以爲詩乎？要知五味六和十二食，非不多也，而工於爲易牙者，不盡調也。《本草》九千九百種，非不備也，而精於爲俞跗者，不盡用也。畫鬼魅易，畫人物難。足下能思其故而有得焉，則於道也進矣。〔註85〕

這一封義正辭嚴的書信令洪亮吉透徹己詩之病，他自云：「前禮吉喜作古字，先生自數百里移書規之，禮吉至今服膺。」〔註86〕北江受朱筠詩風的不當影響，在袁枚規勸後確實有所改進。觀其實際創作，少年所作之《附鮚軒詩》與中年所作之《卷施閣詩》，炫燿才學以古字僻字入詩的現象日益減少。這不能不說是袁枚之功。除此之外袁枚亦有〈與洪稚存論詩書〉云：

> 文學韓，詩學杜；猶之遊山者必登岱，觀水者必觀海也。然使游山觀水之人終身抱一岱一海以自足，而不復知有匡盧、武夷之奇，瀟湘、鏡湖之妙；則亦不過泰山上一樵夫，海船中一舵工而已矣。古之學杜者，無慮數千百家，其傳者皆其不似杜者也。唐之昌黎、義山、牧之、微之，宋之半山、山谷、後村、放翁，誰非學杜者。今觀其詩，皆不類杜。稚存學杜，其類杜處，乃遠出唐宋諸公之上，此僕所以深憂者也。

〔註85〕參見〔清〕袁枚著，王英志主編：《小倉山房文集》卷19，收入《袁枚全集》，冊2，頁337～338。

〔註86〕參見〔清〕洪亮吉著，劉德權點校：〈三與袁簡齋書〉，《洪亮吉集》，冊1，頁236。

> 昔人笑王朗好學華子魚，惟其即之過近，是以離之愈遠；董文敏跋張即之帖，稱其佳處，不在能與古人合，而在能與古人離，詩文之道，何獨不然。足下前年學杜，今年又復學韓；鄙意以洪子之心思學力，何不爲洪子之詩，而必爲韓子、杜子之詩哉？無論儀神襲貌，終嫌似是而非。就令是韓是杜矣，恐千百世後人仍讀韓杜之詩，必不讀類韓類杜之詩；使韓杜生於今日，亦必別有一番境界，而斷不肯爲從前韓杜之詩。得人之得而不自得其得，落筆時亦不甚愉快。蕭子顯曰：「若無新變，不能代雄」，莊子曰：「迹，履之所出，而迹非履也」，此數語願足下誦之有所進焉。〔註87〕

袁枚這一段話充分體現其詩學的精華，其論詩重視獨創、新變，不喜沈德潛之格調說。師法前人雖爲藝術家必經的途徑，然全師其貌而遺其神，終究只是帶著古人面具的傀儡，全無自己的性靈、性情可言。袁枚關注北江詩藝的進展，在其模仿韓杜太過時給他寫了這一封信，確實有懸崖勒馬之效。洪亮吉往後追求「奇警」詩風的企圖，及其以「性情爲重」詩學之形成，都與袁枚的箴諫有密切關係。

（四）畢　沅

畢沅，字纕蘅，一字秋帆，號靈巖山人，江蘇鎭洋人。累官至兵部尙書、湖廣總督，同時也是當時成就非凡的學者、詩人。乾隆四十六年，畢沅任陝西巡撫，洪亮吉則因爲孫星衍的關係而進入其幕府。《年譜》：「先是孫君星衍已入關，並札言陝西巡撫畢公沅欽慕之意，先生遂決意游秦……畢公聞先生來，倒屣以迎……陝西上有回鑾。日偕畢公籌兵畫餉，暇則分韻賦詩，常至丙夜，間遊牛頭、香積諸寺，尋曲江及漢唐古蹟。」〔註88〕除了公務行政與詩歌交遊外，北江在畢沅幕下還考訂古籍，編修地方方志，是以如《東晉十六國疆域志》、《乾隆府廳地理圖志》及《漢魏音》等不同領域的學術著作，都完成於這個階段。洪亮

〔註87〕參見〔清〕袁枚著，王英志主編：《小倉山房續文集》卷31，收入《袁枚全集》，冊2，頁564～565。

〔註88〕參見〔清〕洪亮吉著，劉德權點校：《洪亮吉集》，冊5，頁2335。

吉任畢沅幕僚這八年，可說是他學術著作的黃金時期之一。

畢沅個性寬平迂緩，與伉直褊急的洪亮吉迥異；然他愛才下士，對屬下的缺點很是寬容。綜觀兩人書信往返，及洪亮吉所撰之〈祭畢尚書文〉、〈書畢宮保遺事〉皆細膩感人，可見師生之間還是建立起深厚的情誼。與朱筠相同，秋帆不獨爲幕主座師，同時也是個受幕僚景仰的前輩詩人。〔註 89〕筆者以爲，畢沅的詩風及其對歌行體裁的應用，北江皆有所承繼學習。畢沅少得詩法於其舅張少儀，又從沈歸愚遊，然其詩如嚴迪昌的分析：「雖宗唐法，清靈雋秀，已不受『格調』所限。在清中葉主持風雅的大僚中，這是個並不恃高位以召天下才士而屬頗有才情的一個。」〔註 90〕他學杜而得其悲涼壯闊，〔註 91 洪亮吉極爲讚揚。《北江詩話》卷一云：

> 畢宮保沅詩，如洪河大川，砂礫雜出，而渾渾淪淪處，自與眾流不同。平生所作，歌行最佳，次則七律。憶其荊州水災記事云：「劈空斧落得生門。」又云：「人鬼黃泉爭路沒，蛟龍白日上城游。」眞景亦可謂奇景。至河南使署喜雨詩云：「五更陡入清涼夢，萬物平添歡喜心。」則又民物一體，不愧古大臣心事矣。〔註 92〕

北江推崇最力的是畢沅詩歌內涵帶有民胞物與的性情和胸襟；〔註 93〕於寫景則能「實有此境」且「奇而有理」，兼顧紀實的態度與文學的況味；於詩風則氣勢盛大，與眾不同。畢沅詩之佳處完全與洪亮吉論詩的審美標準相同。換個角度思考，洪亮吉的詩學系統是否是以畢沅

〔註 89〕〈辰州謁畢尚書師出所訂詩文集即席賦呈二首〉：「幕府盡稱詩子弟，虛窗閒禮古先生。」（參見〔清〕洪亮吉著，劉德權點校：《洪亮吉集》，冊 2，頁 838。）

〔註 90〕參見嚴迪昌：《清詩史》，冊下，頁 702。

〔註 91 語見〔清〕方恆泰：《橡坪詩話》，轉引自錢仲聯：《清詩紀事》，冊 9，頁 5764。

〔註 92〕參見〔清〕洪亮吉著，劉德權點校：《洪亮吉集》，冊 5，頁 2250。

〔註 93〕除此之外，洪亮吉〈靈巖山館詩集序〉亦讚畢沅詩：「性情之故，有獨摯者焉。」（參見〔清〕洪亮吉著，劉德權點校：《洪亮吉集》，冊 1，頁 308。）

詩作爲榜樣而架構起來的呢？北江〈祭畢尙書文〉:「公之詩文，氣包宇宙。海立山飛，天施地受。雲霞蒸鬱，雷風馳驟。體被四時，胸羅全宿。五言正始，一品會昌。春坊劉陸，樂府張王。儷詞景福，聯句柏梁。三唐以降，誰抗顏行。」〔註 94〕雖然過譽，但可見洪亮吉對這位前輩詩人的推崇至極。至於《北江詩話》以「飛瀑萬仞，不擇地流」〔註 95〕喻畢沅詩，而稱己詩如「激湍」，即是認識己詩與畢沅詩相似，但格局卻遠不如之。從洪亮吉直言袁枚詩如「如通天神狐，醉則露尾」、翁方綱詩「如博士解經，苦無心得。」則知率直敢言的他如此形容畢沅詩，絕非晚輩的謙遜；直至晚年，還是將畢沅詩做爲榜樣。

必須附帶一提的是，強調作詩要有眞性情眞面目的洪亮吉，非常反對詩人隨著幕僚長官「亦步亦趨」，《北江詩話》卷五云：

> 杜工部之在嚴鄭公幕府，所作詩與鄭公不同……故能自成名家，並拔戟自成一隊……惟吾鄉邵山人長蘅，初所作詩，既描摹盛唐，苦無獨到，及一入宋商邱幕府，則又亦步亦趨，不能守其故我矣。人或以其名重，尚艷而稱之。吾以爲其品既不及前脩，則其詩亦更容論定也。〔註 96〕

就洪亮吉自身的創作來看，他受朱筠的影響在袁枚的勸戒下有所改正；以畢沅詩爲榜樣亦不獨模仿面貌，且師其神髓而自成一家。洪亮吉於實際創作並不違背其論詩的原則。

二、詩友交流

與洪亮吉詩歌往來、相互切磋的詩友中，筆者以爲對他影響較深者，在離開江南以前主要是黃景仁、孫星衍；北入中原後，則是京城吟壇的重要人物法式善，以及性靈派後進張問陶；弟喪乞假居里期間，和同里詩人錢維喬深交；自新疆謫戍歸來，遂與趙翼和巨超、慧超兩詩僧建立忘年之交、方外之交。以下分別論之：

〔註 94〕參見〔清〕洪亮吉著，劉德權點校：《洪亮吉集》，冊 1，頁 401。
〔註 95〕參見〔清〕洪亮吉著，劉德權點校：《洪亮吉集》，冊 5，頁 2245。
〔註 96〕參見〔清〕洪亮吉著，劉德權點校：《洪亮吉集》，冊 5，頁 2299。

（一）黃景仁

黃景仁，字漢鏞，一字仲則，自號鹿菲子，江蘇武進人。諸生，官候選縣丞。洪亮吉與這位「乾隆六十年間，論詩者推為第一」〔註97〕的天才詩人有總角之誼，黃景仁〈題稚存機聲燈影圖〉:「君家雲溪南，我家雲溪北。喚渡時過從，兩小便相識。」〔註98〕黃景仁詩人生涯的開端乃是受了洪亮吉的引領，洪亮吉〈候選縣丞附監生黃君行狀〉云：「君守訓導君（按：景仁祖父）訓，未嘗為學詩。歲丙戌（按：1766），亮吉亦就童子試，至江陰遇君子逆旅中。亮吉攜母孺人所授漢、魏樂府鋟本，暇輒朱墨其上。間有擬作，君見而嗜之，約共效其體，日數篇。逾月，君所詣出亮吉上，遂訂交焉。」〔註99〕洪、黃於詩持論雖有差異，〔註100〕但並不妨礙他們批評彼此的作品。在朱筠幕中，黃景仁「日中閱試卷，夜為詩至漏盡不止，每得一篇，輒就榻呼亮吉起誇視之，以是亮吉亦一夕數起，或達曉不寐。」〔註101〕兩人交情深厚至此！而性格落落難合，不廣與人交的黃景仁，也曾對其摯友稚存的詩如此建議，〈與洪稚存書〉云：

> 著作何如？出門時，曾見君研脂握鉛為香草之什，君興已至，不敢置喙，但僕殊不願足下以才人終身耳。高青邱詩近日復讀，以君曾稱其五古故也。及細玩之，殊爽然失。蓋青邱雖不以五古傳，而僕謂勝其樂府七古遠甚。味清而腴，字簡而鍊，擬古諸章尤佳。過此而往，欲足下深心閱之，求其用意不用字、字意俱用處。且更欲足下多讀前人詩，於庸庸無奇者，思其何以得傳，而吾輩嘔出心血，傳

〔註97〕語見〔清〕包世臣《齊民四術》，轉引自錢仲聯：《清詩紀事》，冊11，頁7409。

〔註98〕參見〔清〕黃景仁：《兩當軒全集》（上海，上海古籍出版社，1983年），頁376。

〔註99〕參見〔清〕洪亮吉著，劉德權點校：《洪亮吉集》，冊1，頁212。

〔註100〕洪亮吉〈出關與畢侍郎箋〉:「此君平生與亮吉雅故，惟持論不同。嘗戲謂亮吉曰：『予不幸早死，集經君訂定，必乖余之旨趣矣。』」（參見〔清〕洪亮吉著，劉德權點校：《洪亮吉集》，冊1，頁345。）

〔註101〕參見〔清〕洪亮吉著，劉德權點校：《洪亮吉集》，冊1，頁213。

否未必，其故何在。〔註 102〕

從黃景仁對高啓的評語與對北江的態度，實已將他恃才傲物的性格完全表露。這封尺牘語氣雖狂妄失當（或許這正反應了兩人友誼之眞摯），但內容上確實頗有可取之處。仲則指出北江「研脂握鉛」，於詩作有過分雕琢之失，亦恐北江滿足於錯采鏤金的辭彙，僅爲「才人之詩」而不追求「詩人之詩」。其次，仲則以北江甚爲看重的高啓爲例，希望北江能細味高詩用意不用字、字意俱用處，師法其味清而腴、字簡而鍊之長處以洗淨過分濃麗的修辭。最後則希望北江多讀詩，並思考詩歌何以傳世之價值問題。黃景仁的建議洪亮吉大爲受用，如嚴明曰：

> 它指出了洪亮吉早年詩的不良傾向。北江後來回憶道：「論詩數語僕深用自愧，良友贈言，何時可忘耶？」（見《玉塵集》卷下）可見黃景仁這封信對北江詩歌的健康發展大有裨益，洪亮吉後來的詩能擺脱相艷浮靡習氣，以新奇放逸風格獨樹一幟，這與其早年聽從了黃景仁的規勸是關係的。〔註 103〕

黃景仁得年僅三十五歲，眞可謂劃過乾隆詩壇最閃亮的流星。仲則雖無系統的詩學論述留於後世，但這封尺牘誠如他散發出的光芒，引領洪亮吉在詩歌道路上精進不已。

（二）孫星衍

孫星衍，字伯淵，一字淵如，號季俅，江蘇陽湖人。乾隆五十二年進士，授翰林院編修，後任刑部主事，累官至山東督糧道員。長於經史、考據、金石等學，於詩亦精。比起黃景仁，洪亮吉與孫星衍相交較晚，《年譜》：「三十九年甲午（按：1774），先生二十九歲……是歲，始與孫君星衍訂交。」〔註 104〕只是仲則年壽不永，因此孫星衍

〔註 102〕參見〔清〕黃景仁：《兩當軒全集》，頁 480。

〔註 103〕參見嚴明：《洪亮吉評傳》，頁 83。

〔註 104〕參見〔清〕洪亮吉著，劉德權點校：《洪亮吉集》，冊 5，頁 2331。

可以說是洪亮吉最爲眞摯長久的死友。孫、洪二人，同樣有率直疏狂的個性及多面向的學術興趣，且年紀相差七歲，北江總以「元、白」比喻兩人的友情，也期待兩人文學上的成就。〈讀長慶集寄孫大〉序曰：「《長慶集》樂天自序，長微之七年。今亮吉春秋三十四，而季仇年纔二十七，與微之小樂天同。二人之交亦不減元白，所不逮者，或名位耳，其他尙可企及也。」〔註 105〕孫星衍於詩，在學習經典的歷程上復與北江相近。清人如石韞玉〈芳茂山人詩錄序〉云：「先生詩初效青蓮、昌谷，以奇逸勝人」；張維屛《聽松廬詩話》云：「觀察中年以前詩，頗有太白神氣。」；沈其光《平粟齋詩話》云：「其詩五言古大率規摹二謝，參以韓孟……七言古多效長吉。」〔註 106〕除了孟郊以外，兩人對前賢詩人的審美偏好是完全相同的。孫星衍並無詩學論著，其詩學意見亦不成系統；然從他的文章尺牘、詩歌吟詠中仍可發現其思維的吉光片羽，如楊鳳琴以爲，孫氏論詩著重於四點，分別爲尙元精之氣、好奇致、重性情、重問學，〔註 107〕這幾項原則與北江於詩著重之處亦同。雖然淵如在中年深入學問後，不再以詩歌創作爲重，〔註 108〕但他對洪亮吉而言仍是最重要的讀者。洪亮吉〈有入都者偶占五篇寄友・孫比部星衍〉詩云：

> 自君居京華，令我懶作詩。作詩與誰觀，誰爲定妍媸。一篇偶賞心，世論不免嗤。一篇牽率成，俗賞反在斯。我雖不敢言，得失我自知。唯我與子心，膠漆難喻之。我工子開顏，我拙子不怡。非惟字句間，兼爲審篇題。前寄袁尹章，昨答汪叟詞。上皆有墨瀋，由君指其疵。或時作一篇，

〔註 105〕參見〔清〕洪亮吉著，劉德權點校：《洪亮吉集》，冊 2，頁 473。
〔註 106〕轉引自錢仲聯：《清詩紀事》，冊 10，頁 6658、6561、6563。
〔註 107〕參見楊鳳琴：《孫星衍詩歌研究》（鄭州：鄭州大學文學碩士論文，2006 年 5 月），頁 20～23。
〔註 108〕孫星衍〈澄清堂詩稿自序〉：「已而潛心經史，涉獵百家，檢視舊稿，嫌其淺薄。時時酬接，亦有所作，輒不存稿。」（參見〔清〕孫星衍：《芳茂山人詩錄》（北京：中華書局，1985 年，據平津堂叢書本排印），冊 1，頁 1。）

我心亂如絲。置君于我旁，紊者即以治。別君居三年，作詩少千首。以此厚怨君，君能識之否？〔註109〕

從這首詩我們發現，對洪亮吉而言孫星衍的批評看到的不只是辭采的華美、詩句的強弱，而是能就詩歌的篇題主旨，觀察其內涵表現之優劣工拙，論定洪亮吉的詩藝是否有所進展，甚至爲詩人在鍛鍊詩筆所碰到的困境提出建議。洪亮吉認爲孫星衍就是他詩作的理想讀者。從詩人的成長來說，理想讀者的批評指教自然要比普羅大眾的讀者反應來得重要了。

（三）法式善

法式善，原名運昌，字開文，號時帆，又號梧門，蒙古旗人。乾隆四十五年（1780）進士，改庶吉士，授檢討。王昶《蒲褐山房詩話》：「時帆自登仕版，即以研求文獻，宏獎風流爲事……所居在厚載門北，背城面市，一畝之宮，有詩龕及梧門書屋。室中收藏萬卷，間以法書名畫。外則移竹數百本，寒聲疏影，翛然如在岩谷間……」〔註110〕法式善年歲雖小於北江，但成名卻比他來得早。洪亮吉入主詞館後，常是梧門詩龕中的嘉賓，《年譜》：「五十六年辛亥，先生四十六歲。在京供職……是歲，偕法學士式善……唱酬甚多。」〔註111〕值得注意的是，當時京中詩壇大老復有翁方綱，洪亮吉與他結識更早，交往也很深入；〔註112〕只是洪亮吉雖長於考證，但他並不認同翁方綱以學問直接入詩的做法。《北江詩話》對覃溪時有批評，在實際創作部分，也僅有《官閣圍爐集》中幾首書寫考證經驗

〔註109〕參見〔清〕洪亮吉著，劉德權點校：《洪亮吉集》，冊2，頁632。

〔註110〕轉引自錢仲聯：《清詩紀事》，冊10，頁6430。

〔註111〕參見〔清〕洪亮吉著，劉德權點校：《洪亮吉集》，冊5，頁2340。

〔註112〕呂培《洪北江先生年譜》：「四十四年已亥，先生三十四歲……八月，應順天鄉試，不售。時翁學士方綱、蔣編修士銓、程吏部晉芳、周編修厚轅、吳編修錫麒、張舍人塤，共結詩社，首邀先生與黃君（按：黃景仁）入會。每一篇出，人爭傳之。是以先生雖甚困，而友朋之樂，以此二年爲最。」（參見〔清〕洪亮吉著，劉德權點校：《洪亮吉集》，冊5，頁2334。）

的聯句，這顯然是受當時風氣影響而作的應酬詩歌。相較於覃溪，梧門對北江的影響更大。法式善嚮往明代臺閣大臣李東陽的胸襟與作爲，論詩則宗王漁洋神韻，可以說與重視性靈的洪亮吉相異其趣。然梧門確實是有見地的詩評家，他對神韻末流之弊病認識很深，《梧門詩話》卷五：「近來尊漁洋者，以爲得唐賢三昧；貶之者或以唐臨晉帖少之。二說皆非平心之論。夫漁洋自有不可磨滅之作，其講格調，取丰神而無實理，非其至者也。後人式微，不克振其家聲，可謂悼嘆。」；〔註113〕對詩中「性情」，其見解與北江亦相近未遠。〔註114〕洪亮吉亦認爲梧門於實際創作尚能保有自己的個性氣息，非一般宗主神韻格調而流於模擬剽竊者，〈法式善祭酒存素詩序〉云：「先生性極平易，而所爲詩，則清峭刻削，幽微宕往，無一語旁沿前人即描摹名家大家諸氣息。」〔註115〕有鑒於法式善對詩的見解與實際創作的成績，洪亮吉屢屢出示己作以求其意見。梧門曾讚北江《附鮚軒詩》曰：「豎起一支筆，風雨時有來，鬼神爲之慄……」〔註116〕這段言語道盡該集雄健陽剛風格與盤空硬語之特色。〈讀洪稚存亮吉編修詩集〉四首，對北江詩的缺失有更誠懇的建議：

> 萬物弗自見，託之於文章。我語如子語，子腸非我腸。追金爲花卉，顏色豈不光。置諸花盆中，詎及蘭芷芳。藜莧

〔註113〕參見〔清〕法式善著，張寅彭、強迪藝編校：《梧門詩話合校》（上海：鳳凰出版社，2005年），頁158。

〔註114〕《梧門詩話》卷七：「隨園論詩專主「性靈」。余謂「性靈」與「性情」相似而不同遠甚。門人鮑鴻起文逵辨之尤力，嘗云：「取『性情』者，發乎情，止乎禮義，而澤之以風騷、漢魏、唐宋大家，俾情文相生，辭意兼至，以求其合。若易『情』爲『靈』凡天事稍優者類皆楞腹可辦，由是街談俚語無所不可，蕪穢輕薄，流弊將不可勝言矣。」余深是之。」（參見〔清〕法式善著，張寅彭、強迪藝編校：《梧門詩話合校》，頁209。）

〔註115〕參見〔清〕洪亮吉著，劉德權點校：《洪亮吉集》冊3，頁1013。

〔註116〕參見〔清〕法式善：《存素堂詩初集錄存》卷3，收入《續修四庫全書》（上海：上海古籍出版社，2002年，據中國科學院圖書館藏清嘉慶十二年（1807）王墉刻本影印），冊1478，頁489。

較魚肉，滋味難相當。魚肉而餒敗，人則藜莧嘗。

盜賊掠人財，尚且有刑辟。何況爲通儒，靦顏攘載籍。兩大景常新，四時境屢易。膠柱與刻舟，一生勤無異。

山平則無岫，水平則無波。馳驟怒馬擅，意態餓鷹多。酒生糟粕中，糟粕酒殊科。金生砂礫中，砂礫金或訛。我生古人後，古人安可過。不如坐一室，垢刮光潛磨。

立政體尚寬，作詩境取窄。叢垢晦元機，幽情滅塵迹。言探驪龍珠，弱者弗堪役。不入虎穴內，虎子焉能獲。艱難歷彌出，道理窮乃闢。持此精進心，風雨空山夕。〔註117〕

四首之一是指正洪亮吉早年詩作過度修辭的才人氣息；之二如袁枚所說「此笑人知人籟而不知天籟者。先生于詩教，功眞大矣。」〔註118〕其立意在奉勸詩人莫一味從書中「盜掠」創作的質料與靈感，而應多注意自然之美；之三則呼籲詩人出入於古人詩作之間，旨在融前賢長處於筆端；之四旨在建議詩人嘗試藉由刻畫較窄的詩境，屏去世間的塵念及學人的思維而專注於山水審美。洪、法二人詩作與詩論的對話，〔註119〕使亮吉更加明瞭己詩的特質，對詩中「有我」、「無我」之問題有更深的體會。〔註120〕洪亮吉〈暇日校法學士式善張大令景運近詩率賦一篇代柬〉：

我詩時苦難，法詩時苦易。若欲詩筆工，兩人先易地。張君筆下有古人，我詩筆下苦有我。若論詩格超，有人有我皆不可。咄哉詩道匪易言，何況雅頌至此已及三千年，誰

〔註117〕參見〔清〕法式善：《存素堂詩初集錄存》卷3，收入《續修四庫全書》，冊1478，頁487。

〔註118〕語見〔清〕袁枚：《隨園詩話補遺》，轉引自錢仲聯：《清詩紀事》，冊10，頁6429。，

〔註119〕洪亮吉《北江詩話》與法式善《梧門詩話》對洪亮吉的詩友與常州地區的詩人評語相近，相信這是兩人詩論交互影響的結果。兩詩話相近的條目，詳見本文附錄二之表格。

〔註120〕王英志以洪亮吉此詩所提出的詩學見解，作爲其山水詩從「有我」轉爲「無我」的關鍵；然王氏將此詩的創作時間判爲乾隆四十八年，誤。

無好句播人口，大抵來往起滅一一如雲烟。天有日月星，地有嶽與瀆。筆端撼之不能動，何以奴視荊朱僕賁育。若夫一身之內理更該，心志各凌爍，口眼各闔開，不將我之心志口眼寄古人四體內，始覺我與天地錯立成三才。不能已于心，乃復出諸口。爲天地立言，于我亦何有？有所溢于目，乃復矢厥音，爲山水寫照，而我何容心？一言二言精不磨，千語萬語甯嫌多。鋪牋直可蓋八極，濡墨眞欲成江河。然後張君詩法君詩，牛腰巨卷擲我我欲頂禮同所師。且令前萬古與後萬古，得我數輩中立藉可相支持。〔註121〕

洪亮吉自言己詩「難」，回應了法式善對其詩作過份修辭與過多奇字僻典的批評。亮吉聲明了己詩「難」而「有我」的特質後，又表達了一種詩人性靈與天地山川合德的思維。此詩討論的重點主要在「有人」、「有我」。「有人」指的是首先是不能泥於古，詩人必須眞能「已於心」、「溢於目」，方可寫出眞性情的詩。然而自出機杼，仍可能苦於「有我」。詩中「有我」是因爲詩人尚未與天地合爲三才。《周易・繫辭下傳》曰：「有天道焉，有人道焉，有地道焉，兼三才而兩之故六。六者非它也，三才之道也。」〔註122〕洪亮吉此詩所提出的詩學意見，是與儒學思想連結在一起的。洪亮吉以爲詩人作詩不可泥於古，方有自我作爲「人」的存在。其次，悟及人與天地之間，是一個有機的整體，在書寫山水，人與山水並不對立，並不存在主客之間的隔閡，是以自然之美不能也不是爲詩人驅使的對象；爲山水寫照，不單單只是模山範水，實足以寫詩人之言、容詩人之心。詩中「無我」，是指拋卻「小我」的世俗塵念，強調「眞我」與自然的合而爲一，和諧的處於自然環境之中，並非眞是詩中僅有自然之景。此時，書寫本身即是三才之道的體現，故詩人曰：「鋪牋直可蓋八極，濡墨眞欲成江河」。筆者以爲，詩人詩學意見的形成，主要來自儒者「天人合德」的思想，以及創作經驗的歸

〔註121〕參見〔清〕洪亮吉著，劉德權點校：《洪亮吉集》冊2，頁694～695。
〔註122〕參見楊樹達：《周易古義》（臺北，力行書局，1970年，據1929年本排印），頁285。

納。此種重視「物我交融」的詩學思維，在高中榜眼後萌發，使其入黔諸作較以往更加注重自然之美的再現，出現了典型的、純粹表現山水之美的山水詩。法式善〈洪稚存編修黔中寄書至並示人黔詩〉：「寄我黔陽書，字字心肺腑。新詩雄且傑，寧止紀方土。堂堂忠孝詞，自寫甘與苦。處貴弗忘賤，此情不愧古。」〔註 123〕即道出北江詩作特質的變化。而入黔諸作的特質，本文將於本文第三章深入論之。

綜上所論，北江思考詩境與詩中物我關係的問題，也嘗試平淡冲和的詩風，是受了論詩主神韻的法式善之影響。法式善謂洪亮吉：「君知我最深，序非君不可。」〔註 124〕同樣的，洪亮吉在京期間，法式善實乃對他的詩作「知之最深」、影響最深的讀者。

（四）張問陶

張問陶，字仲治，號船山、蜀山老猿、藥庵退守，四川遂寧人，大學士張鵬翮之孫，乾隆五十五年進士，改庶吉士，授檢討，後歷官御史、萊州知府。洪亮吉與張問陶兩人同年進士，因同館交好而多詩歌往來。《年譜》：「五十五年庚戌，先生四十五歲……四月初九日，榜發，獲雋……是歲，偕張太史問陶唱酬甚多，所得詩文數十首。」〔註 125〕洪、張兩人同樣好詩好酒，〔註 126〕個性也都伉爽敢言，〔註 127〕詩歌風格相近，〔註 128〕是以在短短期間內就建立起濃

〔註 123〕參見〔清〕法式善：《存素堂詩初集錄存》卷 3，收入《續修四庫全書》，冊 1478，頁 495。

〔註 124〕參見〔清〕洪亮吉著，劉德權點校：〈法式善祭酒存素詩序〉，《洪亮吉集》，冊 3，頁 1013。

〔註 125〕參見〔清〕洪亮吉著，劉德權點校：《洪亮吉集》，冊 5，頁 2340。

〔註 126〕陸元鋐《青芙蓉閣詩話》：「四川張船山檢討問陶，才力不減洪稚存。兩人俱豪於飲，情好亦最篤。」（轉引自錢仲聯：《清詩紀事》，冊 10，頁 6749。）

〔註 127〕陳其元《庸閒齋筆記》：「船山先生與洪稚存太史亮吉皆爲大興朱文正相國門下士。相國好佛。常於生朝，諸弟子稱觴之際，太史袖出一文上壽。相國固喜其文，亟命讀之。太史抗聲朗誦，洋洋千言，多譏佞佛事。諸人大驚，先生獨大喜叫絕，相國大怒。坐是淪躓有年，先生不悔也。」（轉引自錢仲聯：《清詩紀事》，冊 10，頁 6755。）

厚的情誼。船山在北江的引薦下與袁枚結交，並將其詩稿取名為《推袁集》，〔註 129〕可見論詩亦以性情為宗的他對袁枚的崇拜。張問陶可謂袁枚、蔣士銓、趙翼以後的性靈後進，年輩稍後的他如嚴迪昌所說：「張船山的靈心慧舌，俊才逸思誠無愧為隨園一大替人，更何況其詩學觀念與袁枚如符合契，異地同心。」〔註 130〕袁、張二人既如此投緣相似，袁枚詩中的弊病亦見於船山詩，張維屏《聽松廬詩話》云：「船山詩生氣湧出，生趣飛來，古體中時有叫囂剽滑之病，當時隨園名盛，以遊戲為詩，船山亦未免染其習氣。」〔註 131〕朱庭珍以為洪亮吉高中榜眼後，詩作品質有所下降，便是受張問陶的影響。《筱園詩話》卷二云：

> 常州四子……洪稚存以經學考據專長，詩學選體，亦有筆力，時工鍛鍊，往往能造奇句。惜中年以後，既入詞館，與張船山唱和甚密，頹然降格相從，放手為之，遂染叫囂粗率二習，自以為如此，乃是真我，不囿繩墨，獨具天趣也，而不知入魔矣。損友移人，豈學人亦難免哉……西川之張船山問陶，其惡俗叫囂之魔，亦與袁、趙相等。〔註 132〕

卷四又再一次強調：

> 夫以稚存學問才力，俯視一時，一為船山所累，遂染其習氣，縱筆自恣，詩格掃地。〔註 133〕

〔註 128〕洪亮吉〈小除日仿唐賈島例與張同年問陶祭一歲所作詩並屬王文學澤為作圖各係以詩〉云：「我詩與君詩，識者不能別。」（參見〔清〕洪亮吉著，劉德權點校：《洪亮吉集》，冊 2，頁 671。）

〔註 129〕袁枚《隨園詩話補遺》：「余訪京中詩人于洪稚存，洪首薦四川張船山太史，為遂寧相國之後，寄二生歌見示，余已愛而錄之矣……蒙以詩稿見寄，名曰《推袁集》，尤足感也。」（轉引自錢仲聯：《清詩紀事》，冊 10，頁 6749。）

〔註 130〕參見嚴迪昌：《清詩史》，冊下，頁 946。

〔註 131〕轉引自錢仲聯：《清詩紀事》，冊 10，頁 6751。

〔註 132〕參見〔清〕朱庭珍：《筱園詩話》，收入郭紹虞編，富壽蓀校：《清詩話續編》（上海：上海古籍出版社，1983 年），冊下，頁 2265～2267。

〔註 133〕參見〔清〕朱庭珍：《筱園詩話》，收入郭紹虞編，富壽蓀校：《清

足見朱氏頗以北江「詩格掃地」惋惜而怪罪於船山。這樣的批評雖然明顯帶有偏見，將論詩重視性靈的詩人均視爲「邪魔歪道」，但洪亮吉在任翰林編修期間，其詩失於空疏浮滑、毫無蘊藉卻也是實情。關於這個現象，嚴明有較中肯而深入的見解：

> 多年的考場奮鬥終於使他一朝高第成功，生活來源和仕途前程都有了保障。同封建社會中大多數下層文人一樣，他會感到滿足，感到疲憊，同時也感到一種「高處不勝寒」的空虛。他在當時的一首詩中說：「悟徹繁華總是空，興來厭笛自西東。尚餘幾尺斜陽影，要與春花鬥晚紅。」（《卷施閣詩》卷十一〈晦日卷施閣餞春偶賦〉）可見當時的洪北江陷於一種心理老化、興致索然的精神狀態中。應該說這才是北江詩在當時出現空疏浮放傾向的內在原因。至於張船山，也是「性靈派」後出現的一個優秀詩人，何嘗是什麼「無詩品」的下流作家，與船山爲友，有什麼害處。何況北江與張船山的唱酬之作，並不見得盡是縱恣叫囂的惡詩，其中如〈兩生行〉這樣的互相唱酬，感情熾熱，放筆呈奇，還是寫得相當出色的。〔註 134〕

由此可知，如李慈銘「只惜未除傖父氣，平生多事友船山」〔註 135〕這樣的評語，實在不足取。崔旭的《念堂詩話》記載了兩人交遊曰：「洪稚存勸船山師多讀書，船山師勸稚存少讀書，二人各有見，洪說似長。然旭讀侍坐時多所質問，雖諸子道藏，亦衝口而出，是豈不讀書者，殆恐稚存有玩物喪志之累也。」〔註 136〕從這條詩話則知張問陶論詩與袁枚相同，不廢學問但更重視才力；而洪亮吉則反之，視學識爲詩之根本。兩人持論雖異，然船山勸稚存少讀書的出發點，還是

詩話續編》，冊下，頁 2406

〔註 134〕參見嚴明：《洪亮吉評傳》，頁 69。

〔註 135〕參見〔清〕李慈銘：《白華絳柎閣詩集》卷丙，收入《續修四庫全書》（上海：上海古籍出版社，2002 年，據上海圖書館藏清光緒十六年（1890）刻越縵堂集本影印），冊 1559，頁 21。

〔註 136〕轉引自錢仲聯：《清詩紀事》，冊 10，頁 6753。

擔心他因爲投入學問而視詩爲餘事（洪亮吉另一個摯友孫星衍便是如此），不復努力精進。可見張問陶對洪亮吉詩藝的成長總是允與關心，誠爲不可多得的詩友。

（五）錢維喬

錢維喬，字季木，號竹初、半園，江蘇陽湖人。乾隆二十七年（1762）舉人，官鄞縣知縣，工書擅畫，詩文亦精。北江幼年學詩之時，即聞竹初詩名，然兩人深交卻已是嘉慶三年的事。洪亮吉〈錢大令維喬詩序〉：「余既耽吟詠，未成童日，即識里中詩人三：曰陳蕤賓，曰湯遵路，曰錢季木。時三人者，詩名已噪……歲戊午，余以弟喪乞假歸。在里中八閱月，與季木過從尤密，亦時時觀季木之詩，季木亦時時言欲綜理前後所作，乞余訂定之……」。〔註 137〕竹初雖請北江爲之編訂詩集，但筆者以爲兩人詩論實有差異。錢維喬於詩雖強調「性情」，但他所論性情實有揉合「言志」與「緣情」、「性靈」與「格調」的用意，茲舉數例於下：

（1）先賢云：「詩者，志之所之也」。劉彥和云「詩者，持也。」持人性情，夫志有屈伸，而性情未有不軌於正者也。人於身世之交，倫物之際，有所感觸，非長言詠歎不足以暢其懷也，非旁引曲喻不足以達其義也。然必詞不掩意，文不傷質，斯爲性情流露之詩。性情流露之詩，作者可以裨益世道，讀者可以爲興觀群怨之助，爲知人論世之資，故曰持焉。（〈春覺軒詩草序〉）

（2）若夫「言爲心聲」一語實爲要旨。詩雖小道必有眞性情存，乃合乎溫柔敦厚之義，可忝興觀羣怨之用。（〈答袁簡齋書〉）

（3）昔人論詩云窮愁易工，非謂詩之貴於窮愁也。蓋詩本性情，而往往以文掩之。競繁縟者錯采鏤金，尚纖巧者妃青媲白，才人暇豫致飾於詞，而性情不屬。讀者亦遂掩卷茫然，而絕無動於中，豈詩教之本旨哉。（〈孫

〔註 137〕參見〔清〕洪亮吉著，劉德權點校：《洪亮吉集》，冊 3，頁 968。

潔哉詩跋〉)〔註 138〕

洪亮吉重視性情，但不會如此上述諸例一般，處處與〈詩大序〉靠攏。洪亮吉〈哭錢維喬三十韻〉：「君詩我點定，我句君剖析。」〔註 139〕綜觀兩人尺牘來往，竹初論北江詩的評論口氣謙沖，觀察卻很犀利。〈答洪稚存書〉：

> 新歲兩奉手書，稔足下春祺增勝，藉慰遠懷。見示近作二紙，反覆錐誦，如聆故人聲咳。足下天才放軼，跌宕不羈，何庸問途于老馬。無已或爲之進一解曰：「長江大河，沐日浴月，固寓內之鉅觀也，然必有瀠洄漾演之致，乃不一瀉千里。」蓋少停蓄之，其氣勢彌厚，非如方塘小沼，徒賴蘋末微風，暫生波瀫耳。〔註 140〕

洪亮吉自稱其詩如殊少迴旋的急湍，錢維喬並非不贊同北江詩的風格，只是勸他在「少停蓄之」，使內涵更爲飽滿，節奏更加多元。對北江詩的殊少迴旋，後人皆多少有所批評。如張維屏《聽松廬詩話》曰：「洪北江詩有眞氣，亦有奇氣。時或如飄風驟雨，未免失之太快。」；〔註 141〕錢鍾書《談藝錄》亦云：「九柏山房詩卷十五歲暮懷人絕句於船山云：『千詩百賦揮毫就，蛟蚓於中可要分』痛下針砭，稚存亦當如聞足戒哉。」〔註 142〕可知竹初的建議對洪亮吉來說確實很有建設性。

（六）趙　翼

趙翼，字雲崧，號甌北，江蘇陽湖人，官內閣中書，入值軍機處，擢任貴西兵備道。趙翼乃是中國史上極爲出色的歷史學者，復以詩與

〔註 138〕參見〔清〕錢維喬：《竹初文鈔》卷 1、3，收入《續修四庫全書》（上海：上海古籍出版社，2002 年，據上海辭書出版社圖書館藏清嘉慶刻本影印），冊 1460，頁 203、238、246。

〔註 139〕參見〔清〕洪亮吉著，劉德權點校：《洪亮吉集》，冊 3，頁 1693。

〔註 140〕參見〔清〕錢維喬：《竹初文鈔》卷 3，轉引自《續修四庫全書》，冊 1460，頁 235。

〔註 141〕參見〔清〕張維屏：《國朝詩人徵略初編》卷 51，收入周駿富輯：《清代傳記叢刊》（臺北：明文書局，1985 年），冊 22，頁 710。

〔註 142〕參見錢鍾書：《談藝錄》，頁 519。

袁枚、蔣士銓並稱爲「乾隆三大家」。洪亮吉晚年結交最深者，當推這位前輩。《年譜》：「嘉慶六年辛酉（按：1801），先生五十六歲。在里門。自二月以後，偕里中耆宿，爲壺碟之會。每逢花辰令節，與趙觀察翼……往環唱酬無間，每歲皆然。」〔註 143〕綜觀趙、洪兩人詩文尺牘往來，則知兩人之交不只是尋常應酬；特別是趙翼絲毫沒有前輩架子，兩人總是眞摯的討論學術與社會現狀等問題。〔註 144〕筆者以爲，兩人的詩學論著皆是在彼此的影響下完成，趙翼曾將《甌北詩話》的草稿惠示亮吉，北江輒賦詩三首陳明其意見，〈趙兵備翼以所撰唐宋金七家詩話見示率跋三首〉詩云：

> 一事皆須持論平，古人非重我非輕。編成七輩三朝集，好到千秋萬世名。未免尊唐祧魏晉，欲將自鄶例元明。塵羹土飯眞拋卻，獨向毫端抉性情。
>
> 詩家別集已成林，一一披沙與檢金。作者眾憐傳者少，前無古更後無今。法家例可平心斷，大府文非刺骨身。卷卷漫從空處想，就中多有指南鍼。
>
> 名流少壯氣難馴，老去應知識力眞。七十五年纔定論，一千餘載幾傳人。殺青自可緣陳例，初白差難踵後塵。只我更饒懷古癖，溯源先欲到周秦。〔註 145〕

比較《甌北詩話》與《北江詩話》，我們發現「獨向毫端抉性情」是趙、洪二人詩論共同的原則。此外又如紀玲妹的觀察，他們都是在力主創新的基礎上，主張性情、品格和學識並重。〔註 146〕兩人詩論在

〔註 143〕參見〔清〕洪亮吉著，劉德權點校：《洪亮吉集》，冊 5，頁 2348。

〔註 144〕陳金陵對趙、洪兩人詩歌往來的觀察認爲洪亮吉《更生齋詩》中〈積雨簡趙兵備翼〉一詩，提及降雨和糧價問題；〈自琴溪歸里頻日趙兵備翼方大令寶昌聯舫觀競渡率賦一首即和趙兵備原韻〉一詩，則質疑官府禁止人民競渡之政令。又如〈趙兵備從地理數事見訪因走筆奉答猥蒙長篇獎假並目爲行秘書因率成四截句酬之即戲效其體〉，即體現了趙翼作爲前輩學者對學術的求實，及其謙遜的品格，也是兩位學人情誼之篤的具體實例。（見氏著：《洪亮吉評傳》，頁 276～278。）

〔註 145〕參見〔清〕洪亮吉著，劉德權點校：《洪亮吉集》，冊 3，頁 1294。

〔註 146〕參見紀玲妹：《毗陵詩派研究》，頁 52～63

大原則上雖無差別，但在崇古問題上則有出入。前文所引詩作三首之三，洪亮吉自注曰：「余時亦作《北江詩話》，第一卷泛論，自屈宋起。」可見《北江詩話》的撰作，若干程度上受了《甌北詩話》的刺激所發，而洪亮吉並不完全認同趙翼的評論（如兩人對年代較近的查慎行態度迥異），故《北江詩話》強調其原則是「溯源先欲到周秦」。對此，王英志說：

> 在反擬古的問題上他（按：洪亮吉）不夠徹底，實際仍有崇古思想，如他過於推崇詩三百篇，認爲詩越古越好。明代復古派胡應麟有「詩之格以代降也」的錯誤觀點，洪氏亦附和「孰謂詩不以時代降耶？」這種文學發展的倒退觀顯然是不符合實際的。它與洪氏主張創新、反對擬古的主導思想也是矛盾的，實不足爲訓。〔註 147〕

趙翼並非沒有發現洪亮吉論詩思維的矛盾，在對北江這三首詩的和作中，雖有「老始識途輸早見」的自謙之語，但「論人且復先觀我，愛古仍須不薄今。」〔註 148〕顯然是針對北江而發。趙翼不只對洪亮吉的詩學意見有精確的批評，他論述北江的詩作亦有眞知灼見，如〈題稚存萬里荷戈集〉詩云：「國家開疆萬餘里，竟似爲君拓詩料。即今一卷荷戈詩，已如禹鼎鑄魅魖……翻嫌賜環太草草，令威百日歸華表。倘更留君一二年，北荒經定增搜考。憶君唯恐君歸遲，愛君轉恨君歸早。」〔註 149〕明確給予洪亮吉西域諸作正確評價，並判別《荷戈》、《賜環》兩集之優劣。其文學批評的價值遠在北江其他友人的應酬之作上。因此筆者以爲在孫星衍不復以詩爲志業之後，趙翼可以說是洪亮吉詩最出色的讀者。兩人詩歌詩論的交互對話，也奠定了洪亮吉《北江詩話》的大致面貌。

〔註 147〕 參見王英志：《清人詩論研究》（南京：江蘇古籍出版社，1986 年），頁 325。

〔註 148〕 參見〔清〕洪亮吉著，劉德權點校：《洪亮吉集》，冊 3，頁 1295。

〔註 149〕 參見〔清〕趙翼著，華夫編：《趙翼詩編年全集》，冊 4，頁 1363～1364。

（七）巨超、慧超

清恒，字巨超，號借庵，桐鄉人，俗姓陸，承曹洞宗法脈，主焦山定慧寺；達瑛，字慧超，號練塘，丹陽人，主席棲霞。洪亮吉自伊犁征戍歸來，雖未改變其睥睨佛教的態度，但與出家眾往來無礙。北江有詩云：「知客軒中澹和尚，詩筆居然亦相抗。每聞清夜讀詩聲，知客西軒接方丈。僧中數子並不凡，筆與山石同雕鑱。君不見，山窗莫謂閒無事，讀罷新詩看奇字。」〔註150〕可見他並沒有因爲宗教傾向不同而忽視僧侶的文學成就。北江又因爲屢遊焦山，故方外之交，以二超爲最。《年譜》：「嘉慶六年辛酉，先生五十六歲……六月，避暑焦山定慧寺。詩僧慧超、巨超，皆從論詩。」；〔註151〕〈巨超偕棲霞僧慧超過訪喜賦〉詩云：「一僧江北去，復挈一僧來。把卷憶前度，論詩日己回。」，〔註152〕又如王豫《羣雅集》記載：「（北江）自西海放歸，累度江過訪，同遊焦山，宿孝然祠中，瀹茗論心。偶憶太宜人居貧之苦，課讀之勤，淚輒涔涔下。巨超、慧超兩僧在座，亦皆感泣。」〔註153〕足見北江如此重視二僧，並非他們擁有如龍如虎的詩筆，〔註154〕而是他們的詩歌內涵更具有眞性情，〈三山詩僧合刻序〉曰：

> 三山僧者，乳山方丈古巖、攝山方丈慧超、焦山方丈巨超……余不識古巖，而識巨超，又因巨超識慧超……讀三僧詩，其清遠絕俗，若出一轍。又加以性靈，焚香掃地，椀飯杯茗；撞鐘擊磬，梵聲佛號；佈施之雜沓，經懺之繁瑣；入則一蒲團一龕，出則一瓶一鉢，經府歷縣，蹈山蹠水；千險百怪，

〔註150〕參見〔清〕洪亮吉著，劉德權點校：《洪亮吉集》，冊3，頁1295。
〔註151〕參見〔清〕洪亮吉著，劉德權點校：《洪亮吉集》，冊5，頁2348。
〔註152〕參見〔清〕洪亮吉著，劉德權點校：《洪亮吉集》，冊3，頁1278。
〔註153〕轉引自錢仲聯：《清詩紀事》，冊10，頁6788。
〔註154〕洪亮吉〈贈巨超慧超題二僧詩集〉：「巨公居江心，慧公居江滸，詩筆如龍復如虎……二僧筆力可截江，端坐已受潮頭降，餘力更把焦山扛……」（參見〔清〕洪亮吉著，劉德權點校《洪亮吉集》，冊3，頁1279。）對兩人詩筆極爲讚揚。

> 億態萬狀，一一見之于詩，而未已也。值俗家父母兄弟之疾痛，所居所遊歷之州縣水旱疾疫，皆于詩見之。非尋常緇素者流，貌守戒律，以口頭禪爲五七律者比。
>
> 或以謂三僧者既逃乎方之外矣，而又拳拳於一家……此三僧者，雖以空寂爲主，寂滅爲宗，上不忘天性之親與食毛踐土之德，有所觸而即動，至于如此也。〔註155〕

三僧詩作對濃烈深刻世間的關懷，以性靈感受叢林生活，以菩薩慈悲面對人間苦難，故北江以爲三僧之詩遠勝於一般「貌守戒律，以口頭禪爲五七律者」之流，其中又以巨超對洪亮吉影響較大。徐世昌《晚晴簃詩匯》論巨超曰：「借庵才思清曠，年登大耋。……嘗遊天台雁宕，渡海至洛伽，逾年而返。復游黃山九華探幽鑿險，窮山水之勝，而詩亦日進。洪稚存爲作詩序，推許甚至。」〔註156〕巨超性喜山水，與北江同，兩人集中有不少一起歌詠山水的詩作。焦山之美與巨超的智慧，撫慰了歷劫歸來的詩人，也使其詩歌的內涵特質有些微的變化。此點本文將於四章二節論之，此不贅述。

第四節　洪亮吉的詩學意見

洪亮吉的詩學意見主要見於他晚年撰作的《北江詩話》。此外如〈徐南廬先生詩序〉、〈靈巖山館詩集序〉、〈三山僧詩合刻序〉與〈莊達甫徵君春覺軒詩序〉等文，以及〈道中無事偶作論詩絕句二十首〉、〈趙兵備翼以所撰唐宋金七家詩話見示率跋三首〉等詩作，亦可見其詩觀。以下分別論述北江的基本詩觀及他對詩中「模山範水」的審美意見。

〔註155〕參見〔清〕洪亮吉著，劉德權點校：《洪亮吉集》，冊3，頁971～972。

〔註156〕參見徐世昌：《晚晴簃詩匯》卷197，收入《續修四庫全書》(上海：上海古籍出版社，2002年，據民國十八年(1929)退耕堂刻本影印)，冊1633，頁650。

一、「性情」、「學識」、「品格」並重的基本詩觀

洪亮吉的詩學屬於袁枚性靈派的餘波迴響，〔註 157〕他最重視作者的「性情」之真摯，對於「學識」與「品格」也不忽視。《北江詩話》卷五：「乾隆中葉以後，士大夫之詩，世共推袁、王、蔣、趙矣。然其詩雖各有所長，亦各有流弊……其故當又求之於性情、學識、品格之間，非可以一篇一句之工拙定論也。」〔註 158〕正如這段話的旨趣，洪亮吉基本上採取折衷兼善的態度，對當代格調、性靈、肌理等詩學之缺失皆有所指正。與袁枚相同，北江強調「性靈」、「性情」，以反對過分泥於擬古而缺乏個性、創新與生命的詩作，《北江詩話》中即有不少批評，茲舉數例於下：

（1）誤傳翁閣學方綱卒，吾亦有輓詩云：「最喜客談金石例，略嫌公少性情詩。」概金石學爲公專門，詩則時時欲入考證也。

（2）朱檢討彝尊《曝書亭集》，始學初唐，晚宗北宋，卒不能鎔鑄自成一家。

（3）余頗不喜吾鄉邵山人長蘅詩，以其作意矜情，描頭畫角，而又無眞性情與氣也，晚年入宋商邱犖幕，則復步學邯鄲，益不足觀。其體散文，亦惟有古人面目，苦無獨到處。

〔註 157〕青木正兒《清代文學批評史》將洪亮吉置之於〈神韻、格調、性靈三詩說的餘波〉一章，又曰：「其詩話雖不見有明顯主張，然雜話間亦可略窺其詩論。他也屬性靈派，但評詩標準是在『性情』、『學識』、『品格』三點……然而，三者之中，還是以性情爲第一」，青木氏已提及洪亮吉詩論中重視品格的這一部分，而北江認爲袁枚在人品有所缺陷，其詩不足以稱作當代第一流者也。（參見〔日〕青木正兒著，陳淑女譯：《清代文學批評史》，頁 143～145。）；吳宏一則將洪亮吉置之於其著作中「性靈說的反響」一節，又曰：「袁枚標舉性情，洪氏論詩也以性情爲主……以上所言，是洪氏與袁枚相合處。」（參見吳宏一：《清代詩學初探》，頁 233）他認爲袁、洪兩人所論之性情相近，卻也指出洪亮吉於《北江詩話》中對袁枚的指責，呈現兩人詩觀之異同。

〔註 158〕參見〔清〕洪亮吉著，劉德權點校：《洪亮吉集》，冊 5，頁 2296。

（4）王文簡之學古人也，略得其神，而不能遺貌。沈文愨之學古人也，全師其貌，而先已遺神。

（5）或曰：今之稱詩者眾矣，當具何手眼觀之？余曰：除二種詩不看，詩即少矣。假王、孟詩不看，假蘇詩不看是也。何則？今之心地明了而邊幅稍狹者，必學假王、孟；質性開敏而才氣稍裕者，必學假蘇詩。若言詩能不犯此二者，則必另具手眼，自寫性情矣。是又余所急欲觀者也。〔註159〕

（1）例的言論主要是批評翁方綱「并將考證入詩篇」〔註160〕的現象。覃溪欲以學問之實，補足神韻詩之空泛虛無，但於實際創作，往往是直接將金石學問的治學心得硬套入詩句之中，形成毫無詩味的「學人詩」。這類詩作除了滿紙的學究氣，並不見詩人的生命與個性，故北江明言「少性情詩」。（2）至（5）例的言論則表現了他對清代中葉詩壇「學古未成留僞體」〔註161〕現象之不滿。他以爲，因爲師法前人而競講宗派，是清代中葉詩壇「眞詩不出」最大的原因。〈西溪漁隱詩序〉對當時「假王、孟詩」、「假蘇詩」論之甚詳：

詩至今日，競講宗派，至講宗派，而詩之眞性情眞學識不出，嘗略論之。康熙中，主壇坫者，新城王尚書士禎、商丘宋尚書犖，新城源出嚴滄浪，詩品以神韻爲宗，所選《唐賢三昧集》，專主王、孟、韋、柳而已，所爲詩，亦多近之。商丘詩主條暢，又刻意生新，其源出于眉山蘇氏，遊其門者，如邵山人長蘅等，亦皆靡然從風。同時海鹽查編修愼行亦有盛名，又源出於劍南陸氏，是又學蘇、陸之派；秀

〔註159〕參見〔清〕洪亮吉著，劉德權點校：《洪亮吉集》，冊5，頁2252～2253、2256、2269、2292、2293。

〔註160〕洪亮吉〈道中無事偶作論詩絕句二十首〉之二十：「祇覺時流好尚偏，並將考證入詩篇。美人香草都刪卻，長短皆摩擊壞編。」（參見〔清〕洪亮吉著，劉德權點校：《洪亮吉集》，冊3，頁1245。）

〔註161〕洪亮吉〈道中無事偶作論詩絕句二十首〉之八：「窘於篇幅師王孟，略具才情仿陸蘇。學古未成留僞體，半生益覺賞心孤。」（參見〔清〕洪亮吉著，劉德權點校：《洪亮吉集》，冊3，頁1245。）

> 水朱檢討彝尊，始則描摹初唐，繼則泛濫北宋，是又初唐北宋之派；博山趙宮贊執信，復矯王、宋之弊，持論一準常熟二馮，以唐溫、李爲極則，是又學溫、李之派。迨乾隆中葉，長州沈尚書德潛，以詩名吳下，專以唐開元、天寶爲宗，從之遊者，類皆摩取聲調，專講格律，而眞意漸漓，是又學開元、天寶之派。蓋不及百年，詩凡數變，而皆不出各持宗派，何則？才分獨有所到，則嗜好各有所偏，欲合之，無可合也。〔註162〕

無論是宗唐的王漁洋、沈德潛，宗宋的宋犖、邵長蘅，甚至是轉益多師的朱彝尊，都在北江的批評範圍之內。在擬古風潮之下，神韻、格調的詩學比起其他詩派在清代中葉影響更大，故論詩主性情的洪亮吉對這兩派的攻擊也最力。北江以爲，神韻專喜清遠沖淡風格，格調囿於音律聲調，其弊病都是造成擬古而「貌合神離，千首一律」，甚至是「至以前人名作，竄易數字，冒爲己有者。」〔註163〕洪亮吉的不滿是因爲這些詩作「眞意漸漓」。蓋擬古、學問與詩的藝術個性本身並不衝突，如北江對錢載極爲讚賞，〔註164〕完全並不因爲他學黃山谷瘦硬詩風而否定之；論任大椿詩，也以爲任詩並不因學問而妨害性情，學人、詩人實可並而兼美。〔註165〕洪亮吉對所謂的「假王、孟

〔註162〕參見〔清〕洪亮吉著，劉德權點校：《洪亮吉集》，冊1，頁218～219。

〔註163〕參見〔清〕洪亮吉著，劉德權點校：〈包文學家傳〉，《洪亮吉集》，冊1，頁215。

〔註164〕《北江詩話》卷一：「錢宗伯載詩，如樂廣清言，自然入理。」；卷五曰：「太僕詩以四言五言爲最，次則歌行，即近體亦別出抒軸，迥不猶人。讀其詩可以知其品。」（參見〔清〕洪亮吉著，劉德權點校：《洪亮吉集》，冊5，頁2245、2296。）從洪亮吉的評語可知，他對錢載詩高度的肯定主要是出於籜石學宋詩理趣又能「別出抒軸」，且其人品亦形成了詩歌內涵高尚的特質。

〔註165〕《北江詩話》卷五：「侍御於三禮最深，所著《深衣考》等，禮家皆奉爲法度。故其詩亦長於考證，集中金石及題畫諸長篇是也。然終不以學問掩其性情，故詩人、學人可以並擅其美。」（參見〔清〕洪亮吉著，劉德權點校：《洪亮吉集》，冊5，頁2296～2297。）

詩」、「假蘇詩」深感不滿，主要是因爲這些詩作不能「自寫性情」、「自成一家」之故。欲去除神韻、格調派對詩不好的影響，只有強調眞性情，〈讀雪山房唐詩選序〉曰：

> 又嘗論王文簡、沈文愨，以名工鉅卿手操選政，文簡則專主神韻，而蹠實或所未及；文愨則專主體裁，而性情反置不言。其病在於以己律人，又強人以就我。今觀侍御之所選，一人有一人之面目，一人有一人之性情，各不相肖，始各極其工。選一代之詩，而即可爲前古後今之法，蓋善之善者。〔註166〕

使眞面目、眞性情各極其工，方是足以爲前古後今之法的詩作。洪亮吉與袁枚同樣重視性情，但他們詩論仍有差異處。袁枚論詩重性情雖不廢學問，然洪亮吉有鑑於袁枚於實際創作的輕佻浮滑，甚至是淫艷之失〔註167〕，因此對在性情之外，他對詩人的「學識」與「品格」更是格外要求。於學識，《北江詩話》曰：

> （1）詩人之工，未有不自識字讀書始者。即以唐初四子論，年僅弱冠，而所作《孔子廟碑》，近日淹雅之士，有半不知其所出者。他可類推矣……
>
> （2）人但知陶淵明一味眞淳，不塡故實，而以爲作詩可以不讀書。不知淵明所著《聖賢群輔錄》等，又考訂精詳，一字不苟也。
>
> （3）李太白詩，不獨天才卓越，即引用故實，亦皆領異標新……他若《行路難》《上雲樂》諸樂府，皆非讀書破萬卷者，不能爲也。
>
> （4）今世士惟務作詩，而不喜涉學，逮世故日膠，性靈日

〔註166〕參見〔清〕洪亮吉著，劉德權點校：《洪亮吉集》，冊3，頁1135～1136。

〔註167〕《北江詩話》卷三：「袁大令枚詩，有失之淫豔者。然如「春花不紅不如草，少年不美不如老」，亦殊有齊梁間歌曲遺意。又《月中苗歌》云：「胡蝶思花不思草，郎思情妹不思家」，辭雖俚而亦有古意，不可以苗歌忽之也。」（參見〔清〕洪亮吉著，劉德權點校：《洪亮吉集》，冊5，頁2280。）

> 退，遂有「江淹才盡」之誚矣。《北齊書‧孫搴傳》：「邢邵嘗謂之曰：『更須讀書。』搴曰：『我精騎三千，足敵君羸卒數萬』」豈今不務讀書者，胸次有孫搴三千精騎耶。〔註 168〕

例（1）的觀念受了朱筠的影響，強調「識字」爲詩歌創作的基本。這種說法固然是乾嘉考據學風影響下的產物，但詩歌乃是以文字作爲表現媒介的藝術，那麼詩人對其使用「材料」之熟稔，本屬份內之事；（2）（3）兩例，則說明最具天份，看似詩中「不塡故實」的陶淵明、李白，其實也是飽讀詩書，於學有成，藉此說明詩人務學的重要；例（4）則明言詩人學養與靈感密切的關係，以爲作詩並不能完全倚賴作爲對萬物的感知能力、對詩歌的創造力之「性靈」有可能隨著涉世愈深而衰退，故須藉由讀書以充實內涵，維持創作的能量。反觀袁枚論詩雖不廢學，但從其「學荒反得性靈詩」、「詩文自須學力，然構筆用思，全憑天分。」的言論，可知重視天分還是在學識之上。〔註 169〕

在「品格」部分，洪亮吉的論點與袁枚有更大的差異。北江詩論帶有較重的道德批評氣味，《北江詩話》卷四明言：「詩人不可無品，至大節所在，更不可虧。」〔註 170〕這是因爲「品之不端，不足以立其幹」〔註 171〕詩品出於人品，高尙的品格能使詩歌內涵呈現獨特的精神面貌。北江認爲詩文本身傳世的價値，主要取決於「性」、「情」、「氣」、「趣」、「格」五者，而「性」、「情」、「氣」即與詩人品格有密切的關係。《北江詩話》卷二曰：

> 詩文之可傳者有五：一曰性，二曰情，三曰氣，四曰趣，五曰格。詩文之以至性流露者，自六經四始而外，代殊不乏，

〔註 168〕參見〔清〕洪亮吉著，劉德權點校：《洪亮吉集》，冊 5，頁 2271、2272、2296、2279。

〔註 169〕參見陳姿吟：《洪北江詩論研究》（高雄：高雄師範大學國文系碩士論文，1999 年 6 月），頁 72。

〔註 170〕參見〔清〕洪亮吉著，劉德權點校：《洪亮吉集》，冊 5，頁 2283

〔註 171〕參見〔清〕洪亮吉著，劉德權點校：〈莊達甫徵君春覺軒詩序〉，《洪亮吉集》，冊 3，頁 1146。

然不可數數覯也。其情之纏綿悱惻，令人可以生，可以死，可以哀，可以樂，則《三百篇》及《楚騷》等皆無不然。河梁、桐樹之於友朋，秦嘉荀粲之於夫婦，其用情雖不同，而情之至則一也。至詩文之有眞氣者，秦漢以降，孔北海、劉越石以迄唐李、杜、高、岑諸人，其尤者也……〔註172〕

詩文傳世的五個要素，洪亮吉基本上褒揚前四者而貶抑第五者（格）。這條詩話批評「格」的部分，其旨趣大抵與前文所述者未有太大差別，故不贅述。「趣」的部分，特別是「天趣」，與詩中「模山範水」的審美意見有些關係，是以稍後再議。先論前三者，洪亮吉將「性」與「情」置於詩文傳世最首要的條件。與袁枚不同的是，他對「性」的重視尤在「情」之上。《北江詩話》卷二：「寫景易，寫情難。寫情猶易，寫性最難。」〔註173〕明言寫性之難猶過於寫情，顯然是就袁枚：「凡作詩，寫景易，言情難……」〔註174〕一說而發。王英志以爲洪亮吉詩學中「品格」是「性」的具體化，「性」實指人的秉性、品行等，與倫理道德相關而並不等同。至於「性情」連用往往是偏指「情」，然洪氏之至情是受「至性」制約的情，而不是一般地言情。〔註175〕《北江詩話》論「至性」、「至情」詩之感人曰：

明御史江陰李忠毅獄中寄父詩：「出世再應爲父子，此心原不間幽明」，讀之使人增天倫之重。宋蘇文忠公獄中寄子由詩：「與君世世爲兄弟，又結他生未了因」，讀之令人增友于之誼。唐杜工部送鄭虔詩：「便與先生成永訣，九重泉路盡交期」讀之令人增友朋之風義。唐元相悼亡詩：「惟將終夜長開眼，報答平生未展眉」讀之令人增伉儷之情。孰爲詩不可以感人哉！〔註176〕

〔註172〕參見〔清〕洪亮吉著，劉德權點校：《洪亮吉集》，冊5，頁2257。
〔註173〕參見〔清〕洪亮吉著，劉德權點校：《洪亮吉集》，冊5，頁2263
〔註174〕參見〔清〕袁枚著，王英志校點：《隨園詩話》卷6，收入《袁枚全集》，冊3，頁117。
〔註175〕參見王英志：《清人詩論研究》，頁307～309。
〔註176〕參見〔清〕洪亮吉著，劉德權點校：《洪亮吉集》，冊5，頁2244。

由此可知，北江的「性情詩」指涉的範疇主要是詩人對父（母）子、兄弟、夫婦、友朋表現出的眞誠情感；但又誠如王英志所說，洪氏所謂的「性情」並不全然等同於「發乎情，止乎禮義」的內涵，〔註 177〕是以詩中「情之至者」所發的對象，亦不必限於三綱五常之內。如孫星衍爲郭雙、郭喜兩歌童所作的〈芍藥本事詩〉，北江對這種無益於人倫綱常的詩作，仍肯定其「窮窈窕含睇之情，極旖尼從風之致。」〔註 178〕大抵說來，洪亮吉的詩學從儒家角度以更高的道德標準，對袁枚所說有所修正；〔註 179〕但他的詩論也不全然泥於道德教訓，其『性情』的主要內涵是指與人的品行、胸襟等相連繫的情。〔註 180〕性情與人品兩者關係密切，性情之眞，直書胸臆，詩人高貴的人品自然「見於詩」。《北江詩話》卷一：「丹徒李明經御，性孤潔，嘗詠佛手柑云……如皋吳布衣，性簡傲，嘗詠風箏云……讀之而二君之性情畢露，誰謂詩不可見人品耶。」〔註 181〕可見洪亮吉篤信詩品立於人品這種傳統思維。又如他評論晚唐詩人：

> 七律至唐末造，惟羅昭諫最感慨蒼涼，沈鬱頓挫，實可以遠紹浣花，近儷玉溪。蓋由其人品之高，見地之卓，迥非他人所及。次則韓致堯之沈麗，司空表聖之超脫，眞有念念不忘君國之思。孰云吟詠不以性情爲主哉。若吳子華之

〔註 177〕參見王英志：《清人詩論研究》，頁 310。

〔註 178〕參見〔清〕洪亮吉著，劉德權點校：〈芍藥本事詩序〉，《洪亮吉集》冊 1，頁 342。對此議題，及洪亮吉詩學中「性情」的內涵，筆者另有文章探討。詳見蘇偉然：〈試論孫星衍「性情詩」的兩種面相——兼論洪亮吉詩學中「性情」指涉的範疇〉，發表於《國立中央大學第十五屆全國中文研究所研究生論文研討會》，2008 年 10 月 25 日。

〔註 179〕如鄔國平、王鎮遠：《清代文學批評史》（上海，上海古籍出版社，1995 年）、王英志著〈袁枚於乾嘉詩壇的影響〉，《揚州大學學報》（2000 年 5 月，第 4 卷，第 3 期）以及《袁枚與隨園詩話》（臺北：萬卷樓圖書有限公司，1993 年）、陳姿吟《洪北江詩論研究》、劉世南《清詩流派史》（臺北：文津出版社，1995 年）以及紀玲妹《毗陵詩派研究》。對此議題這些文章都傾向於這個說法。

〔註 180〕參見王英志：《清人詩論研究》，頁 309。

〔註 181〕參見〔清〕洪亮吉著，劉德權點校：《洪亮吉集》冊 5，頁 2248。

> 悲壯，韋端己之淒艷，則又其次也。〔註182〕

以「人品之高」、「念念不忘君國之思」爲評判的標準，可見他論詩之優劣並不純粹取決於文本的表現。

洪亮吉詩論中「氣」指涉的範疇，亦不獨就詩文本身而言，同時涉及了作者本身的精神特質。就作品風格來說，《北江詩話》讚許詩文有「眞氣」者如孔北海、劉越石與唐代李、杜、高、岑等，可知他較爲偏好陽剛之氣。〔註183〕就詩人品格與詩作連結這個層面而言，北江則推崇具有堅貞氣節的詩人，〈道中無事偶作論詩絕句二十首〉云：

> 偶然落墨竝天眞，前有甯人後野人。金石氣同薑桂氣，始知天壤兩遺民。（之一）
>
> 藥亭獨漉許相參，吟苦時同佛一龕。尚得昔賢雄直氣，嶺南猶似勝江南。（之五）〔註184〕

無論是顧炎武的「金石氣」、吳嘉紀的「薑桂氣」以及嶺南詩人的「雄直氣」都是以其遺民的氣節貫穿於詩文之中。北江以爲遺民詩因其精神節操，使其詩歌更勝清初詩壇祭酒如錢謙益、吳梅村的創作。江左三家學養豐厚、采藻新麗，但其人品氣節終遜遺民詩人一籌，其「氣不盛，則無以舉其辭」，〔註185〕故文學的成就自然不如遺民詩人。〔註186〕在洪亮吉的詩學系統中，摛文鋪采並非不重要，只是其重要性遜於人品，遜於端正的人品所散發出的氣節，故他教導子弟亦曰：「心堅力猛氣欲麤，落筆始有神攙扶。」〔註187〕可見其對詩人之「氣」的重視。

綜上所論，洪亮吉的詩觀對於詩人，並重「性情」、「學識」與「品格」三者；至於詩文本身的價值，則取決於「性」、「情」、「氣」、「趣」、

〔註182〕參見〔清〕洪亮吉著，劉德權點校：《洪亮吉集》冊5，頁2308。

〔註183〕參見陳姿吟：《洪北江詩論研究》，頁115～118。

〔註184〕參見〔清〕洪亮吉著，劉德權點校：《洪亮吉集》冊3，頁1244。

〔註185〕參見〔清〕洪亮吉著，劉德權點校：〈莊達甫徵君春覺軒詩序〉，《洪亮吉集》，冊3，頁1146。

〔註186〕「藥亭」梁佩蘭晚年仕於康熙，不復爲嶺南遺民。

〔註187〕參見〔清〕洪亮吉著，劉德權點校：《洪亮吉集》，冊4，頁1717。

「格」五項。他的詩學系統基本上即是以這兩個概念交織架構而成。

二、對「模山範水」的審美意見

洪亮吉認爲詩中「模山範水」的經營，不及詩人之性情、人品與學識來得重要，〈莊達甫徵君春覺軒詩序〉云：「或尚以徵君之詩少山水恢奇之致，然不足以病徵君也……徵君嘗箴余好遊遠近名山，垂暮不倦。然余自問性情品學不及徵君，庶藉山水以補之，亦古人學畫不能，去而後塑遺意耳。徵君以爲然耶？」〔註 188〕這雖是自謙之語，卻也多少反映了「模山範水」並非其詩論的核心。然他對詩中「模山範水」亦有一定的審美標準，如在山水形似的描摹上，要「實有此境」而「奇而入理」，《北江詩話》卷三云：

> 太倉蘇加玉茂才遊山詩，亦頗刻畫盡致，如《遊黃山朱砂菴至文殊院》詩云：「抱崖十指牢，垂巖一足賸。屈膝磨過腹，縮頂低觸脛。」遊山實有此境……〔註 189〕

卷五論岑參詩，說得更爲確切：

> 詩奇而入理，乃謂之奇。若奇而不入理，非奇也。盧玉川、李昌谷之詩，可云奇而不入理者矣。詩之奇而入理者，其惟岑嘉州乎！如《遊終南山》詩：「雷聲傍太白，雨在八九峰。東望紫閣雲，西入白閣松。」余嘗以乙巳春夏之際，獨遊南山紫、白兩閣，回憩草堂寺，時原空如沸，山勢欲頹，急雨劈門，怒雷奔谷，而後知岑詩之奇矣。又嘗以己未冬杪，謫戍出關，祁連雪山，日在馬首，又晝夜行戈壁中，沙石嚇人，沒及髁膝，而後知岑詩「一川碎石大如斗，隨風滿地石亂走」之奇而實確也。大抵讀古人之詩，又必身親其地，身歷其險，而後知心驚魄動者，實由於耳聞目見得之，非妄語也。〔註 190〕

蘇加玉藉由身體的經驗，呈現險山惡水，岑參以白描手法直陳自然諸

〔註 188〕參見〔清〕洪亮吉著，劉德權點校：《洪亮吉集》，冊 3，頁 1146。
〔註 189〕參見〔清〕洪亮吉著，劉德權點校：《洪亮吉集》，冊 5，頁 2273。
〔註 190〕參見〔清〕洪亮吉著，劉德權點校：《洪亮吉集》，冊 5，頁 2298。

景，兩人詩名、詩作成就雖有所差異，但對山水奇景紀實入理的刻畫盡致，則同樣受到洪亮吉的肯定。北江以為尚奇太過則有詭怪而難以理解之失，詩人想像的過分渲染，也阻礙了山水本身之美的呈現。如前文論及「奇而不入理者」的李賀，北江曰：「李昌谷『酒酣喝月使倒行』，語奇矣，而理解不足。」〔註191〕同樣的批評也指向韓愈，北江曰：「昌黎詩有奇而太過者。」〔註192〕又曰：「學昌黎、昌谷兩家詩，不可更過。」〔註193〕欲使詩文「奇而實確」，除了詩筆的鍛鍊之外，「身親其地，身歷其險」也是同樣重要。正如王夫之所說：「身之所歷，目之所見，是鐵門限。即極寫大景，如『陰晴眾壑殊』，『乾坤日夜浮』，亦必不齎此限。非按輿地圖便可云「平野入青徐」也，抑登樓所得見者也。」〔註194〕洪亮吉的觀念很有可能是受了薑齋的影響，也與他酷嗜山水的個性、行遍寰宇的經歷相關。

詩筆精練，以小納多，亦是洪亮吉重視的要素之一，《北江詩話》卷三云：

> 遊山詩，能以一兩句檃括一山者最寡。孟東野《南山》詩云：「南山塞天地，日月石上生。」可云善狀終南山矣。近日畢尚書沅《登華山》云：「三峰三霄通，一嶽一石作。」余丙午歲《遊嵩高山》云：「四面各萬里，茲山天當中。」或庶幾可步武東野。〔註195〕

洪亮吉此種審美標準，亦展現於對時人金山詩的評價，他認為：「近人作金山詩，五言以方上舍正澍『萬古不知地，全山如在舟』二語為最；七言以童山人鈺『重疊樓臺知地少，奔騰江海覺天忙』二語為最。」〔註196〕蓋「以一兩句檃括一山」其企圖在於透過最簡省的文字呈現

〔註191〕參見〔清〕洪亮吉著，劉德權點校：《洪亮吉集》，冊5，頁2300。
〔註192〕參見〔清〕洪亮吉著，劉德權點校：《洪亮吉集》，冊5，頁2309。
〔註193〕參見〔清〕洪亮吉著，劉德權點校：《洪亮吉集》，冊5，頁2249。
〔註194〕參見〔清〕王夫之：《薑齋詩話》卷下，收入丁福保編《清詩話》，頁9。
〔註195〕參見〔清〕洪亮吉著，劉德權點校：《洪亮吉集》，冊5，頁2292。
〔註196〕參見〔清〕洪亮吉著，劉德權點校：《洪亮吉集》，冊5，頁2269。

碩大的自然空間，詩句的密度強度則有助於陽剛風格的形成。以上諸句，莫不如此。洪亮吉此點審美意見，主要是出於他對於陽剛詩風的審美偏好。

詩人追求的不獨「張泉石雲峰之境」的「物境」，「情境」、「意境」等絃外之音也是歷來山水詩人表現的重點。洪亮吉以爲「有我」、「有古人」則無法藉由山水抒發性情。如前文論法式善對洪亮吉的詩作詩學所帶來的影響處題及，〈暇日校法學士式善張大令景運近詩率賦一篇代柬〉這首詩表現了北江對詩中山水物境與「情境」、「意境」的思想。他認爲詩中「有人」意味詩歌沒有眞性情，受古人左右；至於「有我」的旨趣，從「爲天地立言于我亦何有？」、「爲山水寫照而我何容心？」等句則知，詩人所欲追求的並非「詩中無人」，而是避免「小我」的功利思維、榮辱之感。因爲物我交融，是以山水的面貌即是詩人的精神特質的展現。亮吉這種詩觀，成熟於高中榜眼以後，擔任詞臣之時；在黔三年，留下不少純粹的山水詩作，可以說是此種詩觀的實踐。

至於對歷代詩人「模山範水」的成就，洪亮吉最推崇陶淵明，次則元次山、韋應物、大小謝等人。茲舉北江之評論於下：

（1）余最喜觀時雨既降，山川出雲氣象，以爲實足以窺化工之蘊。古今詩人雖善狀情景者，不能到也。陶靖節之：「平疇交遠風，良苗亦懷新。」，庶幾近之。次則韋蘇州之：「微雨夜來過，不知春草生。」，亦是。此陶、韋之足貴。他人描摩景色者，百思不能到也。

（2）詩文之可傳者有五：一曰性，二曰情，三曰氣，四曰趣，五曰格……趣亦有三：有天趣，有生趣，有別趣。莊漆園、陶彭澤之作，可云有天趣者矣；元道州、韋蘇州亦其次也……

（3）陶彭澤詩，有化工氣象。餘則惟能描山繪水，刻畫風雲，如潘、陸、鮑、左、二謝等是矣。

（4）詩人所遊覽之地，與詩境相肖者，惟大、小謝。溫、台諸山，雄奇深厚，大謝詩境似之。宣、歙諸山，清

遠綿緲，小謝詩境似之。〔註 197〕

（1）至（3）三例標榜陶淵明、韋應物與元次山在其他惟能描摹風景的詩人之上。陶詩並不刻意模山範水，但因有「天趣」、「化工氣象」而為歷代詩人第一。洪亮吉論詩文之可傳的「趣」、「天趣」，王英志詮釋曰：「趣，乃專指詩趣而言，指詩歌作品所體現出來的一種可以給人美感的旨趣、情趣……所謂『天趣』是指詩應該自然天成，無須人工雕琢，而富有自然的情趣。」〔註 198〕陶淵明品行高超，靈魂精神復與自然和諧共處，故其詩無須雕飾即臻化工氣象、富自然之致。

（3）（4）兩例論及「描山繪水，刻畫風雲」詩人，其中以大小謝的成就最高。他們成功的以詩作風格調和了外在的自然景觀與詩人的思想情感，此種文學表現亦非一般描摩景色者可比。

綜上所論，洪亮吉對詩中「模山範水」的意見，於山水形似的描摹部分，他要求「奇而入理」、「詩似其境」且「精簡詩筆」。詩人在模山範水之餘，也應追求性情與山水的有機結合，避免使詩中「有我」、「有古人」而無法藉由山水抒發性情。至於「模山範水」的最高成就，便是窺化工之境，以化工之筆再現天趣及化工氣象。倘若僅於模山範水求其形似，也應致力於詩風、詩境與山水風景的和諧統一。

〔註 197〕參見〔清〕洪亮吉著，劉德權點校：《洪亮吉集》，冊 5，頁 2243、2257、2258、2292。

〔註 198〕參見王英志：《清人詩論研究》，頁 318～319。

第三章　洪亮吉山水詩的內涵特質（上）

本章與下章的研究重心在探析洪亮吉山水詩的內涵特質。首先透過傳記研究的成果，將詩作與詩人經歷相連結後再比照參看；其次，以詩作內容、取材以及風格的差異，依創作時間次第分期。在不同的小節裡，逐步探究該時期詩作呈現的山水之美及其蘊藏的情感與思想，並爬梳整理內容與風格的關係，歷時性的觀察其風格變化。

第一節　「模山範水」的開端與奠基——《附鮚軒詩》時期

《附鮚軒詩》八卷，收錄洪亮吉十三歲到三十一歲間——即詩人始學詩之年至其母病逝這段時間內的詩作。

下表是《附鮚軒詩》八卷〔註1〕各集的創作時間：

〔註1〕無論是北江遺書本或光緒授經堂本洪北江全集，其所錄之《附鮚軒集》皆有標明各集之創作時間，然亦有訛誤。如《長淮清穎集》作壬辰、己巳年間作（應爲癸巳）；《桐廬林屋集》作己巳、甲午年間作（應爲癸巳）。又《機聲鐙影集》標明十三至二十歲之間所作，但呂培《洪北江先生年譜》於乾隆二十五年（洪亮吉十五歲）曰：「集中始有存稿。」。又《機聲鐙影集》中錄有〈將至崑山訪

分集名稱	創作時間
卷一：《機聲鐙影集》	十三至二十歲作（1758～1765）
卷二：《采石敬亭集》	二十四至二十七歲作（1769～1772）
卷三：《黃山白嶽集》	二十七、二十八歲作（1772～1773）
卷四：《長淮清潁集》	二十七、二十八歲作（1772～1773）
卷五：《桐廬林屋集》	二十九歲作（1774）
卷六：《鍾阜蜀岡集》	三十歲作（1775）
卷七：《茅峰攝山集》	三十、三十一歲作（1776～1777）
卷八：《天台雁蕩集》	三十一歲作（1776）

何以名曰「附鮚」？與北江事母至孝有關，《卷施閣詩・序》曰：

> 學使北江先生少孤，其克自樹立，及學之有成，實稟賢母蔣太夫人之教，故其編詩也以侍太夫人所作者，爲《附鮚軒詩》八卷……《南越志》：「巢鮚，長寸餘，大者長二三寸，腹中有蟹子如榆莢，合體共生，俱爲鮚取食。」郭璞《江賦》所謂「璅蛣腹蟹」是也。先生十歲，始就外傅。二十即出授徒，負米所至，皆不越五百里外，一歲必兩歸，以慰太夫人，與莢蟹之早出暮入相類。〔註2〕

洪亮吉因「父母在，不遠游」，三十一歲之前旅跡「皆不越五百里外」。《附鮚軒詩》八卷，各集之名其實已大略提及詩人所行旅之地；觀其詩作，我們也可以確定這個時期模山範水的詩篇，其審美對象主要是江南的江蘇、安徽、浙江一帶之絕景。下表即參照呂培、林逸、陳金陵與嚴明等人所作的洪亮吉年譜，歸納出洪亮吉於十五歲至三十一歲之間重要的遊歷經驗：

從叔縣尉〉與〈崑山登文筆峯〉二詩，參照諸年譜，洪亮吉訪從叔游崑山一事乃是在乾隆三十二年（洪亮吉二十二歲），年譜與詩文紀年有所出入。

〔註2〕參見〔清〕洪亮吉著，劉德權點校：《洪亮吉集》（北京：中華書局，2001年），冊2，頁463。

乾隆二十五年（1760）	十五歲。從唐爲垣讀《左傳》、《史記》、《漢書》。按《北江詩話》記載，唐頗工詩，對洪亮吉影響甚深。是歲集中始有存稿。
乾隆三十二年（1767）	二十二歲。至崑山訪從叔。外祖母病逝。
乾隆三十三年（1768）	二十三歲。結婚。與黃景仁赴常熟吊邵齊燾，同遊虞山。
乾隆三十四年（1769）	二十四歲。應童試。補陽湖縣學附生。
乾隆三十五年（1770）	二十五歲。七月與黃景仁至江寧應鄉試。在江寧拜見袁枚。遊京口三山。
乾隆三十六年（1771）	二十六歲。五月偕趙懷玉赴江陰。七月赴江寧應鄉試，與汪中訂交。十一月至安徽謁學使朱筠，與邵晉涵、王念孫、章學誠交往密切。
乾隆三十七年（1772）	二十七歲。在安徽，隨試各府州，歷游采石磯、青山、敬亭山。四月遊黃山。六月歸里。七月赴太平。十月葬祖父、父親。年底至揚州訪問蔣士銓、汪端光。
乾隆三十八年（1773）	二十八歲。在安徽太平。七月偕試徽、寧二府。九月偕汪端光同遊新安江、富春江、錢塘江。歸里後又至蘇州謁胡季堂按察使，因訪趙懷玉於穹隆山，同遊洞庭西山、林屋洞、宿包山寺。是冬赴太平爲朱筠任滿送行。
乾隆三十九年（1774）	二十九歲。正月赴江陰補歲試，准附一等三名。七月隨黃景仁赴江甯鄉試，不售。與孫星衍訂交。毗陵七子唱酬無間。
乾隆四十年（1775）	三十歲。至江甯。九月應句容縣令林光照聘課館。遊茅山、棲霞。過江甯再訪袁枚。
乾隆四十一年（1776）	三十一歲。四月，林光照罷任歸里。七月應浙江學使王杰之邀至紹興入學署。遊天台、雁蕩、曹娥江諸勝。十月，因母卒急歸常州。

根據上面的年譜，我們發現乾隆三十六年是個關鍵。在那之前，洪亮吉書寫山水之美的詩作不多，在崑山之遊以前更是僅有零星數首。但如本文第二章所述，二十六歲的洪亮吉前往安徽太平進入朱筠幕府，非但結識了邵晉涵、王念孫以及章學誠等人，使其學養在互相切磋的情形下日益增進；幕客生涯也大大增廣了他的旅跡，更激發起

詩人對自然萬物的審美興趣，山水詩的比重大增。因此《附鮚軒詩》中的詩作，可以二十六歲前往安徽爲界，分爲兩個部分來探討。往安徽之前是詩人模山範水的開端，我們觀察他寫景詩藝的發展，以及對自然山水之審美興趣的形成；往安徽之後，至詩人母親過世的這段時間，是其模山範水的奠基期，山川之美逐漸成爲北江詩歌表現的重點。

一、模山範水的開端

二十六歲以前的洪亮吉，或讀書授課於外家，或館於仲姊汪氏。所歷之處雖不出江蘇，然二十二歲訪從叔於崑山，遊蘇州、無錫等地，留下了一些旨在傳達山水之美的詩作，值得探討。〔註3〕在探討這些詩作之前，詩人早期一些寫景的作品也必須注意。在洪亮吉二十二歲之前的詩作中，對於山水之美純粹的審美之情，尚未成爲其詩作中的主題；但描山繪水所必要的寫景能力，詩人於十八、九歲時已能大略掌握。以下面兩首紀遊詩爲例：

> 君從城北來，覓我城東路。松花一枝折尚新，知是卜家墳上樹。東門橋邊七層塔，君上一層心轉怯。孱顏紅坐綠蒲團，怪我偏將塔鈴踏。(〈同蔣十二阿定登太平寺浮屠〉)〔註4〕
>
> 橋南未有人，橋北盡春墳。轉向危橋立，聽鐘別夜分。橋心暉暉月華滿，魚影過驚人影短。三更倦立倚孤桃，燕子識人來處遠。(〈二月十三日夜乘月出城至小東門迷路三鼓始反〉)〔註5〕

兩詩所歷之景相近，表現手法則異，是以不妨藉此觀察詩人寫景詩藝之進程。〈同蔣十二阿定登太平寺浮屠〉爲洪亮吉十五、六歲時所作。〔註6〕此詩雖然寫景記事有條不紊，帶有少年出遊的天眞趣味，但寫

〔註3〕此外，洪亮吉在二十六歲以前亦有遊虞山與京口三山之經歷，然除〈遊顯慶寺次韻〉一首應爲乾隆三十五年所作，其遊覽虞山與京口三山的詩作或不見於集中，或難以繫年，故不敢妄加議論。

〔註4〕參見〔清〕洪亮吉著，劉德權點校：《洪亮吉集》，冊5，頁1911。

〔註5〕參見〔清〕洪亮吉著，劉德權點校：《洪亮吉集》，冊5，頁1915。

〔註6〕洪亮吉《外家記聞》：「表弟阿定小余二歲，亦同在塾。以年相若尤

景的能力還很薄弱，對於太平寺之景著墨不多，僅有「東門橋邊七層塔」一句直書太平寺之雄偉，整體而言乏善可陳。再看可能是詩人十八歲所作的〈二月十三日夜乘月出城至小東門迷路三鼓始反〉，〔註7〕我們發現詩人寫景的技巧顯著提高。詩首橋之「南北」方位上的對立帶出「未有人」與「盡春墳」之對立，在「無人」、「有墳」間，詩人獨立於危橋的孤寂感便增強了。〔註8〕回頭看〈同蔣十二阿定登太平寺浮屠〉的前半部，「君從城北來，覓我城東路。」只是交代表弟的行動。同樣的情形也發生在「松花」兩句上，而且從這樣的視野忽然轉入「東門橋邊七層塔」，亦略嫌生硬。反觀〈二月十三日夜乘月出城至小東門迷路三鼓始反〉的第三句，便爲後面寫橋上水景「橋心暉暉月華滿，魚影過驚人影短。」兩句鋪好了路，從前半部經營的「孤寂」感，延伸到後半部又加入了詩人積極向前的思想——「月華滿」本身就是黑暗之中的光明象徵。「人影」何以短？是因爲夜深月當中，而詩人敢於冒險的精神，不懼處於深夜，反觀魚影之驚己。詩末兩句不寫己之孤，而寫桃之孤；不道己之迷，而托言「燕子識」。整首詩大底說來，情景交融。由此可知，蒙師唐爲垣的調教與影響之下，十八、九歲的洪亮吉詩藝已高出十五歲時一截。

翻閱《機聲鐙影集》，在詩人崑山之遊前，已作〈芳茂山夜宿〉：

節物無端五月前，喧聲徹夜擾幽眠。雷穿石壁都成窟，雨

相昵愛。後病卒於素園舅氏德興官署，年止十四。」（參見〔清〕洪亮吉著，〔清〕洪用懃編《洪北江（亮吉）先生遺集》（臺北：華文書局，1969年，影印光緒三年（1877）授經堂刻本），冊18，頁10593。），蔣阿定於洪亮吉十七歲時病逝。故此詩爲詩人十五、六歲時所作。

〔註7〕洪亮吉大抵按照創作時間之順序編訂詩文。在《機聲鐙影集》內，此詩與〈同蔣十二阿定登太平寺浮屠〉間有〈清明後一日得蔣十二阿定江西訃〉（乾隆二十七年作）、〈初三〉（應已隔一年，爲乾隆二十八年）、〈病中作〉（依年譜洪亮吉於乾隆二十八年染時疾）。故推測此詩爲乾隆二十八年洪亮吉十八歲時所作。

〔註8〕在《機聲鐙影集》內，此詩之前有〈省蔣十二墳〉一詩。此詩內容所提到之墳，雖未必有蔣十二之墳在內。但也有可能是見此春墳，思及夭折的表弟，故興起孤寂之感。

> 挾谿魚欲上天。深洞三時寒地氣，斷山十里接人烟。清閒不復營餘事，靜把元經曉夕研。〔註 9〕

《大清一統志》卷八十六：「橫山在武進縣東北三十五里。延袤二十餘里，舊名芳茂山。」〔註 10〕此詩爲洪亮吉第一首以傳達山水之美爲主旨的詩作，寫山中夜裡雷雨雲出之景，已經展現出北江詩的幾個特質。首先是他不走王士禎的路子，不喜專主「神韻」而一味力求清新幽靜的風格。首聯對句以聽覺經驗，帶出接下來兩聯之寫景；頷聯寫雷雨之勢，磅礴淋漓；頸聯以「斷山十里」替山岫出雲增添了豪壯之美。洪亮吉「激湍峻嶺，殊少迴旋」〔註 11〕之詩風已於此詩展露。詩末「靜把元經曉夕研」不但自言己之好學，更是寫出乾嘉學人味道，頗有當代特色，讀之令人莞爾一笑。然而〈芳茂山夜宿〉只是偶然出現的詩作，詩人有意識的將遊覽山水的熱情與審美經驗作爲創作主題發之於詩，還有待於二十二歲崑山之遊。值得深入一談者如〈崑山登文筆峯〉：

> 山風昨夜穿窗破，落月一峯牀上墮。起來失喜闢北扉，雲氣縷縷穿人衣。林梢四面天光出，破曙看山始親切。牀頭拉客客不譍，乘興攜屐還孤登。褰衣只向山岡上，峯勢離人忽千丈。前行百折出樹梢，平視正對中峯腰。誰言峯勢高疑絕，一塔從空復飛出。峯臻一層塔七層，僧老爲剔長明燈。坐來足底雲生滅，萬瓦鱗鱗恍居穴。樓頭酒人知尚眠，詎識客已臻山巔。君不見，十年平地居局促，此日登山願粗足。西南一抹欲望家，卻值海上生紅霞。〔註 12〕

崑山之遊確確實實的開啓了洪亮吉個性中喜好探險這個部分。與〈芳茂山夜宿〉不同，此詩濃濃的散發著詩人對山水的興趣。從詩首以山風破窗，隱隱勾起名山對詩人的呼喚以及詩人對遊山的期待，以「失

〔註 9〕 參見〔清〕洪亮吉著，劉德權點校：《洪亮吉集》，冊 5，頁 1917。

〔註 10〕 參見〔清〕清仁宗敕撰：《大清一統志》，收入《四部叢刊續編．史部．嘉慶重修一統志》（上海，上海書店，1984 年），冊 4，卷 86，頁 6。

〔註 11〕 參見〔清〕洪亮吉著，劉德權點校：《北江詩話》卷 1，《洪亮吉集》，冊 5，頁 2247。

〔註 12〕 參見〔清〕洪亮吉著，劉德權點校：《洪亮吉集》，冊 5，頁 1923。

喜」、「親切」兩詞表明詩人對名山的情感，於是詩人「乘興攜屐還孤登」，迢遞向上，發現山景人跡一層之外又有一層，年輕詩人從未履及的境地早有老僧古廟駐足。《讀史方輿紀要》對崑山的記載曰：「廣袤三里高七十丈……上有浮圖。」〔註 13〕山雖不高（千丈顯然是誇示），但詩作後半部所呈現之行旅山水的審美經驗已帶給詩人「離俗」之感。這種離俗之感不是從山水之中感觸玄理禪機，而是接近孔子登泰山而小天下的心情。蓋北江寄情於山水中，激起的是他個性裡積極向前這個層面。「誰言峯勢高疑絕，一塔從空復飛出。」是關鍵所在，此兩句詩人道出人定勝天的信念。年輕詩人雖未及老僧，但其旅跡已勝過「牀頭不屨之客」以及「萬瓦鱗鱗恍居穴」者。正如洪亮吉《山行》詩曰：「征衣冒憂險，居人昧欣夕。」〔註 14〕此時詩人方覺「十年平地居局促」，而經由審美經驗帶給他心境上的轉折，詩人面對人生，眞如「海上生紅霞」——充滿嶄新的希望。此詩之敘事時間由凌晨至破曉，情感的起伏由期待、興奮、遊覽之喜樂轉向登高之後的豁然開朗；在結構上雖不脫記遊詩之窠臼，維持「記遊→寫景→興情→感悟」這種書寫程序，但能融情理於景，描繪山水不作對偶工筆勾勒細景，而一氣向下，以暢快的節奏吟詠。洪亮吉於崑山無錫之遊中，還留下〈虎邱〉、〈無錫道中〉以及〈飲第二泉〉三首近體。近體非亮吉所長，這些詩作皆不如〈崑山登文筆峯〉可觀。

二、模山範水的奠基

隨著洪亮吉走出江蘇，他的詩作也進入另一個階段。且不論質，北江於二十七、八歲時，山水詩在他的創作中比重大增。從文學外緣來觀察這個現象，誠如本文第二章所述，創作量的增加原因可能有以下兩點。一、長官朱筠的栽培：隨著朱筠參辦公務，經濟拮据的洪亮

〔註 13〕參見〔清〕顧祖禹：《讀史方輿紀要》（臺北：新興書局，1981 年，影印光緒五年（1879）敷文閣藏本），冊 1，卷 24，頁 544。

〔註 14〕參見〔清〕洪亮吉著，劉德權點校：《洪亮吉集》，冊 5，頁 1929。

吉得以隨歷江西采石、青山、敬亭山、黃山、齊雲山及齊山等地，大開眼界；二、長輩袁枚的影響：洪亮吉自乾隆三十五年與袁枚結識後，這兩年多有書信往來。袁枚勸年輕詩人避免過分以奇字僻典入詩，不應只學韓、杜，而該寫出自我風格，這一段勸戒在洪亮吉的身上中漸漸發酵。相較於二十五歲的努力擬作兩晉南北史樂府，二十七、八歲時擬古之作漸少，轉而關注山水之美，而刻畫山水之美的詩作在數量上隨著詩人眼界與詩學思想之轉變而增加。

洪亮吉初入安徽，所遊之處大抵在安徽省太平府（今馬鞍山市、蕪湖市一帶），留下〈江口見月〉、〈尋三元洞因登妙遠閣題壁〉、〈青山紀遊〉（五首）〈當淦道中〉（二首）〈南陵道中〉、〈遊水西登烟雨亭〉、〈文家宗祠看牡丹待同人不至〉與〈休甯道中〉等作。青山之遊爲詩人帶來不少佳作，其中〈青山紀遊〉一詩頗有可觀，節錄於下：

> 曉日掛絕壁，沿谿溯松聲。流泉合諸山，下向百畝傾。茅籬八九家，麥隴左右橫。足知賦稅外，尚有閒田耕。老翁七十餘，手足尚喜輕。頗感造化功，一雨亦久晴。東巖有化日，聊已終吾生……
>
> 空山節後晚，桃李初舒芽。流泉清淺中，祇惜無桑麻。墓古子姓盡，生意并作花。頹光入永夜，顏色誰解誇。人事總如此，歸途溯平沙。
>
> 四山合一澗，中有毒霧黑。回飇蕩深境，松子積一尺。陰厓走妖氛，絕頂結晦宅。造物自隱忍，險阻俾養慝。自非光燄盡，雷火不敢蝕。巖空少留雲，林深渺停翮。我行憂境阻，欲假鬼神力。晏景不可停，咄哉蕩心魂。〔註 15〕

《北江詩話》：「宣、歙諸山，清遠綿緲，小謝詩境似之。」；〔註 16〕《大清一統志》卷一百二十：「青山在當塗東南三十里……林木幽美。」。〔註 17〕北江〈青山紀遊〉五首在勾勒出清遠優美之境之外，

〔註 15〕參見〔清〕洪亮吉著，劉德權點校：《洪亮吉集》，冊 5，頁 1949。
〔註 16〕參見〔清〕洪亮吉著，劉德權點校：《洪亮吉集》，冊 5，頁 2292。
〔註 17〕參見〔清〕清仁宗敕撰：《大清一統志》，收入《四部叢刊續編・史

還有兩個特色。一是內容上的關懷民生，二是奇警風格的嘗試，這兩個特色筆者以爲是詩人受袁枚的啓發發展而來。袁枚提醒亮吉詩作內涵需重性情，於是他在詩中更積極的拓展本性裡悲天憫人、關懷民生這個特質，形成詩作中「茅籬八九家，麥隴左右橫。足知賦稅外，尚有閒田耕。」、「流泉清淺中，祇惜無桑麻。」這個層面，有機的結合了審美的情趣與入世的關懷，而不全力追求自然之美於詩境中的再現，成爲日後洪亮吉山水詩的一個基調。

此外，袁枚論詩重創新，因此北江試著開創「奇警」風格，以此詩爲例，寫宣、歙山水，不獨模仿大謝巨細靡遺刻畫其清幽，或學王、孟抒發田園隱居之樂，而是觀察此間山水之幽闇詭奇處，企圖以學習杜、韓的經驗描摹「奇」景，使得其青山諸作別具生面，秀麗中有奇峭。

黃山奇景的瞬息萬變，則引領洪亮吉的山水詩進入另一種創作型態。綜觀《黃山白嶽集》以降之詩作，我們發現詩人的山水詩開始以成套「組詩」的姿態出現，從一首詩的內容，發展至以一連串、一系列的詩作記載其一路上所見之勝景。然而並非將出遊的所有詩作堆疊於集中便是組詩，關鍵在於各首之詩題、內容必須有系統的呈現。以詩人於乾隆三十七年四月遊齊雲山、黃山的經歷爲例，他在這次旅遊中連續寫下：〈齊雲山阻雨〉、〈將止小谿遇雨〉、〈葉嶺〉、〈唐塢〉、〈山坑〉、〈雷津〉、〈從焦邨入黃山至慈光寺宿〉、〈自慈光寺下山二里浴硃砂泉〉、〈文殊洞〉、〈文殊臺望天都峯〉、〈夜宿文殊院〉、〈夜起登蓬萊島看日出不見〉、〈蓮華洞避雨〉、〈冒雨登蓮華峯〉、〈自文殊院下雲古寺別休甯戴霖〉、〈發雲古寺〉、〈慈光寺觀明貴妃所製袈裟〉而終於〈黃山松歌和黃二韻〉。〔註 18〕在這一套紀遊的組詩中，以再現山水之美

部．嘉慶重修一統志》，冊 6，卷 86，頁 5。

〔註 18〕洪亮吉並未標明哪些詩合成一套「組詩」。將這些詩作成爲一套組詩，乃是筆者依詩與詩之間、詩與詩人旅跡之間的關係，發覺到洪亮吉山水詩中存在著「組詩」現象。此處「組詩」這個概念，只是筆者的假設，並非一個嚴格的界定，更非傳統文學批評中的「組詩」。提出這個假設，目的在於標誌洪亮吉隨著詩藝的進展，借此術語標

爲主，以借景抒情、寄贈、唱和、懷古等主題爲輔；體裁上以古詩爲主，以近體爲輔。組詩中個別的詩作以其不同的審美對象，調整其寫作技法，但詩與詩之間又有呼應的關係。從內容上來看，諸詩內容完整表達了行旅的歷程；從詩題上來看，各篇詩題相互組合，又像是一篇迷你的遊記。這種「組詩」的型態，也比「某某幾首」這種連章形式來得活潑，架構上也來得雄偉。不同於大量堆積山水唱和之作，「組詩」有秩序而不雜沓。洪亮吉相當擅長將紀遊諸作整理爲「組詩」，在此系統中往往有出色的詩篇。我們看齊雲山、黃山這一系列，以〈山坑〉和〈文殊臺望天都峯〉爲例：

> 山根竹雞啼向晨，催客遠夢辭風塵。柔桑翳郣出朝日，春水對户思幽人。山川西來忽平曠，錦石都隨亂流漾。三家飛雨屋上鳴，四月桃花谷邊放。（〈山坑〉）〔註19〕

> 茲峯九百仞，積厚憾地軸。青冥阻元氣，久視眩群目。危峯閃虛聲，冥雨隨所觸。回飈蕩遙紫，倒影虛眾綠。東南此分際，層累不厭複。元黃彙江海，一氣轉澗谷。云茲出雲霧，藉以被埈黷。虔衷合神符，忽值峯頂沐。連陰阻卑眺，展昧引高矚。我尋輿地志，藥物此最足。明霞積松膚，華星綴芝肉。遊轍契元术，居人餉黃獨。陰晦理鬱盤，宵分展幽燭。靈區尚能駐，徒侶不更速。終當上孤雲，冥心契亭毒。（〈文殊臺望天都峯〉）〔註20〕

〈山坑〉節奏輕快，生動含趣；〈文殊臺望天都峯〉節奏凝重，風格古樸雄奇。字詞流動的節奏順暢與否，隨所見之景與所寓之情相應。兩種迥然不同的詩風，書寫不同的景物，有機的結合於同一套「組詩」內，豐富了山水詩的內涵，這便是「組詩」佳作的長處。「組詩」型態的運用，也克服了單一詩作不能記載詩人深入山水而產生之豐富的審美經驗。因此筆者認爲齊雲黃山之遊，亦是詩人詩藝進展的一個關鍵。

明北江山水詩開始以「系統」的姿態呈現。

〔註19〕參見〔清〕洪亮吉著，劉德權點校：《洪亮吉集》，冊5，頁1953。
〔註20〕參見〔清〕洪亮吉著，劉德權點校：《洪亮吉集》，冊5，頁1955。

洪亮吉在安徽除了上述的齊雲、黃山之遊外，還留下了另幾套「組詩」，〔註 21〕然規模並不如齊雲、黃山諸詩來得雄偉，藝術成就也不如之。在《附鮚軒詩》內，北江離開安徽後，於乾隆三十八年、四十年以及四十一年幾次深入山水的遊歷亦創作了不少模山範水的詩篇。〔註 22〕這些詩作和齊雲黃山諸作有相似的特質，體裁上古體爲多，風格以雄奇直截爲主，內容上喜於表達山水雄壯之美，部分詩作中則帶有儒者關懷民生的色彩。別具特色者是乾隆三十八年九月與汪端光同遊所作諸詩，以行船爲主，不同於其他入山登高的旅遊經驗。洪亮吉舟行浙江〔註 23〕作〈發新安江〉、〈七里瀧阻風〉、〈富春郭〉三首，〔註 24〕相互掩映。〈發新安江〉：「檣隨山翠轉，清絕數聲櫓。江

〔註 21〕如詩人之遊齊山九華山，有〈十九日遊齊山偕同慕諸子〉、〈遊九華止一宿菴〉、〈自一宿菴至中峯〉、〈天臺〉、〈東巖〉與〈九華道中〉諸作。遊淮河一帶，有〈自渒水入淮半日至潁口〉、〈泊舟潁上縣見月〉以及〈自潁水入淮〉、〈淮口阻風戲贈吳二蘭亭〉、〈渡淮〉和〈禹廟〉諸作。其中遊淮諸作內容充分詩人對潁上一帶貧苦之憐憫。

〔註 22〕如乾隆三十八年九月偕汪端光同遊，留下〈發新安江〉、〈七里瀧阻風〉、〈富春郭〉諸作；與趙懷玉同遊，留下〈包山寺〉、〈林屋洞〉、〈大舟自包山放舟至石公山遊畢渡湖抵莫釐峯僧寺宿〉、〈石公山〉、〈莫釐峯〉諸作；四十年同孫星衍遊茅山、攝山有〈夜宿茅山元符宮至印房待月復下飲石壇作〉、〈自元符宮上大茅峯憩曉雲閣〉、〈入蓬壺洞行二里許以燭盡不得入〉、〈遊乾元觀尋陶宏景宰相堂舊址〉、〈偕王三沈大孫大遊駱氏園林〉、〈自句容至江甯半道欲遊青龍山未果〉、〈自雨花岡北攜酒至臺上痛飲復憩永寧泉二首〉以及〈大風登攝山頂望江〉、〈白鹿泉〉、〈桃花澗〉、〈紫峯閣石龕作〉諸作；四十一年遊天台、雁蕩山有〈自黃巖至樂清經盤石斤竹十餘嶺兼望雁蕩諸峯作〉、〈過黃巖六十四條嶺〉、〈舟行夜起〉、〈將至青田作〉、〈石門憩誠意書院看飛瀑〉、〈石帆山〉諸作。這些仍只是筆者以爲可視之爲有系統的「組詩」者，除此之外還有許多獨立成篇的山水詩作。

〔註 23〕《大清一統志》卷二百八十三：「浙江……流入富陽縣爲富春江。經錢塘仁和兩縣界，爲錢塘江……江有三源，西曰新安江。」（參見〔清〕清仁宗敕撰：《大清一統志》，收入《四部叢刊續編．史部．嘉慶重修一統志》，冊 17，卷 283，頁 21～22。）

〔註 24〕參見〔清〕洪亮吉著，劉德權點校：《洪亮吉集》，冊 5，頁 1993～1994。

蘋雖可拾，清鯽已厭數。」、「舵樓起清簫，深村出漁鼓。林紅匪楓桕，草香過蘭杜。」等句，依船行流暢的速度描寫水景。詩人心如行船，平順喜樂，以此心對景，則船行不苦；所見景緻，便如「厓窮樹猶複，川盡烟復補。」，毫無山窮水盡之感。在〈七里瀧阻風〉船行不得不暫緩，詩人心境一改，以「東麓祗百家，舟檣共棲宿。魚蝦成小市，禽羽來棲竹。」等句細描沿江一帶的窮困。藉山水興起古今之感，又有：「遠思嚴陵隱，近憶皋羽哭。斯人既徂謝，遺者唯石屋。」等詠史感嘆；然此詩沉而不鬱，到了詩尾「解纜候轉風，還看去舟速。」又轉回詩人一貫的積極態度，並不耽溺在感傷的情緒裡，銜接上前詩〈發新安江〉，開啓下一首〈富春郭〉：「收帆入郭聞打衙，驚起白鷺飛蒼雅。平鋪萬瓦不得見，樓腳矗處知人家。眼前楓樹十餘里，白石參差隱還起。」平和的氛圍。這三首詩可作爲洪亮吉在《附鮚軒詩》內寫水景的代表。相較於寫山景的意境雄奇，這些詩作活潑的利用古詩之節奏而多了一份逸趣，在以奇警爲主的《附鮚軒詩》裡呈現了不同的面貌。

從上面的觀察我們已經發現《附鮚軒詩》中模山範水的詩篇，內容上常帶有關心百姓民生的胸懷與儒者入世的積極態度。筆者以爲這種特質發之於另一個面相，便是詩人借山水以抒狂情。如王英志以爲三十五歲以前的洪亮吉，山水詩中有我，表現爲借山水寄寓性情，反應入世的雄心，以及壯志未酬的慨嘆。對山水景物的審美傳達並非詩意的主旨。〔註25〕北江這類以山水抒狂情的詩作往往生動而出色，表現出與純粹表現自然之美的山水詩不同的趣味。以〈大風登攝山頂望江〉與〈白紵山半望江北諸山漫賦〉兩首爲例：

山僧出户驚狂客，絕頂立同山木植。蒼松岡南閣一層，飛

〔註25〕王英志：〈常州“二俊”山水詩論略——洪亮吉的無我之境與黃景仁的有我之境〉（《齊魯學刊》第6期，1997年）一文，以及陶文鵬、韋鳳娟主編：《靈境詩心——中國古代山水詩》（南京：鳳凰出版社，2004年）書中，皆主此說。筆者按，王氏這兩篇文章主要內容大抵相同，後文應是前文增補潤飾而成。

鳥欲下人還登。白雲濛濛一招手，天風忽吹離立久。雄心直挾海水飛，南望天門北京口。（〈大風登攝山頂望江〉）〔註 26〕

前行未及松頂關，半嶺已落天門山。晴江帆風走十里，望去不越坳堂間。江天空濛雲百傾，行人舉頭天壓頂。驚濤隨風落耳邊，長松蕭蕭日沒景。丈夫生世不合閒，履險始得開心顏。吳船百斛看橫渡，臥隱亦覺魚龍頑。何時疾帆飛，渡我至江北。黃河決處看汎流，使我軒眉畫奇策。潛行欲索河伯符，不佩五嶽眞行圖。魚頭誰識可換黑，龜眼切莫輕塗朱。山川英靈幾人在，看此橫流日歸海。杯底銀濤雪浪飛，鏡中綠髮朱顏改。山雲欲出山雨從，越嶺已覺聲洶洶。君不見，壯遊能消磊落胸，愛此激電鋪江紅。（〈白紵山半望江北諸山漫賦〉）〔註 27〕

詩中之「狂」，並非梵谷（Vincent van Gogh，1853～1890）或徐渭（1521～1593）那種藝術家的瘋狂，而是論語所謂：「狂者進取」之狂。不歌而誦謂之賦，登高能賦可以爲大夫，兩首登高而賦之作，表現的是欲爲「大夫」的進取之心。詩人做爲儒者，參與政事的渴望與褊急耿直之性格爲壯美的山水所激發，形成詩中之「狂」。這種「狂」在情感的強度上，超過前文論及的諸作所蘊含之入世關懷。狂客自信堅挺，如「絕頂立同山木植」；狂客果敢進取，故「飛鳥欲下人還登」。詩人投身山水，得以「履險始得開心顏」、「壯遊能消磊落胸」，但最終的抱負是投身於政治的最前線。「南望天門北京口」還表現得含蓄，「何時疾帆飛，渡我至江北。黃河決處看汎流，使我軒眉畫奇策」則寫得直露了。書寫山水之美固然是這些詩的主旨之一，但正因爲情感的「強烈」，使得少量（就篇幅的比例上）抒情的片段，遠較多數書寫山水的層面來得耀眼；而模山範水的部分，「山水」也成爲傳達詩人形上「入世意念」的意符，與詩中抒情的片段相輝映。詩中感人的成分主要來自於詩人表達「性情」的眞摯、強烈。

〔註 26〕參見〔清〕洪亮吉著，劉德權點校：《洪亮吉集》，冊 5，頁 2051。
〔註 27〕參見〔清〕洪亮吉著，劉德權點校：《洪亮吉集》，冊 5，頁 2069。

綜上所論，洪亮吉於十八、九歲時已具備山水詩必要的寫景技巧。在二十二歲崑山之遊後，詩人已經有意識的將遊覽山水的熱情與審美經驗做爲創作主題發之於詩。二十六歲前往安徽入朱筠幕府，交遊旅跡皆更爲廣闊，袁枚對洪亮吉詩學上的勸戒也開始發酵。詩人以山水寫性情，也企圖建立自己的風格，於是風格「奇警」的詩作大量增加。黃山之遊後，《附鮚軒詩》集中出現了「組詩」型態的山水詩作，有機的結合一連串一系列詩作，更深入的描繪山水。綜觀《附鮚軒詩》內的山水詩，再現山水之美與表達儒者對生民的關懷，可以說是這些詩作內涵的基調。由於這些詩作多半描繪高山遠水，是以在體裁上，詩人大多以擅長的古體發揮，而風格陽剛雄奇者居多（特別是遊山之作）。在某些詩作中，詩人做爲儒者的色彩濃烈，以山水之雄景寫入世的渴望，即形成王英志所謂「借山水抒狂情」的詩作。這些詩作不同於純粹表達自然之美的山水詩，有其獨特的面相與藝術價值。

第二節　「奇警」風格的開拓——《卷施閣詩》中「未達以前」的詩作

張維屏《聽松廬詩話》:「先生（洪亮吉）未達之前，名山勝遊，詩多奇警。及登上第，持使節，所爲詩轉遜前。至萬里荷戈，身歷奇險，又復奇氣噴溢。信乎山川之能助人也。」〔註28〕張氏以乾隆五十五年洪亮吉應禮部試及第，以及嘉慶四、五年謫戍伊犁，作爲其詩作轉變的關鍵。因此本文將《卷施閣詩》中「未達以前」的詩作，做爲一個階段來觀察。但經由前一小節的探討，我們知道《附鮚軒詩》裡詩中的「模山範水」誠如張維屏所述，以雄放陽剛風格的「奇警」之作爲主。那麼《卷施閣詩》中「未達以前」的山水詩與《附鮚軒詩》差異在哪？首先是詩人歌詠對象的不同。《卷施閣詩》中「未達以前」

〔註28〕參見〔清〕張維屏：《國朝詩人徵略初編》卷51，收入周駿富輯：《清代傳記叢刊》（臺北：明文書局，1985年），冊22，頁711。

各集的創作時間，以及洪亮吉三十四歲至四十五歲的重要遊歷，如下所示：

《卷施閣詩》二十卷〔註29〕各集創作時間表

分　集　名　稱	創　作　時　間
卷一：《傭書東觀集》	三十四至三十五歲作（1779～1780）
卷二：《憑軾西行集》	三十六、三十七歲作（1781～1782）
卷三：《仙館聯吟集》	三十六至三十八歲作（1781～1783）
卷四：《官閣圍爐集》	三十七歲作（1782）
卷五：《太華凌門集》	三十七、三十八歲作（1782～1783）
卷六：《中條太行集》	三十八、三十九歲作（1783～1784）
卷七：《緱山少室集》	四十至四十三歲作（1785～1788）
卷八：《靈巖天竺集》	四十一至四十四歲作（1786～1789）
卷九：《西苑祝釐集》	四十五、四十六歲作（1790～1791）

※洪亮吉重要經歷表

乾隆四十四年（1779）	三十四歲。與仲弟北上入京。與黃景仁、翁方綱、蔣士銓、程晉芳及吳錫麒共組詩社。《卷施閣詩》所收詩自是年始。
乾隆四十五年（1780）	三十五歲。在京。中舉。
乾隆四十六年（1781）	三十六歲。應陝西巡府畢沅之邀，離都西行。五月，至西安。與孫星衍、嚴長明、吳泰來、錢坫等人共事。暇則分韻賦詩，遊牛頭、香積諸寺，尋曲江漢唐古蹟。
乾隆四十七年（1782）	三十七歲。在西安。春遊終南山麓牛頭寺看桃花。三月，偕莊逵吉遊鄠縣、馬嵬驛。六、七月，深入華山。九月，遊薦福寺、登雁塔。

〔註29〕《卷施閣詩》二十卷中僅有《官閣圍爐集》、《關嶺衡寒集》未標明創作時間，此二集的創作時間乃筆者依集中諸作與年譜資料推定。又《傭書東觀集》標明爲已亥、庚子作，年譜亦曰：收詩自已亥年始，然集中〈高郵金秀才蘭以戊戌十月與亮吉定交越月來會母喪葬事畢將反同人集味辛齋作詩送之並索亮吉詩謹賦此首〉筆者疑爲乾隆戊戌年（四十三年，1778）作。

乾隆四十八年（1783）	三十八歲。在西安。春遊太白山，上五丈原，觀龍門，至盩厔遊樓觀、仙遊寺。五月，得黃景仁遺書，四晝夜馳七百里至安邑，扶其柩由水路經武昌歸里。中途遊黃鶴樓、西塞山及隔江大別、梅子諸山。十二月，偕趙懷玉赴會試，北上。
乾隆四十九年（1784）	三十九歲。正月抵都。三月，遊西山，至檀柘寺、龍潭、經戒壇寺而返。四月出都，由山西赴陝西。五月，抵潼關，遊太白山、盩厔仙遊寺。
乾隆五十年（1785）	四十歲。在西安。正月，隨畢沅入都。二月，偕嚴長明遊紫閣、白閣、圭峰、草堂寺、第五橋諸舊跡。後隨畢沅調撫河南。十一月，自河南返鄉。
乾隆五十一年（1786）	四十一歲。在里中。二月，隨錢維喬買舟遊蘇、杭遊錫山、虎溪，抵錢塘遊龍井、天竺、靈隱、淨慈諸勝。訪袁枚於江寧。三月，赴開封。十月，遊嵩山，涉太室、少室，訪嵩陽書院，宿少林寺。
乾隆五十二年（1787）	四十二歲。正月入都。五月返里，購卷施閣。十一月返開封。
乾隆五十三年（1788）	四十三歲。在開封。八月，隨畢沅至兩湖，九月五日抵武昌。與楊倫出遊晴川、黃鶴諸勝。
乾隆五十四年（1789）	四十四歲。正月，啓程自漢陽北上。元夕抵開封，遊濟源，謁濟瀆廟，至盤谷。二月抵都。五月八日抵里。七月，至杭州訪友。九月至常州。十二月返舍。
乾隆五十五年（1790）	四十五歲。正月啓程入都，取道泰安，遊泰山。三月應禮部試。四月榜發獲雋。殿試爲一甲二名。

洪亮吉爲母丁憂期限已滿，〔註 30〕又值仲弟經商破產，故北上入京，另謀出路。入都後則應畢沅之邀，西行入陝。入畢沅幕府，更是奔波不斷，誠如嚴明所謂：「畢沅節署凡二變，初駐西安，後移開封，再遷武昌，北江皆得隨行。加之北江於此九年間四赴京師應會試，三返故鄉探親友，故席不暇暖，車舟常行，旅途中遊遍了北山南水。」〔註 39〕這段時間內詩中最精采可觀的山水詩大多集中於深入中原、西北等地勝景的《太華凌門集》（三十七、八歲作）與《中條太行集》

〔註 30〕洪母蔣太宜人卒於乾隆四十一年十月，葬於乾隆四十三年十一月。洪亮吉居憂在里已滿二十五個月。

〔註 39〕參見嚴明：《洪亮吉評傳》，頁 13。

（三十八、九歲作）。但黃河以北壯麗風光對詩人的影響，在《傭書東觀集》（三十四、五歲作）《憑軾西行集》（三十六、七歲作）集中詩作就已經呈現。

《傭書東觀集》中多見離開江南的傷感，以及靠校讎、賣文營生的無奈。〔註 32〕但洪亮吉個性中積極向前的層面中並沒有被生活給完全消磨。詩人的生命力正如卷施草拔心不死，故將這段時間的詩集以「卷施」爲名。〔註 33〕乾隆四十五年洪亮吉中舉，雖不能立即改善困窘的經濟條件，但對其社會地位與自信皆有所提升，表現於詩中，陰鬱的色彩也減少了。這時，高遠的山水與悠遠的古蹟吸引詩人投身其中，得以化解心情的鬱悶。誠如〈二月二十三日復與汪大上天橋飲醉歌〉詩曰：「出門不逐萬古愁，聊上高閣開吟眸。」〔註 34〕洪亮吉北上進京與西行入陝的路程上，面對歷史古蹟留下不少懷古詩作。如〈自河南入關所經皆秦漢舊跡車中無事因倣香山新樂府體率成十章〉雖強調「新樂府體」，但其中〈北邙山〉、〈二崤山〉、〈函谷關〉與〈潼關門〉諸作皆能在懷古諷喻與描摹山水間達到良好的平衡，以奇警風格兼納歷史之悠遠與山水之壯美。以〈北邙山〉與〈潼關門〉爲例：

> 北邙山頭松百步，前碑後碑橫作路。碑前繫馬客不愁，還喚北邙山下渡。前津流水無停刻，松色蒼蒼暗斜日。白楊無風亦蕭瑟，千樹萬樹生涼月。林鳥夜啼穴兔蹲，千年不

〔註 32〕如〈揚州別汪大端光〉：「吾行數千里，別子就東門。」；〈渡河寄孫大星衍〉：「同經憂患傷年少，太息前遊成隔世。」；〈憶汪大端光〉：「淮南冀北經千里，除卻孫郎便憶君。」（參見〔清〕洪亮吉撰，劉德權點校：《洪亮吉集》，冊 2，頁 466、472。）等，寫離開江南諸友的傷感。〈傭書〉：「傭書生計尚淹留，并疊吟懷事校讎。」；〈八月二十日偕黃二暨舍弟飲天橋酒樓〉：「長安百萬人，中有賤男子。日挾賣賦錢，來遊酒家市」（參見〔清〕洪亮吉著，劉德權點校：《洪亮吉集》，冊 2，頁 471、477。）寫營生的無奈。

〔註 33〕張遠覽《卷施閣詩．序》：「《爾雅》『卷施拔心不死』，先生之名集，蓋以此乎？」（參見〔清〕洪亮吉著，劉德權點校：《洪亮吉集》，冊 2，頁 463。）

〔註 34〕參見〔清〕洪亮吉著，劉德權點校：《洪亮吉集》，冊 2，頁 486。

> 看葬貴人。居僧閒乞紙錢挂，寂寞知是誰家墳？穹碑愈殘文愈好，前人傳多後人少。始知坏土繫功德，不在森森數華表。嵩高山色還復蒼，眼中親切爲北邙。君不見，征軍須卸此山側，松冢蕭蕭無暑色。(〈北邙山〉)〔註35〕

> 出險復入險，別山仍上山。河流五夜色昏黑，一片日紅先射關。壯哉龍門濤！至此始一折。驚流無風舟尚失，大魚如龍欲迎日。風陵津北起黑波，重舸徑向中流過。河聲漸遠坡愈迥，卻拉馬首看全河。君不見，哥舒拒祿山，魏武破孟起。門開如雲列千騎，喧聲動天箭灑地。時平雲氣亦捲舒，孱卒立門司啓閉。關頭飯罷客亦閒，早有太華開心顏。(〈潼關門〉)〔註36〕

《讀史方輿紀要》:「北邙山在府（按：河南府）北十里……古陵寢多在其上。」〔註37〕沈佺期〈邙山〉:「北邙山上列墳塋，萬古千秋對洛城。城中日夕歌鐘起，山上惟聞松柏聲。」〔註38〕洪亮吉的〈北邙山〉和沈詩一樣，以「墳」、「松」做爲用力之處。沈詩的表現方法是將墳塋古松與洛城二元對立以營造歷史感；洪亮吉則是提煉「墳塋」、「殘碑」、「松色」與「山陰」諸意象，以形成一種近於「錦官城外柏森森」的意境。但詩人並不以營造出這種悠遠的歷史感便滿足，「穹碑愈殘文愈好，前人傳多後人少。始知坏土繫功德，不在森森數華表。」四句，筆者認爲是對沈詩的翻案。沈佺期認爲淹沒於歷史洪流的「列墳塋」，洪亮吉卻肯定其「可傳」與「不朽」的價值。最難能可貴的是這首詩並沒有因爲其「議論」的目的而損害其對山水意境的營造。這個長處〈潼關門〉詩中表現得更爲出色。《讀史方輿紀要》記載潼關曰:「建安中移函谷關於此，因改名潼關。自是常爲天下之襟要。」〔註39〕詩

〔註35〕參見〔清〕洪亮吉著，劉德權點校:《洪亮吉集》，冊2，頁502。

〔註36〕參見〔清〕洪亮吉著，劉德權點校:《洪亮吉集》，冊2，頁505。

〔註37〕參見〔清〕顧祖禹:《讀史方輿紀要》，冊2，卷48，頁992。

〔註38〕參見〔清〕清聖祖敕撰，〔清〕曹寅、彭定求等輯:《全唐詩》(北京，中華書局，1985年)，冊4，卷97，頁1055。

〔註39〕參見〔清〕顧祖禹:《讀史方輿紀要》，冊2，卷54，頁1150。

人寫潼關，破題有力。「出險復入險，別山仍上山。」讓讀者尚未以五感進入詩的意境中神遊其山水，便已隨著詩人經驗的自白，領略潼關一帶的險峻。詩人欲寫潼關之壯，先寫黃河之惡。《北江詩話》：「詩奇而入理，乃謂之奇。若奇而不入理，非奇也。」〔註 40〕洪亮吉此詩亦遵循自己的原則。「壯哉龍門濤！至此始一折。」即寫黃河在陝西境內從北向南流，到潼關附近折向東流。黃河湍急，又在此劇烈轉折，水勢之惡誠如詩中「河流五夜色昏黑」、「驚流無風舟尚失」。面對此景，詩人雄心更壯，眞如「大魚如龍欲迎日」。險惡的黃河更激發其生命的活力。詩至「河聲漸遠坡愈迴，卻拉馬首看全河。」筆鋒一轉，以「哥舒拒祿山，魏武破孟起。」帶出潼關作爲百戰之地那種壯美的歷史深度，這種美感又與前面大力描繪的黃河之惡潼關之險合而爲一。結尾亦有新意，歌誦太平之時潼關雲氣捲舒雖不若戰時之險，〔註 41〕但潼關之西仍有更爲奇險的華山呢。有趣的是，洪亮吉在此後的華山之遊，華山的奇險確實幫助他創作出更爲奇警，藝術成就更高的詩作。但在討論華山諸作前，他在西行入陝時書寫黃河凶險的佳作亦不能忽視，如〈未至黃河十里阻風宿辛店明日始從柳園口渡〉：

> 惡風一日阻急程，十里外聽黃河聲。黃河聲急暑雨橫，高浪戰雨喧三更。洶洶到枕不安寐，廐下劣馬時奔鳴。批衣支户起危坐，飲滿百盞神終醒。郵荒味淡食不咽，雨暗飽嗅蛟龍腥。耳中歷歷聽頹壁，川原曠望生夜明。樓高燭冷萬慮絕，不覺孤月來窺楹。風聲雨聲罷酣鬥，百鳥歸樹天光清。半生飽向江河宿，此夕河浪聲尤驚。清晨徑渡大波伏，霞氣壓席青紅平。十年履險不知數，狂直自笑波濤輕。〔註 42〕

〔註 40〕參見〔清〕洪亮吉著，劉德權點校：《洪亮吉集》，冊 5，頁 2298。

〔註 41〕依呂培：《洪北江先生年譜》記載：「乾隆四十六年，征逆回京兵入陝，道出山西。」洪亮吉甚至因此繞道由館陶、臨清至開封繞到西安。此詩「時平雲氣亦捲舒，孱卒立門司啓閉」有點粉飾太平的味道，但潼關作爲軍事重地，守關者竟爲「孱卒」，亦可感受到洪亮吉諷喻的巧妙。

〔註 42〕參見〔清〕洪亮吉著，劉德權點校：《洪亮吉集》，冊 2，頁 501～502。

熟諳地理之學的洪亮吉，胸中早有「黃河決處看汎流，使我軒眉畫奇策。」的壯志，但親臨黃河的威力，還是帶給詩人不小的衝擊。此詩前半部寫黃河之洶湧、詩人心中的戰慄，後半部寫洶湧過後的雲淡風清與詩人心情的轉折。整首詩緊緊扣著詩題之「未至黃河十里」。以「十里」作為審美距離，因此「此夕河浪聲尤驚」成為書寫的關鍵，詩人描寫黃河的感受總是先聽覺再視覺，如「十里外聽黃河聲」、「黃河聲急」引出「暑雨橫」、「高浪戰雨」；「耳中歷歷聽頹壁」引出「川原曠望生夜明」；「風聲雨聲罷酣鬥」引出「百鳥歸樹天光清」等。其中「廐下劣馬時奔鳴」、「雨暗飽嗅蛟龍腥」兩句以視覺、聽覺及嗅覺各種感官，鮮明的勾勒出黃河肆虐帶來的驚悚氣氛。平心而論，此詩雖佳，然古往今來書寫黃河之佳作無數，洪亮吉此作絕對稱不上是第一流的作品；但此詩最末兩句，表現了少有人及的狂氣與大膽，表現了詩人獨特的人格特質。

洪亮吉在西安節署一如他在京城四庫館校書的日子，與諸多詩友互相鼓勵，切磋詩藝。相較於二十多歲在安徽朱筠幕僚時，三十多歲的洪亮吉在集中收錄了較多詩友之間的應酬之作。因此綜觀《仙館聯吟集》與《官閣圍爐集》沒有什麼可觀的山水詩，山水詩作大多集中於《太華凌門集》與《中條太行集》。

《太華凌門集》收錄了乾隆四十七、八年遊華山、終南山與太白山的詩作。誠如洪亮吉〈九月九日蔣太守熊昌招同人集息養齋雅讌即席賦贈〉詩曰：「我豪於飲詩亦豪，胸有太華終南高。」〔註 43〕陝西諸嶽的豪美開拓了《附鮚軒詩》以來的奇警風格。集中最佳者是記載華山之遊的組詩，洪亮吉陸續寫下〈初三登玉泉院〉、〈自玉泉院至五里關〉、〈由車箱谷經十八盤諸險〉、〈自莎蘿坪至青柯坪小憩〉、〈從天井上千尺幢〉、〈過二仙橋憩媼神洞〉、〈經天梯昇日月巖〉、〈仙人砭望雲臺諸峰〉、〈日昃經蒼龍嶺〉、〈通天門縱眺〉、〈坐玉女峰望東峰松

〔註 43〕參見〔清〕洪亮吉著，劉德權點校：《洪亮吉集》，冊 2，頁 574。

檜〉、〈侵黑登落雁峰〉、〈夜從落雁峰足至蓮花峰〉、〈未曉由金天宮西至環翠巖望山南諸峰〉、〈金天宮夜宿〉、〈松檜亭待新月〉、〈縹紗嶺納涼〉與〈四更上落雁峰看日出〉諸作，極力刻畫華山諸面相。與《附鮚軒詩》中成就最佳的齊雲山黃山諸作相較，可知張維屏雖稱北江未達前詩多奇警，但各個階段之間又有差異。黃山諸作以古奧的字辭刻畫「奇幻」的境界，華山諸作則以精確的意象呈現「奇險」的山勢。如初入華山的〈自玉泉院至五里關〉：

> 入谷氣始陰，上坂地復失。盤盤行空中，石亂忽拒轍。維時正晴午，昏晦霧欲結。遂令高峰雲，慘若太古雪。陰暗生蒼苔，錯落繡根節。神工竟草創，巨斧未劖截。萬古積鬱怒，欲下勢已猝。危茲幽人居，陡向厓底突。云開北邊牖，夜半或見月。欹松橫成梁，直石立作闕。幽瞻正徘徊，飛瀑頂上出。〔註44〕

詩人勾勒華山之奇險重點在於「雲光」、「欹松」、「危石」、「惡路」這四個意象上。以此詩爲例，詩首寫雲光轉陰、亂石阻路，帶出詩人上山「地復失」、「行空中」的新鮮感。一路上目光所及也是以這四個意象爲重，如「高峰雲」、「根節」、「厓底突」、「欹松橫成梁，直石立作闕。」等。詩作的主旨在於表達對華山「神工竟草創，巨斧未劖截。」的神奇。詩末亦替這套組詩其他詩作開了頭，說明詩人旅跡方出玉泉院，不過是此段旅程正開始，驚訝尚早，尚有「飛瀑頂上出」者。再看〈仙人砭望雲臺諸峰〉，〔註45〕如「華雲披南山，初月映石廊。」寫「雲光」；「石勢亦欲轉，孤峰圍成岡。」、「飛石橫成梁」寫「危石」；「道隘束一門，逼仄五里長。」、「徒上數十盤，飛準安敢翔。」、「鑿石不少寬，鋒利趾已傷。」、「背倚千尺巖，下視萬仞強。」、「闌干難重扶，欲落勢早防。」、「離離攀虬枝，盤盤出羊腸。」寫「惡路」。華山諸作，即以這四個意象爲焦點，書寫華山山水之奇險。如此一來，

〔註44〕參見〔清〕洪亮吉著，劉德權點校：《洪亮吉集》，冊2，頁545。
〔註45〕參見〔清〕洪亮吉著，劉德權點校：《洪亮吉集》，冊2，頁547。

這套「組詩」相較於齊雲、黃山諸詩，組詩內各首詩之間的一致性更強了。我們直接以詩人兩次看日出的詩作為例：

成此獨往心，孤猿履窺户。聞鐘念初聲，出寺僅數武。沉沉壑光斷，荒荒白雲阻。昏晦持一鐙，幽林變溽暑。流星掌邊下，宿羽巖際數。朝霞信清華，殘魄虛卓午。坡回屢心掉，峯中始軒舉。盪此衣袂雲，還成吳會雨。沿轍車抽蔓，絕壑風振緒。亦感筋力疲，孤笻設迎拒。誰行深谷中，泠泠出疏語。(〈夜起登蓬萊島看日出不見——一名仙掌峰〉)〔註46〕

客夢初視日，起來攜孤笻。河東閃電來，先見中條峰。昏昏九州烟，黯黯三宵中。大聲皇皇地軸空，玉色隱隱天門東。東星西星景朦朧，南斗北斗雲滃滃。忽然前峰開，已發松頂蒙。滄溟陡近一千里，海色上襯博桑紅。樓臺金銀一萬重，日上似戴仙人宮。黃人捧日力逾駛，耳畔隱覺聲洶洶。十年絕頂兩登臨，霞采燗燗光雙瞳。白雲穿空入太行，飛雨若席傾河梁。人間塵夢尚未醒，我倚絕壁餐清光。君不見，天高鐘動氣尤肅，下嶺仍須注紅燭。回崖俯視亦壯觀，洛水隨闌十三曲。(〈四更上落雁峰看日出〉)〔註47〕

雖然登仙掌峰不見日出，此作亦非寫齊雲、黃山諸詩之中較佳者，但兩詩同樣描寫「日未出之景」，自可比較一番。筆者以為詩人欲表達日出（或未出）之美，刻畫的重心在於「雲光」，前詩以「沉沉壑光斷，荒荒白雲阻。」直言其天色昏暗，以「流星掌邊下，宿羽巖際數。」描摹光影瞬間的變化，內容較無呼應之處，比較呆板；至於後詩之「河東閃電來，先見中條峰。」寫光影變化則較「流星」一句壯闊，亦替詩後半部的「飛雨若席傾河梁」埋下伏筆。同樣以疊字勾勒日未出之景，登落雁峰一詩從視覺上「昏昏」、「黯黯」、「隱隱」、「滃滃」以及聽覺上的「皇皇」，利用疊字層層逼近詩中高潮的部分，使得「忽然」二字之後，以幻想之筆寫日出之景則極具爆發力。從藝術成就上來

〔註46〕參見〔清〕洪亮吉著，劉德權點校：《洪亮吉集》，冊5，頁1955～1956。
〔註47〕參見〔清〕洪亮吉著，劉德權點校：《洪亮吉集》，冊2，頁551。

看，後詩顯然勝過前詩一截。我們可以說《卷施閣詩》裡「未達以前」的山水詩，是詩人對《附鮚軒詩》以來「奇警」詩作從內容、題材、風格的再開拓，華山諸作就是個很有力的例子。

《中條太行集》收錄乾隆四十八年洪亮吉得知黃景仁過世，到乾隆四十九年五月，詩人護送仲則棺木歸里後又返回陝西這段期間的詩作。由此可知，集中的山水詩，所關注之勝景遍及了大江南北。集中諸詩可分爲兩部分來看，一部分是洪亮吉返回故里處理黃景仁身後事並寄情於江南山水的詩作；另一部分是詩人又回到北京，遊於京城，後輾轉回陝的詩作。書寫江南山水的詩作份量不多，然而詩人在行經昔日與摯友黃景仁同遊之地，往往多有感傷。如〈再偕友人登黃鶴樓〉：「却望洞庭西灑淚，素交詩句十年餘。」〔註 48〕以及〈舟中望采石太白樓感賦〉：「偕遊少年盡客死，我欲登樓淚難止。」〔註 49〕喪友之痛使其詩境亦染上哀傷的色彩。至於洪亮吉遊於京城以及西行入陝，則留下兩套紀遊「組詩」。〔註 50〕和《傭書東觀集》與《憑軾西行集》中諸作一樣。歷史的悠遠感亦是洪亮吉這次遊華北諸作表達的母題之一，但比例上已經減弱。在紀錄、表現沿途山水之美的部分用力較多。此中之佳者如〈由固關營至井陘縣山行〉與〈井陘縣〉。茲舉於下：

> 人傳井陘奇，山石立若幹。直下類削成，泉聲出凌亂。斜行入深谷，人馬衹見半。厓空響易徹，隔嶺遞相喚。松櫟忽萬重，天青四垂幔。偏于危絕處，觸目得奇觀。石罅花

〔註 48〕參見〔清〕洪亮吉著，劉德權點校：《洪亮吉集》，冊 2，頁 565。

〔註 49〕參見〔清〕洪亮吉著，劉德權點校：《洪亮吉集》，冊 2，頁 571。

〔註 50〕遊於京者有〈遊西山自花犁坎至慧聚寺因止宿〉、〈由慧聚寺上嶺行三里許抵化陽洞復持火入洞二里許〉、〈由羅睺嶺抵檀柘寺憩〉、〈由檀柘寺後二里抵龍潭憩八角亭作〉、〈戒壇古松歌〉與〈龍潭憩八角亭亭外櫻桃百餘株花色紅白可愛桃杏亦盛開因而有作〉諸作；至京返陝則留下了〈獲鹿縣早行〉、〈由固關營至井陘縣山行〉、〈井陘縣〉、〈井陘關題成安君祠壁〉、〈核桃原〉、〈石門汎〉、〈塞魚城〉、〈介休縣署中望介山有感作〉、〈晚宿水頭鎮〉、〈曉渡韓侯嶺〉、〈國士橋〉、〈曉發洪洞由臨汾襄陵至太平縣宿〉、〈出運城二里抵野狐泉復上亭子望鹽池作〉與〈歌薰亭〉等。

> 亂飛，禽驚入雲竄。坡陀更前折，性命呼吸判。危維此天險，卓絕念神算。居人耕土脊，時得鋒鏃斷。成安以為趙，淮陰以為漢。太息陵谷遷，殘陽落高岸。（〈由固關營至井陘縣山行〉）〔註51〕

> 我行縣東及縣西，百里石田麻麥稀。青山缺處見城郭，楊柳合抱山禽肥。前宵一雨春泉足，水淺石深傷馬腹。停車問路客始愁，卻到斜陽盡頭宿。（〈井陘縣〉）〔註52〕

《讀史方輿紀要》:「井陘關在真定府獲鹿縣西十里……今山勢自西南而東北層巒疊嶺參差環列方數百里，至井陘縣東北五十里曰陘山。其山四面高平中下如井，故曰井陘。」〔註53〕《大清一統志》:「固關在井陘縣西南四十里……舊曰故關……此為控扼之要。」〔註54〕井陘山勢險峻，自古以來便是把守山西河北的重要隘口。這兩首詩以不同的視角刻畫井陘的山水，前詩乃是親身投入於山水之間，後詩是在井陘縣中，即《讀史方輿紀要》所謂「中下如井」處，描繪四周山景。前詩內容可分作三部分，首以他人口中的井陘打開此詩，次以親身所見之井陘對照之，末以歷史變遷之感嘆作收。以他人口中的井陘之奇破題，是為了表達聞不如見之感，以烘托親身經歷的井陘。他人口中，井陘是「山石立若榦。直下類削成」，洪亮吉感受到的井陘比他人口中所言之井陘更險，「人馬衹見半」、「坡陀更前折，性命呼吸判」等鮮明的語言潤色了井陘的危險奇絕，使之躍然紙上。此處自古為百戰之地，詩人以「居人耕土脊，時得鋒鏃斷」筆鋒一轉，帶出詩末的歷史感嘆。收尾反倒較為普通，並不突出。洪亮吉側寫井陘的〈井陘縣〉一詩，更有其巧妙之處。語言看似平順實則含蘊，結構細膩。首聯對句「百里石田麻麥稀」，寫出井陘縣中地勢不利農耕，亦畫出當地「地

〔註51〕參見〔清〕洪亮吉著，劉德權點校:《洪亮吉集》，冊2，頁577。
〔註52〕參見〔清〕洪亮吉著，劉德權點校:《洪亮吉集》，冊2，頁578。
〔註53〕參見〔清〕顧祖禹:《讀史方輿紀要》，冊1，卷10，頁222。
〔註54〕參見〔清〕清仁宗敕撰:《大清一統志》，收入《四部叢刊續編・史部・嘉慶重修一統志》，冊2，卷30，頁8。

廣氣豪」〔註55〕的風俗民情；頷聯出句「青山缺處見城郭」白描軍事要塞的山水景觀，頗爲清新；對句「水淺石深傷馬腹」寫景亦與詩尾緊緊結合，與〈由固關營至井陘縣山行〉展現出不同的情趣。

洪亮吉《卷詩閣詩》中「未達以前」的詩作，除了上面已論及之外，尚有《緱山少室集》（四十至四十三歲作）《靈巖天竺集》（四十一至四十四歲作）與《西苑祝釐集》（四十五、六歲作）。《西苑祝釐集》和《仙館聯吟集》與《官閣圍爐集》一樣，應酬之作居多。《緱山少室集》與《靈巖天竺集》中，遊於江南勝景的山水詩數量不少，但在題材與表現上沒有多大的突破，値得注意的還是兩集中書寫中原諸景的詩作。如《緱山少室集》集中的〈自密縣登謁嵩高山留山下三日徧遊嵩陽書院及少林寺回塗訪三石闕〉。雖然北江自己對描寫緱山少室的詩作頗有自信，〔註56〕但這系列詩作其實不算頂好。更諷刺的是，此詩用來探討洪亮吉這個階段詩作的優缺點卻頗爲合適。詩長節錄於下：

> 中牟及鄭州，風黑已三日。行經大騩山，谷險忽距轍。天青被原野，氣候亦殊別。十里輒一亭，穿雲到新密。山光時破碎，風卷出林栗。一谷石若羊，高下嚙馬膝。地肥巒翠暖，村叟袂衣出。馬尾別大騩，馬首揖太室。洗眼洧水濱，看山庶眞切。〔註57〕

筆者以爲此詩佳處在「穿雲到新密」到「高下囓馬膝」之間。「一谷石若羊」比喻新鮮，蘊含奇趣。但「馬尾別大騩，馬首揖太室。」與「洗眼洧水濱，看山庶眞切。」兩句則暴露了他詩作一個重大的缺點（不獨山水詩，也不僅止於這個時期），那便是某些意象或結構在不

〔註55〕參見〔清〕清仁宗敕撰：《大清一統志》，收入《四部叢刊續編．史部．嘉慶重修一統志》，冊2，卷29，頁7。

〔註56〕《北江詩話》卷四：「遊山詩，能以一兩句檃括一山者最寡。孟東野《南山》詩云：『南山塞天地，日月石上生。』可云善狀終南山矣。近日畢尚書沅《登華山》云：『三峰三宵通，一嶽一石作。』余丙午歲《遊嵩高山》云：『四面各萬里，茲山天當中。』或庶幾可步武東野。」（參見〔清〕洪亮吉著，劉德權點校：《洪亮吉集》，冊5，頁2292。）

〔註57〕參見〔清〕洪亮吉著，劉德權點校：《洪亮吉集》，冊2，頁578。

同的詩作中反覆出現。這個缺失出現的原因其實很簡單，和陸放翁一樣，那就是詩作得太多了。《北江詩話》：「詩可以作可以不作，則不作可也。陸劍南六十年間萬首詩，吾以爲貽誤後人不少。」〔註58〕劍南詩怎樣貽誤後人，北江沒有言明。但陸遊上萬首詩，於意象、結構時有重複，爲人詬病，洪亮吉卻也犯了一樣的疏失。如「馬尾別大醜，馬首揖太室。」以「馬」之意象爲中，以馬首馬尾掌握山水格局的結構，這種手法在下節探討洪亮吉入黔的山水詩還會時常看到。「洗眼洧水濱，看山庶眞切。」與〈郿縣道中望太白山積雪越日清曉復由縣抵清湫鎭入太白山三里憩上池作五首〉（之一）：「洗眼看北山，巖光較清切。」〔註59〕相近。即便以前文討論過的詩作爲例，我們還是可以找到其意象結構的重複使用。如〈潼關門〉：「出險復入險，別山仍上山。」近似〈坐玉女峰望東峰松檜〉：「入雲復出雲」；〔註60〕〈清曉由盩厔書院二十里入南山遊玉女泉歷黑龍潭並憩仙遊寺作五首〉（之二）：「巖腹徑十里，四山圍平山。」〔註61〕與〈仙人砭望雲臺諸峰〉：「石勢亦欲轉，孤峰圍成岡。」雷同。這只是略舉數例。《附鮚軒詩》的缺點是「甯詩不工句必彊」，技巧有時尚有生疏生硬之處。然《卷施閣詩》在題材、詩藝以及「奇警」風格都能有所開拓的同時，卻因爲詩作的數量太多而出現了《附鮚軒詩》也沒有的缺點。雖然瑕不掩瑜，但筆者實在不能也不必爲洪亮吉隱諱。

《靈巖天竺集》中有洪亮吉記載乾隆五十四年「遊濟源，謁濟瀆廟，至盤谷。」這段行旅的詩篇，分別是〈濟源謁濟瀆廟作並寄錢州倅坫西安〉、〈延慶寺〉、〈盤谷寺〉、〈盤谷寺東山墅題壁〉、〈盤谷寺道中〉、〈夜過漳水橋〉等。最值得探討的是〈濟源謁濟瀆廟作並寄錢州倅坫西安〉：

〔註58〕參見〔清〕洪亮吉著，劉德權點校：《洪亮吉集》，冊5，頁2292。
〔註59〕參見〔清〕洪亮吉著，劉德權點校：《洪亮吉集》，冊2，頁558。
〔註60〕參見〔清〕洪亮吉著，劉德權點校：《洪亮吉集》，冊2，頁548。
〔註61〕參見〔清〕洪亮吉著，劉德權點校：《洪亮吉集》，冊2，頁556。

> 我昔尋淮源，騎馬至大復。濟源今使訪，尚未及王屋。馬頭星落日未光，天半忽然落太行。山行西上水東下，中有百里雲之鄉。雲鄉萬畝收常最，水鳥鷺絲時作對。開門飲水性不浮，頭上白雲還可戴。尋源入廟得數潭，酌以木杓殊清甘。坐思地脉出靈異，更有一源穿寺南。藻萍靜覺微風起，那識泉流及千里。不是天青落眼前，都疑赤日行潭底。殿頭斜交松栢風，碑頂錯落塡眞紅。九州三瀆得配食，北海一神成寓公。水光沉沉走靈氣，飲水況兼知水味。點波縱乏魚眼紅，入饌復添萍葉細。雛童道我行不休，出廟遠看珍珠流。土人指點復非一，我臥欲向山南遊。斜行卅里無平地，石觸馬蹄如斧利。車箱側坐作一篇，聊當西尋濟源記。我有故人官故京，萬言能辨濟爲滎。何時並馬入河滸，應訝蔡河原號楚。〔註62〕

此詩在內容上的特質在於山水對於詩人而言，不是「以形媚道」——經營詩人氣質與山水美質於形上融合的境界，而是「山水即道」——反映洪亮吉做為輿地學者的學術興趣與作為詩人的審美興趣相結合。詩中非但「有我」，而且做爲一個極欲探討濟水之源的學者形象躍然紙上。詩首「尚未及王屋」看似平常，卻是這首「地理實查」觀點的山水詩，一個巧妙的開頭。大部分的輿地著作皆言濟水出於王屋山，《括地志》的記載比較詳實：「沇水（筆者按：即濟水）出王屋山頂，崖下石泉，停而不流，其深不測，既見而伏。至濟源西北二十里平地。其源重發而東南流。」〔註63〕濟水之源確實是不易確定於何處的。此詩因有地理實查的性質，所以字裡行間非但是寫實的模山範水，一些地方更是自有出處，不落空言。如「坐思地脉出靈異，更有一源穿寺南。」乃是紀錄延慶寺西一俗名海眼的源脈；「藻萍靜覺微風起，那識泉流及千里。」則是化濟水源頭「其深不測，既見而伏。」

〔註62〕參見〔清〕洪亮吉著，劉德權點校：《洪亮吉集》，冊2，頁578。

〔註63〕轉引自〔清〕清仁宗敕撰：《大清一統志》，收入《四部叢刊續編．史部．嘉慶重修一統志》，冊12，卷201，頁14。

的實況爲詩句。整首詩表現上山、溯源、入村、探廟、品泉等等，也都是平順清新，雖非極佳但畢竟不俗。詩末「何時並馬入河滸」眞有一種「讀萬卷書，更須行萬里路」的氣魄，一種講究地理實查的治學態度。洪亮吉此詩詩尾確實表現出傑出的優秀學者或詩人，往往不約而同的有一種「行萬里路」的實踐精神。此詩雖有點以學問入詩的味道，卻並不因此而少了性情、趣味，故特別舉出論之。

綜上所論，洪亮吉於中原、西北等地的旅跡開拓了他山水詩「奇警」的風格。翻閱《傭書東觀集》與《憑軾西行集》，可見洪亮吉於初次北上入京與西行入陝的路程上，面對歷史古蹟留下的詩作。這些詩作中「議論」的成分並沒有損害其對山水意境的營造，反而將時間的「悠遠」與空間的「高遠」、「平遠」融洽的合而爲一。《太華凌門集》的華山諸作與《中條太行集》的旅跡華北諸作，使得洪亮吉的山水詩，從描繪江南諸景的「奇幻」、「奇秀」更開拓出「奇險」的風格。相較於《附鮚軒詩》內諸作，洪亮吉借山水抒狂情的現象已不多見，取而代之的是對山水更純粹更熱烈的審美情感。在詩藝部分，誠如《北江詩話》所謂：「作詩造句難，造字更難。若造境造意，則非大家不能。」〔註 64〕洪亮吉在這個階段最大的突破，便是在刻畫華北、西北諸多壯景時，往往將筆力集中於某幾個意象做爲營造整體意境的焦點，對造境的專注強過之前的詩作，華山諸作便是很明顯的例子。縱使這段時期的山水詩無論是題材上、詩藝上、風格上都能有所開拓，但洪亮吉還是出現了一個不能避免的缺點，便是意象結構偶有重複，這反而是《附鮚軒詩》時期不太容易發現的缺失。

第三節 「奇警」本色與「平易」別調的並置——《卷施閣詩》中入黔時期諸作

「高中榜眼」爲洪亮吉的人生路帶來很大的改變，前文已述。

〔註 64〕參見〔清〕洪亮吉著，劉德權點校：《洪亮吉集》，冊 5，頁 2276。

張維屏以爲洪亮吉及登上第，持使節，所爲詩轉遜前。詩作質量的下滑似乎是因爲生活的順遂，特別是西入黔貴的經歷，洪亮吉政治的抱負得以推行，公務之餘又徜徉於西南邊陲的山水，可謂他人生中最得意的時刻。但這段時期洪亮吉的詩作眞的因爲話不到滄桑，句便不工麼？蘇完恩遂持不同的意見。《洪北江先生遺集・序》曰：「已而入玉堂，直三天，奉使黔中，觀山川之雄秀，攬人物之瑰奇，詩文益恣奇氣。」〔註65〕張、蘇二人的評論，可以說是完全相反，有待實際觀察洪亮吉的詩作方能辨別誰的評論合宜。然兩者卻同樣指向了一個共通性，便是洪亮吉及第後的詩作有了品質上的「變化」。依筆者觀察，北江詩作的變化也出現在山水詩這個層面。洪亮吉入黔諸作的創作時間以及他四十五歲至五十歲重要經歷，如下所示：

※各集創作時間表

分　集　名　稱	創　作　時　間
卷十二到十四：《黔中持節集》	四十七至四十九歲作（1792～1794）
卷十五：《關嶺衝寒集》	四十九、五十歲作（1794～1795）
卷十六：《蓮臺消暑集》	五十歲（1795）
卷十七：《回舟百嶠集》	五十、五十一歲作（1795～1796）

※洪亮吉重要經歷表

乾隆五十五年（1790）	四十五歲。三月應禮部試。四月榜發獲雋。殿試爲一甲二名。七月派充國史館纂修官。是歲與張問陶酬唱甚多。
乾隆五十六年（1791）	四十六歲。在京供職。與法式善等詩友酬唱極多。
乾隆五十七年（1792）	四十七歲。在京供職。八月，充順天鄉試考官，在闈中奉視學貴州之命。九月二十四日離家赴任，十月半抵樊城，十一月十三日抵貴陽。

〔註65〕參見〔清〕蘇完恩：《洪北江先生遺集・序》，收入〔清〕洪亮吉著，劉德權點校：《洪亮吉集》，冊5，頁2399。

乾隆五十八年（1793）	四十八歲。在貴州任。二月，出巡上游，歲試安順、南籠、大定、遵義四府。八月，出巡下游，歲試平越、思南、石阡、鎮遠、思州、銅仁六府。
乾隆五十九年（1794）	四十九歲。在貴州任。二月，出巡下游，歲試都勻、黎平二府。都勻試畢，步行至三角坉，由都江舟行至古州。又與彭廷棟、孫鑑遊五榕山、入諸葛洞、宿苗寨。又遊南泉山、少寨洞、獅子崖諸勝。三四五月，科試上下游七府。九月，上游安順、南籠二府。
乾隆六十年（1795）	五十歲。在貴州任。三月科試大定、遵義二府。十一月任滿，十日至省城起行，十五日抵鎮遠。十二月抵辰州，晤畢沅。十九日抵荊州。二十四日抵襄陽。除夕抵河南南陽府。

入黔諸作主要見於《黔中持節集》三卷（四十七至四十九歲作）《關嶺衝寒集》（四十九至五十歲作）與《蓮臺消暑集》（五十歲作）。黔貴風光帶給詩人的是異域的陌生、新鮮感，大大滿足了洪亮吉對於探險的渴望，這是詩人遊於華夏大地所不能感受到的。如前所述，洪亮吉在高中榜眼後詩觀有很大的改變。在山水詩的創作上企圖拋去「小我」的俗念，以追求山川純粹的美感；同時，黔貴之地不能給予詩人豐富的歷史共鳴（除少數言及蜀漢的詩），於是洪亮吉在這段期間鮮有懷古之作，焦點完全放在對空間之美的感觸。入黔時期的典型山水詩諸作，以「無我」詩境的開創做為出發點，卻出現了兩種風格。一種是洪亮吉本色的「奇警」風格，另一種是與奇警相反的「平易」。我們先探討平易風格的詩作，如〈紫雲橋〉：

> 春山一片疑無骨，都作紫雲扶曉日。馬頭隨意歷西南，無數樓臺復飛出。沿溪一橋如一舟，橋上三面開朱樓。前旌後隊何回緩，似向長虹腹中轉。橋心倒插十丈餘，飛蓋過處驚遊魚。君不見，一山前頭復如井，卻喜嫩晴鋪十頃。〔註66〕

此詩通篇以白描手法書寫。回顧前文所論之山水諸作，白描手法總是詩人描摹山水最主要的技巧。那麼風格之平易決定於何處？主要有二。一是避免使用冷僻罕見的字辭典故。雖然北江詩一貫風格就是「殊

〔註66〕參見〔清〕洪亮吉著，劉德權點校：《洪亮吉集》，冊2，頁789。

少迴旋」，大部分的詩作並不因漢語詞彙的多義性而阻礙詩作內容的表現；但詩人少數苦於「難」的詩，大抵是用難字僻典，又缺乏適當的剪裁，如〈華陰廟六十韻〉者，生硬的難以卒讀。其實綜觀洪亮吉詩的變化，詩人年齡愈長，這種情形愈少，到了入黔時期，已罕見賣弄學問以難字入詩的現象了。其次是有意識的對「警句」的避免，這點也涉及了「無我」詩境的營造。警句，往往是將「我」的審美意識或性情精神，結合山水中的雄奇壯景，以形成警策動人、跌宕多姿的審美效果。警句的光彩，卻也造成閱讀上的「不平」。因此洪亮吉在力求平易風格的詩作中，自然避免了這樣的寫作技巧。

接著探討「無我」詩境的營造。以此詩而言，營造「詩中無人」的關鍵在第二句轉入第三句，從遠處山景切換至近處水景。此一視野的轉換洪亮吉以「馬頭隨意歷西南」帶過。藉由「馬頭」隱匿詩人作爲第一人稱的存在；以「隨意」消解詩人刻意賞景的軌跡，是以在詩境的物我關係上，詩人與自然是互即互離的，而詩中諸景「自然的」次第呈現，達到無我的詩境。比起古體，這類詩作更廣泛的出現在近體詩中。洪亮吉長於古體，但入黔時期近體詩作不少，這是個頗值得留意的現象。如〈晚至龍里縣〉：

> 清絕山城衹百家，城門樓上晚吹笳。猶餘濕翠收難盡，商略明朝作曉霞。〔註67〕

黔中多雨，「濕翠」二字頗能掌握其山水形象。「商略」一句，近似與姜白石〈點絳唇〉：「數峰清苦，商略黃昏雨。」〔註68〕同樣以擬人法拉近山水與我的距離，使自然與「我」沒有隔閡。這種小詩也有袁枚山水性靈小詩的味道。〔註69〕除了此種將山水擬人化產生逸趣的絕句

〔註67〕參見〔清〕洪亮吉著，劉德權點校：《洪亮吉集》，冊2，頁734。

〔註68〕參見〔宋〕姜夔著，夏承燾箋校：《姜白石詞編年箋校》（上海，上海古籍出版社，1998年），頁26。

〔註69〕如〈渡江大風〉：「金焦知客到，出郭遠相迎。」（參見〔清〕袁枚著，王英志校點《小倉山房詩集》卷22，收入《袁枚全集》（南京：江蘇古籍出版社，1993年），冊1，頁458。）；〈水西亭夜坐〉：「明月愛

外，還有一種絕句巧妙的利用敘事時間，和諧的安排詩人與自然諸景，如〈乾溝道中書所見〉：

新綠塡街馬過遲，幾家竹屋枕陂池。鴨欄明淨鵲巢整，卻有野棠開一枝。〔註 70〕

不求警句，平鋪直敘。隨著視角的轉移，使讀者在視覺的想像上，從竹屋陂池之綠，轉向野棠之豔突出結尾。利用色彩的搭配呈現諸景的和諧，隱藏「我」的痕跡。還有一些律詩，如〈八匡塘〉與〈山中夜行〉：

一邨都不見，全被李花遮。澗水到門合，山樓出樹斜。霞光開梵剎，雲影抱人家。時有遠香至，應知春事賒。(〈八匡塘〉)〔註 71〕

小雨乍三日，梨花合一邨。夜燈紅覆屋，春樹綠當門。卷幕留禽影，開扉驗水痕。更殘月更出，山氣尚昏昏。(〈山中夜行〉)〔註 72〕

兩詩結構相似。首聯以花景朦朧的限制住視覺美感的範圍；頷、頸兩聯，動詞的功用在於以簡單的動作標明意象之間的對應位置，並不帶有多大的動力因素，旨在利用律詩中間兩聯的對仗使孤立的名詞意象並列，營造無我的靜景；尾聯則以一種「微小的驚喜」（遠香至、月更出），追求一種言盡意不盡的效果。

走筆至此，遂知張維屏所謂詩轉遜於前，指的就是這類追求「平易」風格的詩作。張氏評論洪亮吉的詩作，重視的是他的「氣」，如《聽松廬詩話》曰：「洪北江詩有眞氣，亦有奇氣。時或如飄風驟雨，未免失之太快。」〔註 73〕洪亮吉入黔時期的「平易」山水詩作雖不及

流水，一輪池上明。水亦愛明月，金波徹底清。愛水兼愛月，有客登西亭……」（參見〔清〕袁枚著，王英志校點《小倉山房詩集》卷 7，收入《袁枚全集》，冊 1，頁 121。）

〔註 70〕參見〔清〕洪亮吉著，劉德權點校：《洪亮吉集》，冊 2，頁 748。

〔註 71〕參見〔清〕洪亮吉著，劉德權點校：《洪亮吉集》，冊 2，頁 784。

〔註 72〕參見〔清〕洪亮吉著，劉德權點校：《洪亮吉集》，冊 2，頁 785。

〔註 73〕參見〔清〕張維屏：《國朝詩人徵略初編》卷 51，收入周駿富輯：《清

王漁洋，一些追求「無我」的技法更可謂粗糙，但其佳處仍具有清新的趣味。只是洪亮吉爲求「平易」之沖淡而避免「奇警」，使得融於山水之間的詩人主體也頗虛而不實、缺乏個性——我們感受不到那個充滿眞氣、奇氣的洪亮吉，亦覺得這些作品好像千篇一律。洪亮吉於晚年的文學評論，無論是《北江詩話》或〈道中無事作論詩絕句二十首〉，對「假王、孟詩」批評甚力，很可能是因爲北江於入黔時期曾親身鑽研過此種平易沖淡的詩風，故深知其中三昧。

「平易」風格的創作，不代表「奇警」風格的荒廢。入黔時期仍有不少蘇完恩所謂「益恣奇氣」的詩作。這些詩作詩境中，詩人的主體較爲明確，並不刻意隱匿。在追求山水純粹之美的境界之餘，詩人的形跡、心緒或思維有時也豐富了詩歌的內涵。如〈二鼓至飛雲巖秉炬上巖略周覽即回養雲閣宿平明獨行上巖并至聖果亭雲根寺等久憩〉爲例：

> 藍輿小睡已二更，半里外響飛泉聲。入門一徑生虛白，是石是雲同一色。前行百級即少休，秉炬卻憩巖西頭。征衣暫付山童澣，先煮山泉與山歎。自來京國夢始寒，枕上一夜鳴飛湍。平明待得雲全出，始向山根搜石窟。乃知雲亦無石奇，石轉覺瘦雲嫌肥。纍纍卻似枝垂果，一朵峰尤奇一朵。飛騰只在人眼前，不遽拔地思升天。遵巔欲及仍難及，石卻戴松空處立。玲瓏百竅生百松，飛起松亦當排空。松身夭矯本若龍，會見汝植天門中。須臾日晦光開闔，雲復飛來與山合。出門雲動石覺行，雲腳送我來黃平。〔註74〕

與本節前面的幾首詩作不同。此詩不刻意的以技術掩蓋「我」的痕跡，而著重在表達「我」與大自然的合而爲一，從內容與意境上消弭了與天地對立的「小我」，充分呈現陶然忘機之樂。「先煮山泉與山歎」一句便是個關鍵，此句不獨將「山」擬人化，而是詩人對大自然和善的呼喚，頗有李白「舉杯邀明月」的味道。大自然對於詩人亦有回應，「半里外響飛泉聲」、「枕上一夜鳴飛湍」遂令詩人「自來京國夢始

代傳記叢刊》，冊22，頁710。

〔註74〕參見〔清〕洪亮吉著，劉德權點校：《洪亮吉集》，冊2，頁730。

寒」。詩人深入山中，雲石彷彿隨著他歷險的步伐，互相爭高鬥奇。如詩的中段「乃知雲亦無石奇」至「石卻戴松空處立」一段描述，與詩首「是石是雲同一色」相呼應，雲石不是死板的對立，而是隨著詩人的意識而生機勃勃。以現代詩人羅智成〈鬼雨書院〉中的詩句：「我的眼正忙碌地調動那些雲彩」來詮釋這首詩頗為合適。看飽雲石，又見松姿；松身若龍，植立天門，彷彿驅動著雲彩；雲動石行，伴隨著詩人結束這段遊覽。我們知道，華山諸作詩人也多以雲石松姿作為表現奇警風格的重心，此詩又在華山諸作之上，山水諸景不再只是詩人刻化的意象，它們活活潑潑，充滿生機而躍然紙上。此詩雖佳，但尚未呈現黔貴山水的特殊面貌。洪亮吉入黔奇警的山水詩，往往能以清新流暢的文筆掌握貴州山水的特質，如〈抵盤江過鐵索橋久憩復下坡至涼水營午飯〉：

> 盤江水，流千里。三月江水清，泠泠望無底。岸東安順西南籠，天半一橋飄若虹。空中疋練交如織，知費當時幾州鐵？高低兩層鋪板平，人行空中馬不驚。登樓試面晴江色，陡下驚看一千尺。四圍山勢若削成，樹亦直上無縱橫。危崖盡處僧房鎖，三月榴花已如火。闌干影裏望行人，一半分趨石崖左。蠻中節物何太忙，百卉開落誰平章。賞心豈獨無儔侶，鶯燕南來亦蠻語。出門石罅路不分，鳥道十里鋪黃雲。涼塘三百家，忽覺春如海。我食盤江魚，還憶盤江水。〔註75〕

鐵索橋是黔中著名景點。《大清一統志》曰：「盤江舊以舟渡，多覆溺。明崇禎初，參政朱家民擬建橋。水深不可架石，乃鍊鐵為絙，懸兩崖間，覆以板。復於橋東西間堞樓以司啓閉……今重建木橋。」〔註76〕黔中形勢可謂：「窮地之險，極天之峻」，〔註77〕與江南的「奇秀」，

〔註75〕參見〔清〕洪亮吉著，劉德權點校：《洪亮吉集》，冊2，頁730。

〔註76〕參見〔清〕清仁宗敕撰：《大清一統志》，收入《四部叢刊續編．史部．嘉慶重修一統志》，冊29，卷501，頁8。

〔註77〕參見〔清〕清仁宗敕撰：《大清一統志》，收入《四部叢刊續編．史部．嘉慶重修一統志》，冊29，卷499，頁6。

華北西北的「奇險」相比，黔貴或許因爲氣候多雨，其山水亦帶有「清峻」之美。洪亮吉黔中「平易」風格的詩作，已掌握了「清」的美感；「奇警」本色的詩篇，則融合了「清」與「峻」的特質。以此詩爲例，「三月江水清，泠泠望無底」一句，語雖平順，卻標明了這首詩以兼併「清」與「峻」兩種美感。詩的前半部以鐵索橋的盤空、交織，與削成的山勢、直上的樹群相對應，呈現出「峻」的特質；後半部則以清新鮮明的顏色、意象，如「三月榴花已如火」、「鶯燕南來亦蠻語」、「烏道十里鋪黃雲」，點綴修飾整個畫面；詩末「還憶盤江水」，復與詩首破題之「盤江水」首尾呼應，形成一個圓形閉鎖的空間結構。像此類寫出黔中特質的奇警詩作，在洪亮吉入黔諸作中俯拾即是。如〈從山塘驛行十里至龍門塘一陡坡作〉、〈發清溪縣至梅溪塘二十里沿無水行山徑逼仄幾不能上〉、〈關索嶺〉、〈白水河〉、〈過偏橋西三里上一陡坡〉、〈自塘頭州行至思南府城外〉、〈羊忙塘〉、〈將抵黎平歷滾馬坡諸險〉、〈早發新化塘〉、〈乙卯人日早登黔靈諸山〉、〈早渡延江〉、〈將至螺堰塘〉、〈八里水塘道次〉等。再舉例下去，也非難事。這些詩作品質皆佳，然以〈白水河〉一詩特別值得深入探討：

> 我尋白水源，澗削流殊細。西經白虹橋，河聲始如沸。前行十里響不停，巨石欲裂穿驚霆。河流至此經千曲，激得飛濤欲升屋。回頭屋後山俱破，卻讓河流隙中過。非烟非霧鬱不開，此景豈是人間來。忽驚一白垂無際，高欲切天低蓋地。泉聲落處搆一亭，水色正壓羣山青。離潭一尺波如斛，襯出空潭影逾綠。蠻方三月景不妍，賴此兩兩懸珠簾。轉愁萬古簾難捲，隔得仙源愈深遠。潭旁一枝花較紅，照影只在空潭中。四圍山色高如岸，衹覺白雲顏色暗。眼中神物誰得看，會待月午波心寒。行客去不停，孤吟我偏久。泉飛兩派君知否，分送行人出山走。〔註78〕

詩名爲白水河，但表現的中心實是中國第一大瀑布：黃果樹瀑布。《大

〔註78〕參見〔清〕洪亮吉著，劉德權點校：《洪亮吉集》，冊2，頁742。

清一統志》:「(白水河)懸崖飛瀑,直下數十仞為河。湍激若雷,平旦雲霧塞其下。《通志》:『飛瀑轟雷,下注綠潭。相傳水犀潛其中。瀑內有水簾洞,甚深者。土人多入此避兵。』」〔註79〕詩首四句破題,與《靈巖天竺集》中的〈濟源謁濟瀆廟作並寄錢州倅坫西安〉相似,似乎又是一首記載地理實察經驗的行旅紀遊詩。但此詩只見詩人從傳說、從親身經歷,書寫白水河之美,已不見「學者」的精神與姿態。此詩前半部密集的利用擬人法,非但有消除物我之間隔閡的功能,也藉此表現出瀑布的氣勢,如「石『欲』裂」、「卻『讓』河流隙中過」山石亦如詩人懾於瀑布的威力,不得不挪出一片讓瀑布表現的空間;而瀑布似乎也賣力的表演著,因此「激得飛濤『欲』升屋」,「高『欲』切天低蓋地」。「欲」這個動辭即成為此詩前半部的關鍵。此詩後半部正如洪亮吉入黔時期其他的優秀的詩篇,利用顏色對比,掌握黔中山水「鮮豔」的特質。詩人飛瀑之白,以較暗的雲之白相稱;寫空潭之綠,先以色差較近的群山之青相稱;再以想像之花(即傳說中土人避兵的「桃花源」,瀑布內的水簾洞)及實境之花(即潭旁一枝花較紅),以紅花意象對比出空潭之綠。詩尾亦用擬人法,藉由「江水送人歸」呈現物我之間的和諧關係。

奇景之風格亦見於一些小詩如:〈初七日射堂試士畢登劍河橋聳翠亭望西北諸山〉:

沿流都有鷺鷥飛,空翠時時沁客衣。
忽訝危崖突人影,似驚鳴鏑起山扉。
回潭西去綠沄沄,一角樓台上夕曛。
傾耳卻聞空際響,入山雲鬥出山雲。〔註80〕

這兩首詩作皆由靜入動,從平易轉入奇警。前半部的稀鬆平常,是為了突顯後半部的奇警。轉換的關鍵在於呈現「突然性」的副詞及動辭,

〔註79〕參見〔清〕清仁宗敕撰:《大清一統志》,收入《四部叢刊續編·史部·嘉慶重修一統志》,冊29,卷501,頁10。
〔註80〕參見〔清〕洪亮吉著,劉德權點校:《洪亮吉集》,冊2,頁780。

前詩是「忽訝」，後詩是「卻聞」，遂轉入「似驚鳴鏑起山扉」與「入山雲門出山雲」。詩末警句，亦賴於詩首之經營。此外如〈天梯關〉：「樓閣排空雉堞齊，霓旌高閃夕陽低。萬山過盡疑天上，不信前頭尚有梯。」〔註 81〕、〈觀音洞〉：「半崖音響若聞鐘，石罅纔開蘚復封。誰識洞中仍有洞，小橋流水一株松。」〔註 82〕等作亦在有限的字數裡起承轉合，呈現出奇警的詩風，掌握黔中山水清峻的美質。

綜上所論，洪亮吉入黔後，山水詩的內涵上有極大的變化。張維屏以為「轉遜於前」，蘇完恩所謂「益恣奇氣」，其實各有道理，並不衝突。洪亮吉約莫四十六、七歲時，釐清了他的詩學意見，追求「無我」的詩境，並反省己詩苦於「難」的缺點，入黔時期的諸作，以「奇警」與「平易」兩種風格實踐他的詩學意見。筆者以為不妨將這個時期的詩作，目之為洪亮吉在「本色」與「別調」之間擺蕩。入黔時期的平易風格的詩作，特別是近體詩，詩人往往避免警句，利用意象的並列抹去「我」的痕跡。其佳者雖沖淡有味，但仍未臻王漁洋神韻的境界，也失去了洪亮吉詩有「眞氣」、「奇氣」的長處。張維屏的批評，便是針對此處。除此之外，詩人往往以擬人手法面對山水景物，消融物我之間的隔閡。這些詩作往往也能捕捉黔中山水「清峻」、「多雨」、「顏色鮮明」等特質。蘇完恩之立論，則出於這些詩作。在體裁部分，洪亮吉入黔時期近體詩頗多，也看得出其用心，然近體詩的成就還是不如其古體詩。《北江詩話》所謂：「詩各有所長，即唐宋大家，亦不能諸體並美。每見今工律詩者，必強為歌行古詩已掩其短，其工古體者亦然。」〔註 83〕或許正是洪亮吉反省入黔諸作所發出的感慨。

〔註 81〕參見〔清〕洪亮吉著，劉德權點校：《洪亮吉集》，冊 2，頁 729。
〔註 82〕參見〔清〕洪亮吉著，劉德權點校：《洪亮吉集》，冊 2，頁 748。
〔註 83〕參見〔清〕洪亮吉著，劉德權點校：《洪亮吉集》，冊 5，頁 2291。

第四章　洪亮吉山水詩的內涵特質（下）

本章延續前章之論析，探討洪亮吉《更生齋詩》及《更生齋詩續集》中山水詩的內涵特質。章分兩節，第一節以《萬里荷戈集》、《百日賜環集》爲觀察重心。蓋北江歌詠西域山川的詩作，非旦是其文藝生涯的最高峰，在清代詩史中亦有獨特的地位，故獨立一節論之。第二節旨在分析洪亮吉自西域歸來後的詩作。北江晚年模山範水的詩篇除了維持一貫的奇警詩風，在某些詩作裡所展現的「老境」，擁有異於《附鮚軒詩》及《卷施閣詩》的特質，不能忽視。

第一節　人間第一最奇景，必待第一奇才領——《萬里荷戈集》、《百日賜環集》行旅西域諸作

洪亮吉自貴州學政任滿回京，其山水詩之風格未有太大改變。《全家南下集》（五十三歲作）與《單車北上集》（五十四歲作）中，如〈龍井小憩〉：「所幸機事忘，魚鳥不我猜。」〔註 1〕、〈砲臺觀海歌〉：「平生所耽奇，欲出天地間……客行將歸客不樂，自覺身心杳無托。」〔註 2〕所述，詩人仍以書寫消融小我之「無我」詩境，呈

〔註 1〕參見〔清〕洪亮吉著，劉德權點校：《洪亮吉集》（北京：中華書局，2001 年），冊 2，頁 920。

〔註 2〕參見〔清〕洪亮吉著，劉德權點校：《洪亮吉集》，冊 2，頁 906。

現奇警陽剛的風格爲努力方向。內涵特質與風格的轉變，還有待謫戍伊犁的經歷。

洪亮吉於嘉慶四年越權上疏，論時政數千言。軍機大臣擬以大不敬論斬，後發配伊犁，次年特赦得還。此事本末在本文第二章第二節已詳論，於此不述。嘉慶皇帝饒了洪亮吉一命，將他發配到伊犁，箝制其寫詩作文的自由，意外的促成洪亮吉詩歌創作的高峰。《遣戍伊犁日記》曰：

> 至保定（筆者按：嘉慶四年九月初四）甫知有廷寄與伊犁將軍有不許作詩、不可飲酒之諭。是以自國門及嘉峪關凡四月不敢涉筆。及出關後獨行千里，不見一人。徑天山，涉瀚海，聞見恢奇爲平生所未有，遂偶一舉筆。然要皆描摹山水，絕不敢及餘事也。〔註 3〕

經由前一章的探討，我們知道洪亮吉《卷施閣詩》最大的缺失便是詩作的數量太多而品質不一，字詞、意象與結構常有重複；然而這些缺失卻罕見於《萬里荷戈集》與《百日賜環集》（以下簡稱《荷戈》、《賜環》集）的詩篇中。嘉峪關外的西域風光，使洪亮吉的眼界大開。西域山川的新鮮雄奇，屢屢刺激著他創作的慾望，但因言獲罪，不敢輕易涉筆，於是創作的靈感與衝動得以醞釀沉澱。〔註 4〕詩人對文字的謹慎，則避免了其詩失之過快而意象重複的毛病。即便作詩，亦「不敢及餘事」，只能將敏銳的觸角專注於遼闊的天地之間，其詩多以描摹、傳達西域山川之美爲主，表現得比《卷施閣詩》集中諸作更爲洗鍊。當然，皇權給予詩人的壓力與限制，可能扼殺了洪亮吉「以山水抒狂情」的詩作出現；然而綜觀北江出入西域諸作則發現詩人延續了自「入

〔註 3〕 參見〔清〕洪亮吉著，〔清〕洪用懃校：《遣戍伊犁日記》，收入《洪北江（亮吉）先生遺集》（臺北：華文書局，1969 年，影印光緒三年（1877）授經堂刻本），冊 18，頁 10549。

〔註 4〕 事實上《荷戈》、《賜環》集內有不少作品，是詩人返回故里後所補作的。呂培：《洪北江先生年譜》：「（嘉慶）五年庚申，先生五十五歲……是歲，得詩九十五首，補作《伊犁紀事》等詩九十七首……」（轉引自〔清〕洪亮吉著，劉德權點校：《洪亮吉集》，冊 5，頁 2348。）

黔諸作」以來的一貫精神，即投身山水忘卻小我的超脫。洪亮吉隨著年紀增長，雖然在行動言語上總是「稚存」——保有一種天眞與莽撞，但在思想上的層次早與《附鮚軒詩》時期的「狂」大不相同。因此筆者以爲嘉慶皇帝對洪亮吉的處分，意外而間接的成就了他詩作的高峰。

清代的學者、詩人以爲，洪亮吉西域諸作能立下新的里程碑，實賴境遇之奇。他們的意見呈現於題詠《萬里荷戈集》的詩作。如楊芳燦曰：「文字直堪追漢魏，遭逢更喜邁韓蘇。」；〔註5〕楊嵎谷曰：「高岑纔塞上，燕許只臺端。更闢詩中界，還馳域外觀。」；〔註6〕楊元錫曰；「天生奇境待奇才，抉透靈光筆端使。」；〔註7〕陳蔚曰：「荷戈萬里詩篇富，西域江山盡助君。」；〔註8〕譚時治曰：「心惟天子諒，詩創古人無。」；〔註9〕譚貴治曰：「死生冰雪裡，呵凍尙高歌。探遍天山境，詞人幾輩迎。」〔註10〕這些言論與張維屏所謂：「至萬里荷戈，身歷奇險，又復奇氣噴溢。信乎山川之能助人也。」〔註11〕如出一轍。〔註12〕評論洪亮吉出塞詩作最有見地的是趙翼，〈題稚存萬里荷戈集〉曰：「國家開疆萬餘里，竟似爲君拓詩料。即今一卷荷戈詩，已如禹鼎鑄魅魑……隨手拈作錦囊句，諾皋狹陋甯須支。翻嫌賜環太草草，令威百日歸華表。倘更留君一二年，北荒經定增搜考。憶君唯恐君歸

〔註5〕參見〔清〕洪亮吉著，劉德權點校：《洪亮吉集》，冊3，頁1216。

〔註6〕參見〔清〕洪亮吉著，劉德權點校：《洪亮吉集》，冊3，頁1219。

〔註7〕參見〔清〕洪亮吉著，劉德權點校：《洪亮吉集》，冊3，頁1220。

〔註8〕參見〔清〕洪亮吉著，劉德權點校：《洪亮吉集》，冊3，頁1224。

〔註9〕參見〔清〕洪亮吉著，劉德權點校：《洪亮吉集》，冊3，頁1227。

〔註10〕參見〔清〕洪亮吉著，劉德權點校：《洪亮吉集》，冊3，頁1227。

〔註11〕參見〔清〕張維屏：《國朝詩人徵略初編》卷51，收入周駿富輯：《清代傳記叢刊》（臺北：明文書局，1985年），冊22，頁711。

〔註12〕清人對北江西域詩的評論除了以上所列舉者，尚有潘瑛、高岑《國朝詩萃二集》：「太史詩如風檣陣馬，勇不可當。而塞外諸詩，奇景異常，窮而益工。」；康發祥《伯山詩話》：「陽湖洪稺存亮吉更生齋詩，頗有雄直之氣。」（轉引自錢仲聯：《清詩紀事》（南京：江蘇古籍出版社，1989年），冊10，頁6787、6790。）然康發祥對北江晚年詩作皆允予肯定的態度，不獨《荷戈》、《賜環》二集耳。

遲，愛君轉恨君歸早。」〔註13〕不同於其他清代學人，趙翼明確的指出《荷戈》、《賜環》兩集在內容與優劣之間的差異，足以提供我們一個切入洪亮吉西域詩的角度。

從歌詠的主題來看，《荷戈》、《賜環》兩集裡的山水詩，可以分個兩個部分來探討。一是歌詠天山者；一是歌詠戈壁沙漠者。〔註14〕在荷戈、賜環兩集內，天山的美好總是詩人於顛沛流離時，精神上最大的寄託；而戈壁的無情則是詩人目之所見、身之所歷，最實實在在的苦難。這兩部分並非完全的切割分離，「天山」、「戈壁」這兩個象徵總在北江出入西域的詩作中交會，豐富詩作的內涵。以下分別論之。

一、歌詠天山諸作

洪亮吉初出嘉峪關，有「削雪正欲烹，一星生釜底。」〔註15〕、「從戎本吾願，前路莫潸然。」〔註16〕等感慨。但一見天山，心境乍變。〈天山歌〉曰：

> 地脈從此斷，天山已包天。日月何處棲，總掛青松巔。窮冬棱棱朔風烈，雪復包山沒山骨。峰形積古誰得窺，上有鴻濛萬年雪。天山之石綠如玉，雪與石光皆染綠。半空石墮冰忽開，對面居然落飛瀑。青松岡頭鼠陸梁，一一競欲餐天光。沿林弱雉飛不起，經月飽啖松花香。人行山口雪沒蹤，山腹久已藏春風。始知靈境迥然異，氣候頓與三霄

〔註13〕參見〔清〕趙翼著，華夫編《趙翼詩編年全集》（天津：天津古籍出版社，1996年），冊4，頁1363～1364。

〔註14〕參看洪亮吉的傳記資料，如第一手的《遣戍伊犁日記》、《天山客話》與《荷戈》、《賜環》兩集，第二手者如北江門生呂培所編年譜，遂知洪亮吉出入新疆，乃是沿著天山北側前進。其所見沙漠，在哈密一帶，是今日所謂之吐魯番盆地；在奇台縣與伊犁之間所見沙漠，乃今日所謂古爾班通古特沙漠。然洪亮吉與今日西方的學者相同，對戈壁的定義都是廣義的。《更生齋文乙集》卷一〈瀚海贊〉：「自嘉峪關以外，皆屬戈壁。」（參見〔清〕洪亮吉著，劉德權點校：《洪亮吉集》，冊3，頁1054。）

〔註15〕參見〔清〕洪亮吉著，劉德權點校《洪亮吉集》，冊3，頁1200。

〔註16〕參見〔清〕洪亮吉著，劉德權點校《洪亮吉集》，冊3，頁1201。

> 通。我謂長城不須築，此險天教限沙漠。山南山北爾許長，瀚海黃河茲起伏。他時逐客若得還，置家亦象祁連山。控弦縱遜票騎霍，投筆還似扶風班。別家近已忘年載，日出滄溟倘家在。連峰偶一望東南，雲氣濛濛生腹背。九州我昔歷險夷，五岳頂上都標題。南條北條等閒爾，太乙太室輸此奇。君不見，奇鍾塞外天奚取，風力吹人猛飛舉。一峰缺處補一雲，人欲出山雲不許。〔註17〕

西域諸作何以成爲北江集中最亮眼的部分，於此詩便可看出一些端倪。詩人已不似《附鮚軒詩》裡那個青年，急欲借山川抒發內心的雄情壯志；亦不同於入黔時期，執著於詩境之「有我」、「無我」。此詩乃是詩人在詩藝及詩學思想已臻高峰的代表作之一。洪亮吉西域諸作大抵如此詩，天馬行空的將醞釀已久的詩意揮灑出來。詩首四句，極爲雄壯遼闊。幾可與杜詩「吳楚東南坼，乾坤日月浮。」〔註18〕的意境相比擬。「窮冬棱棱朔風烈」至「雪與石光皆染綠」這部分，旨在勾勒一片「白玉闌干八千丈」〔註19〕的冰雪世界。如前所述，天山在洪亮吉西域詩作中，乃是做爲一個「理想世界」的象徵。是以在這一小段，僅有「窮冬」一句大略提及天山的寒峻，而用了許多筆力於萬年之雪、如玉之石，旨在強調這片冰天雪窖裡的晶瑩剔透。「半空石墮冰忽開」句之後，則進入了此詩的高潮。天山之所以成爲詩人精神所寄託的對象，便是山中「靈境」所帶給人的感動。洪亮吉多以浪漫想像之筆縱貫西域的行旅詩，但此詩描寫天山山腰之「靈境」，卻頗爲「寫實」。鼠餐天光，雉啖松花，在此靈境中的小動物們，也是如此靈性的存在，與外面的冰雪世界形成極大的對比。何以詩人寄託於此，是因爲此間「山腹久已藏春風」、「氣候頓與三霄通」讓詩人與江

〔註17〕參見〔清〕洪亮吉著，劉德權點校《洪亮吉集》，冊3，頁1202。

〔註18〕參見〔唐〕杜甫著，〔清〕楊倫箋注：〈登岳陽樓〉，《杜詩鏡銓》（上海：上海古籍出版社，1998年），冊下，頁952。

〔註19〕參見〔清〕洪亮吉著，劉德權點校：〈下天山口大雪〉，《洪亮吉集》，冊3，頁1203。

南故鄉產生了連結。《遣戍伊犁日記》如此記載：

> （嘉慶四年十二月）二十三日，平明行一百二十里宿南山口已二鼓。屋後泉聲淙淙，徹夜不歇，如臥江南水窟中矣。
>
> 二十六日，平明行入南山。一路老柳如門，飛橋無數。青松萬樹，碧澗千層。雲影日輝助其奇麗，忘其爲塞外矣。過嶺風色頓殊，雪飄如掌，闌干千尺，直下難停。〔註20〕

天山不但給予詩人「如臥江南」、「忘其爲塞外」的靈境。它的雄壯奇偉，阻擋了戈壁（此險天教限沙漠）孕育了黃河〔註21〕（黃河玆起伏），就像是中華文明的屏障。「置家亦象祁連山」一句，表明了詩人負面情感的昇華。詩人期待自己能如天山，能如班超、霍去病一樣，深入西域也爲中華文明盡一份心力。而「別家近已忘年載，日出滄溟倘家在」中的「忘」、「倘」二字，誠懇的呈現出詩人的心境。詩人雖然遠在他鄉，但在此天山一隅，則暫時忘卻了謫戍的苦難；在遙遠的嘉峪關外，天山的靈境就好像江南的老家一樣。此詩結尾亦佳，「一峰缺處補一雲，人欲出山雲不許」又回應了詩首「天山已包天」，使南條、北條、太乙、太室與之相比，不過是等閒小山。在洪亮吉的筆下，天山眞如一個「溫而厲，威而不猛，恭而安」的長者。除此詩之外，洪亮吉歌詠天山的佳作還有〈松樹塘萬松歌〉：

〔註20〕參見〔清〕洪亮吉著，〔清〕洪用懃校：《遣戍伊犁日記》，《洪北江（亮吉）先生遺集》，冊18，頁10537。

〔註21〕洪亮吉以爲天山、昆侖山、祁連山都是一體，是以在詩中遂有「瀚海黃河玆起伏」句。《更生齋文甲集》卷一〈昆侖山釋〉：「昆侖山即天山也，其首在西域。《山海經》：『昆侖墟在西北，河水出其東北側。』……今攷南山自西域至酒泉、金城，實爲南條諸山之首，故可總名爲昆侖。」（參見〔清〕洪亮吉著，劉德權點校：《洪亮吉集》，冊3，頁963。）。《更生齋文乙集》卷一〈天山贊〉：「天山，亦名雪山，北人所呼爲祁連山也。」（參見洪亮吉著，劉德權點校《洪亮吉集》，冊3，頁1053。）洪亮吉對天山的觀念，與清代地理學者一致。《大清一統志》：「天山一名祁連山，一名雪山，一名白山，一名折羅漫山。西域中幹，以天山爲總名。東西三千餘里。」（參見〔清〕清仁宗敕撰：《大清一統志》，收入《四部叢刊續編．史部．嘉慶重修一統志》（上海：上海書店，1984年），冊29，卷522，頁5。）

> 千峰萬峰同一峰，峰盡削立無蒙茸。千松萬松同一松，幹悉直上無回容。一峰雲青一峰白，青上籠烟白凝雪。一松梢紅一松墨，墨欲成霖赤迎日。無峰無松松必奇，無松無雲雲必飛。峰勢南北松東西，松影向背雲高低。有時一峰承一屋，屋下一松仍覆谷。天光雲光四時綠，風聲泉聲一隅足。我疑黃河瀚海地脈通，何以戈壁千里非青蔥。不爾地脈貢潤合作天山松，松榦怪底一一直透星辰宮。好奇狂客忽至此，大笑一呼忘九死。看峰前行馬蹄駛，欲到青松盡頭止。〔註22〕

洪亮吉《卷施閣詩》時期的詩作，長於意象的營造。掌握「山」、「石」、「松」、「雲」的顏色光影與相對位置，將山水的特質轉化爲「奇險」、「清峻」的詩境。此詩基本上也是維持這個原則，但更爲大手筆。在結構上，前半部以實筆寫天山松色，後半部則放縱想像奔馳。詩首破題四句，「峰」、「松」等字排闥而來，以東鍾韻字本身帶給讀者的寬洪感，〔註23〕領出「千軍萬馬，如一臂使」的壯美。破題後接著是敷色，以松姿石色、天光雲光之綠做爲主色，搭配雪之白、日之赤以及欲雨時節之墨，錯落有致。敷色之後是結構山水的間架，隨著「峰勢南北松東西，松影向背雲高低。有時一峰承一屋，屋下一松仍覆谷。」將物與物之間的位置標明，如畫一般的詩境頓時浮現在讀者的腦海。此詩前半部又多以詞彙的類疊、句法的排比以及頂眞的形式強化萬松之奇。至「我疑黃河瀚海地脈通」一句，則是由實入虛的轉折。詩人幻想黃河戈壁的生機全部滋潤了天山之松，是以黃河戈壁「黃褐」一片，天山松色卻生機盎然、萬年長青。這個部分又與此詩前半部敷色的段落相應，於是「色」與「色」、「虛」與「實」的撞擊，形成了這

〔註22〕參見〔清〕洪亮吉著，劉德權點校：《洪亮吉集》，冊3，頁1203。

〔註23〕王易《詞曲史》：「韻與文情關係至切……東董寬洪，江講爽朗……此雖未必切定，然韻近者情亦相近，此大較可審辨得之。」（參見王易：《詞曲史》（南京：江蘇教育出版社，2005年），頁178～179。）北江才高氣豪，不屑拘泥於音律，然此詩音律詞情交相輝映，可知詩人並非拙於此道也。

首詩的張力。詩末四句直書詩人在審美經歷後情感的昇華，審美的愉悅起了宗教的效用，消解死生有無之我執。「好奇狂客忽至此，大笑一呼忘九死。」兩句，非但傳達了詩人遊天山的審美經驗，甚至可以視爲洪亮吉詩所達到的思想境界之里程碑。綜觀中國詩史，出入佛老而寄情山水的傳統淵遠流長。洪亮吉的山水詩達到了不遜於那些詩作的思想高度，卻有不同的特質。北江極爲排斥佛理，對老莊學說也無太大興趣，而是以一個純粹的儒者，對道家思想的選擇性的吸收，重視老莊體悟自然，以自由無礙的心靈，觀照萬物之精神。北江詩因爲這種特質，於詩史上應有一個特殊的位置。

洪亮吉無論是以實筆之描摹，以虛筆之想像書寫天山，總有一份濃郁的情感。這種情感更見於《百日賜環集》內的〈涼州城南與天山別放歌〉：

> 去亦一萬里，來亦一萬里。石交止有祁連山，相送遙遙不能已。昨年荷戈來，行自天山頭。天山送我出關去，直至瀚海道近黃河流。今年賜赦令，發自天山尾。天山送我復入關，卻駐姑臧城南白雲裏。天山之長亦如天，日月出沒相回環。朝依山行草山宿，萬里不越山之彎。松明照徹伊吾左，隆冬遠藉天山火。安西雨汗揮不停，酷暑復賴天山冰。天山天山與我有夙因，怪底昔昔飛夢曾相親。但不知千松萬松誰一樹，是我當時置身處。玆來天山樓，欲與天山別。山色黯黯色亦愁，六月猶飛古時雪。古時雪著今楊柳，雪色迷人滯杯酒。明朝北山之北望南山，我欲客夢飛去仍飛還。〔註24〕

通篇將天山擬人化，以天山與詩人的情誼貫穿全詩。天山幅員遼闊，層巒疊嶂橫跨西北，正如一個不忍離別的朋友「相送遙遙不能已」。詩人出入西域，總是「萬里不越山之彎」，在天山的懷抱之內。艱困的路途中，有天山總帶著日月相照；困於戈壁沙漠的酷暑酷寒，天山

〔註24〕參見〔清〕洪亮吉著，劉德權點校：《洪亮吉集》，冊3，頁1239～1240。

則以火焰山之火〔註25〕以及山頂萬古冰雪助之。天山與己有如此深厚的情感，洪亮吉以爲是有夙因的。這段夙因是洪亮吉西域諸作中一個每每出現的素材，此詩之「天山天山與我有夙因，怪底昔昔飛夢曾相親。」與〈抵玉門關〉中「三十年前夢玉關」〔註26〕以及〈伊犁紀事詩四十二首〉第四十一首所謂：「萬松怪底都相識，曾向童年入夢來。」〔註27〕所指的都是同一件事。《天山客話》曰：

> 余年二十外在天井巷汪氏宅課甥。時三月中科試期迫，三鼓後又樓西觀我齋讀書，倦極隱几。忽夢身輕如翼，從窗隙中飛出。隨風直上，視月輪及斗杓手皆可握。倏旋風東來吹入西北，約炊黍頃見一大山高出天半，萬松棱棱，直與天接。下瞰沙海無際，覺一翼之身吹貼松頂乃醒。今歲臘月二十六日從哈密徃巴里坤道出天山南口所見山及松，皆前夢中景也。益信事皆前定，此行以兆在三十年前矣。〔註28〕

因爲三十年前夢中的相遇，使得洪亮吉對天山的情感自與別的名山勝水不同。在《荷戈》、《賜環》集內，天山是精神的寄託、家鄉的投射，亦是詩人西出陽關最親密的「故人」。詩人要回到中原故土，詩人對天山的不捨，反而投諸山色，使得「山色黯黯色亦愁」。即便分別之後，亦期待能「客夢飛去仍飛還」。洪亮吉歌詠天山的詩作，無論從情感上或是思想上來看，都有很高的藝術價值，正是因爲詩人對天山

〔註25〕此處天山火應指小說家所言之火焰山。《北江詩話》卷一：「小說家之言，亦皆有本，如《西遊記》中之雷音寺、火焰山，皆在吐魯番道中」（參見〔清〕洪亮吉著，劉德權點校《洪亮吉集》：冊 5，頁 2253。）。小說中的火焰山，即赤石山。《大清一統志》：「金嶺在吐魯番北境，脈係天山分支……赤石山，當即唐地理志所謂金山。宋史所謂金嶺，其名至今而不易者。」（參見〔清〕清仁宗敕撰：《大清一統志》，收入《四部叢刊續編．史部．嘉慶重修一統志》，冊 29，卷 522，頁 6。）綜上所論，筆者以爲詩中所謂「天山火」者，乃是詩人挪用小說家的想像，用《西遊記》之典故。

〔註26〕參見〔清〕洪亮吉著，劉德權點校：《洪亮吉集》，冊 3，頁 1200。

〔註27〕參見〔清〕洪亮吉著，劉德權點校：《洪亮吉集》，冊 3，頁 1215。

〔註28〕參見〔清〕洪亮吉著，〔清〕洪用懃校《天山客話》，《洪北江（亮吉）先生遺集》，冊 18，頁 10555。

的情感與眾不同，他不斷刻畫山川之美，也將自己的眞性情投射於天地之間。

二、歌詠戈壁諸作

《荷戈》、《賜環》集內描寫戈壁沙漠的行旅詩，則呈現出與歌詠天山的詩作不同的特質。如〈肋巴泉夜起冒雪行〉：

> 北風排南山，山足亦微動。寒光亘千尺，壁立雪若衖。車箱沁肌骨，清絕無一夢。更殘欣出穴，飛白壓衣重。百里僅數家，山房疊成瓮。相將依爨火，漿濁感分送。人氣亦少蘇，無如馬蹄凍。〔註29〕

洪亮吉於嘉慶四年八月二十七日由京城啓程，至隔年二月十日方抵伊犁惠遠城戍所。意味著在西行途中，冬季戈壁沙漠朔風之惡、酷寒之毒，詩人實在領略了不少。這也是詩人書寫戈壁沙漠時，著重的兩個重點。朔風之惡，連雄偉的天山都爲之震動，更何況渺小的人類；酷寒之毒，使西域路上寒光千尺、雪壁如衖坎坷難行。外在環境的惡劣，正如詩人人生路上正面臨的一場未知止境的磨難。在此惡劣的環境下，戈壁上「百里僅數家」的居民與旅人們「相將依爨火」，詩人將其相互偎暖的溫情與戈壁之間之酷寒並立，透過山水來彰顯人類的意志，也表明了自己雖然只是「人氣少蘇」，但終究如卷施草其心不死。除此詩外，尚有許多詩句刻畫了戈壁的狂風酷寒。寫大風者如〈發大石頭汛〉:「平沙日午捲北風，數點牛羊落天外。」；〔註30〕〈伊犁紀事詩四十二首〉之八：「危崖飛起千年石，壓倒南山合抱松。」；〔註31〕〈道中遇大風避入山穴半晌乃定〉:「雲光裹地亦裹天，風力飛人復飛馬。馬驚人哭拼做泥，吹至天半仍分飛。一更風頹樵者喚，人落山頭馬山半。」〔註32〕寫酷寒者如:〈早發四十里井寒甚路人有墮指者〉:「極

〔註29〕參見〔清〕洪亮吉著，劉德權點校：《洪亮吉集》，冊3，頁1205。
〔註30〕參見〔清〕洪亮吉著，劉德權點校：《洪亮吉集》，冊3，頁1206。
〔註31〕參見〔清〕洪亮吉著，劉德權點校：《洪亮吉集》，冊3，頁1211。
〔註32〕參見〔清〕洪亮吉著，劉德權點校：《洪亮吉集》，冊3，頁1234。

天唯有雪，萬古不開山。祇覺雲生滅，從無鳥往還。路人傷墮指，遷客屢催顏。」；〔註33〕〈行至頭臺雪益甚〉：「天山雪花大如席，一朵雪鋪牛背白。尋常雞犬見亦驚，避雪不啻雷與霆。幾家房廊陷成井，百丈青松沒松頂。瞥驚一騎去若飛，雪不沒踝風生蹄。東風乍停北風起，驅雪松濤十餘里。」〔註34〕這些書寫戈壁險惡的詩句，都看得出詩人舉重若輕的筆力，也證實西域之「奇景」與洪亮吉詩風之「奇警」相得益彰，如趙翼題洪亮吉之出塞詩曰：「人間第一最奇景，必待第一奇才領。」〔註35〕所言不虛。

北江描摹戈壁的詩句往往奇氣噴出，但詩人在內容的剪裁上總是維持著「奇而入理」、「奇而實確」的原則。《北江詩話》卷五曰：

> 詩奇而入理，乃謂之奇。若奇而不入理，非奇也。盧玉川、李昌谷之詩，可云奇而不入理者矣。詩之奇而入理者，其惟岑嘉州乎……又嘗以已未冬杪，謫戍出關，祁連雪山，日在馬首，又晝夜行戈壁中，沙石嚇人，沒及踝膝，而後知岑詩「一川碎石大如斗，隨風滿地石亂走」之奇而實確也。大抵讀古人之詩，又必身觀其地，身歷其境，而後知心驚魄動者，實由於耳閱目見得之，非妄語也。〔註36〕

綜觀洪亮吉自《附鮚軒詩》以來的詩作，我們發現北江並不否定文學作品中幻想的成分，但他更重視文學作品中「眞」、「善」、「美」三種特質的並立。他認爲倘若想像的成分與現實相去甚遠（如李賀詩），反而有害於作品的藝術成就。洪亮吉的西域行旅詩亦符合其詩學思想，詩中並不全以浪漫幻想的層面爲主體。前文所討論的幾首歌詠天山的詩作，便是很好的例子。歌詠戈壁諸作之所以「奇氣噴出」，主要還是基於詩人精確的以白描手法，盡可能客觀的呈現此間山水的奇特面貌。

〔註33〕參見〔清〕洪亮吉著，劉德權點校：《洪亮吉集》，冊3，頁1208。
〔註34〕參見〔清〕洪亮吉著，劉德權點校：《洪亮吉集》，冊3，頁1210。
〔註35〕參見〔清〕洪亮吉著，劉德權點校：《洪亮吉集》，冊3，頁1248。
〔註36〕參見〔清〕洪亮吉著，劉德權點校：《洪亮吉集》，冊5，頁2298。

附帶一題，戈壁沙漠動物生態也常是洪亮吉關注的素材。在大自然「適者生存」的原則下，戈壁的動物因爲所處環境之惡劣，其形體與習性常有令人驚奇者。動物生態之奇，正是出於山水之奇。是以詩人表現地域環境的特質也藉由書寫動物生態呈現，以部分代整體。〔註37〕如〈行抵伊犁追憶道中聞見率賦六首〉，節錄於下：

> 黃羊如織馬如梭，託命三更有駱駝。闢展尾疑通地穴，巨靈手竟握天河。松杉倏爾垂行幄，螭魅居然避荷戈。行到路歧偏認取，卅年前記夢中過。（六首之二）
>
> 背可施鞍鼻可牽，眾生疑鬼亦疑仙。地幽古佛皆穿耳，月朔新蟾已抱肩。厄魯特魚紅有影，俄羅斯馬白無邊。流沙萬里傳書少，且續夷堅海外篇。（六首之三）〔註38〕

六首之二寫山城闢展，它是戈壁上重要的綠洲，在清代更是新疆回部東境之門戶。《大清一統志》曰：「（闢展）一望沙磧，傍崖爲城，周里許，居民鱗接，商賈輻湊。城東八里，有湖曰東湖。饒蒲葦，可畜牧，有屯田。」〔註39〕此詩頷聯兩句描摹闢展綠洲之水源，顯然較首聯寫畜牧風光來得差。羊毛染上大漠砂礫而「黃」，駿馬駱駝則穿梭於闢展牧場。再細究「黃羊」二字，則發現黃羊亦有可能學名爲「黃羚」的動物，牠外表很像羊但活動性更強。這種動物活動於半沙漠的草原地帶。倘若此詩的黃羊是指黃羚，那麼首句「如織」、「如梭」就不再只是靜態的、陳舊的用語，而活寫出塞外黃羊駿馬奔馳於草原之上的動感。詩人更感興趣的似乎是駱駝，駱駝幾乎是書寫沙漠不可缺少的素材，這個意象也貫串了這兩首詩。在六首之二裡，駱駝是詩人

〔註37〕漢學家顧彬（Wolfgang Kubin）論中國文人的自然觀曰：『自從「山水」發展爲中國詩歌的一個固定術語之後，儘管『山』和『水』指的只是風景的一部分，但鄰近的環境已包括在內，這叫做『以部分代整體』。」（參見〔德〕顧彬（Wolfgang Kubin）著，馬樹德譯：《中國文人的自然觀》（上海：上海人民出版社，1990年），頁11。）

〔註38〕參見〔清〕洪亮吉著，劉德權點校：《洪亮吉集》，冊3，頁1215。

〔註39〕參見〔清〕清仁宗敕撰：《大清一統志》，收入《四部叢刊續編．史部．嘉慶重修一統志》，冊29，卷522，頁2。

行經沙漠「託命」的伴侶，到了第三首詩人則道出了駱駝可供人類驅使的溫馴性情，以及中原人見到駱駝「眾生疑鬼亦疑仙」的驚訝。

不獨此詩的「黃羊」、「駱駝」、「厄魯特魚」與「俄羅斯馬」，洪亮吉在其他詩作也利用動物來突顯西域山水之奇。如〈夜抵木壘河〉：「狼馴似馬憑鞭策，鵲大於雞共樹棲。穴鼠岸然欺客睡，野猿時復雜兒啼。」；〔註 40〕又如〈鷹攫羝行〉：「一山巉巖忽裂口，千羊萬羊出其竇。羊羣居前牛居後，鷹忽飛來攫羝走。」；〔註 41〕又如〈牛觸冰行〉：「天山十丈冰稜大，牛角觸冰冰欲破。牛向冰稜窟中墮，馬車西來不能過。」〔註 42〕等。無論是駱駝的任重道遠，老鷹襲羊的凶惡還是猛牛觸冰的倔強，動物的特質皆反映出戈壁沙漠的險惡，而「狼馴於馬」、「鵲大於雞」、「穴鼠岸然」更是令生活在大漠以外的讀者們不可思議。這些詩篇比起歌詠天山諸作，在篇什上普遍比較短小，每一首短詩捕捉戈壁風光的一小部分。書寫戈壁沙漠的詩篇中，最為淋漓盡致者是〈自烏蘭烏素至安濟海雪皆盈丈十餘日不見寸土因縱筆作〉：

> 烏蘭烏素迄安濟，十日見天不見地。有時天亦被雪遮，天與雪光原不異。惟交日午與月午，日月破空光獨麗。皁雕如鵬排齒舞，黑蜧象龍交角戲。雙峰獨峰駝背闊，三角乙角羊頭細。家牛湩乳酪尤厚，野雉作羹膏過膩。冰厓倏爾超百仞，雪窟不須分四季。狹哉豎亥東西步，笑絕唐虞朔南暨。漢家亦僅開張掖，惹得控弦益無忌。何如聖世中外一，並斷匈奴左邊臂。南庭北庭幕已空，陽關玉關門不閉。二千餘年方拓壤，三十六國皆請吏。尤欣棲畝盡軍食，不爾辟疆虧國計。溫都斯坦布魯特，退木爾沙哈拉替。修眉羅剎久作汗，戴角博羅都號比。羣驅羊馬作互市，從此番回悉衣被。賜之瑰麗手加額，目以酋豪頭戴髻。昆侖去天才咫尺，日月藉此相隱蔽。金銀台殿誰得過，我欲乘風縱

〔註 40〕參見〔清〕洪亮吉著，劉德權點校：《洪亮吉集》，冊 3，頁 1208。
〔註 41〕參見〔清〕洪亮吉著，劉德權點校：《洪亮吉集》，冊 3，頁 1207。
〔註 42〕參見〔清〕洪亮吉著，劉德權點校：《洪亮吉集》，冊 3，頁 1207。

> 遊轡。渾河入地波乍洌，熱海逼冬泉亦沸。山傾西北悉破碎，河界天人此分際。張騫鑿空乃得到，伯益蹠實何其諦。荒寒近始遭抉剔，神妙誰能復思議。元霜更在昆岡外，手握龜蛇出人意。只憐我亦老史臣，振筆欲增西域記。會看拓地過西海，不使羣生有殊氣。閩船已具千百艘，宛馬益多三萬騎。寒門銅柱親勒銘，功德高於百王帝。〔註 43〕

安濟海（安濟哈雅）與烏蘭烏素（烏蘭烏蘇）在烏魯木齊以西，準噶爾盆地南端，這段路可謂是詩人行經戈壁最折磨的一段。《遣戍伊犁日記》曰：「自哈密至安濟海以東，地皆冒雪，或盈丈及數尺不等，從未見地。」〔註 44〕洪亮吉另有詩〈烏蘭烏素道次〉：「烏蘭以北皆不毛，極視千里無秋毫。窮荒鳥亦拙生計，啄土飲雪居無巢。」〔註 45〕亦寫出烏蘭烏素與準噶爾盆地環境之惡劣。詩首到「雪窟不須分四季」這個段落，破題四句即大手筆的爲詩境鋪上一片雪色，輕巧的抹去天地之間的界線，以一片銀白世界作爲此詩詩境的基底。接著「惟交日午與月午，日月破空光獨麗。」兩句不獨交代了戈壁獨特的氣候，日月光影突破這片銀白世界，方能引領、照明接下來詩人所見的動物百態。「皁雕」兩句，顏色上的「黑」與詩境主色之白相對，猛禽「排齒」、「交角」的習性則突顯了此間環境之惡劣；「駱駝」兩句，則將西域山川獨特的元素納入此詩，標明此詩的「異域」感。詩人處在這片「雪窟不須分四季」的窮山惡水中，仍保持生命的熱度，把玩西域風光。自「狹哉豎亥東西步」到「目以酋豪頭戴髻」句，以及詩末「閩船」以降四句，約有三分之一的篇幅在爲大清開疆拓土、征服異族的偉業歌功頌德。這個部分拉低了全詩的藝術價值，然而過於苛責這種帝制時代的文學現象也沒有多大意義。到了「昆侖去天才咫尺」，此詩又轉入第二個高潮。詩首在描摹近景，這部分則以佐以幻想，勾勒

〔註 43〕參見〔清〕洪亮吉著，劉德權點校：《洪亮吉集》，冊 3，頁 1209。
〔註 44〕參見〔清〕洪亮吉著，〔清〕洪用懃校：《遣戍伊犁日記》，《洪北江（亮吉）先生遺集》，冊 18，頁 10545。
〔註 45〕參見〔清〕洪亮吉著，劉德權點校：《洪亮吉集》，冊 3，頁 1206。

遠景。詩人此處運用了中國古典文學常見的「憑虛乘風」傳統，隨著目之所及，「神遊」了遠處的昆侖群山、渾河熱海。此詩眼界從近到遠，卻非由小轉大。破題就是一大片白茫茫世界，到了後半部更是神遊於昆侖之上，眞是一首境界極大之詩。雖然歌詠帝國的部分減弱了它的成就，但格局勝過其他書寫戈壁的詩作。

北江出入西域的行旅詩，除了歌詠天山者與書寫戈壁者有內容上的差異外，《荷戈集》內諸作與《賜環集》內諸作也截然不同。荷戈入疆與承恩賜環，一來一往，心境迥異。心境上的區別也呈現在詩作之中，以兩首同樣旅次三臺的作品為例：

> 北風吹雪入鬼門，風定雪已埋全村。村人鑿穴透光景，百尺稜稜瞰摟頂。燒松作炭雪不消，反使石穴全身焦。征人停車已三日，雪穴驚看馬牛出。平明一線陽光開，烏鵲就暖皆飛來。征人欲行馬瑟縮，冰大如船復當谷。(〈三臺阻雪〉)〔註46〕

> 峰巒南北途千曲，天半亂霞烘馬足。山程九十到未遲，覓得山村最西屋。綠莎窗開波影搖，酒渴我尚餐山桃。夜闌殘月僅一線，紫燕白鴿爭歸巢。(〈三臺夜宿〉)〔註47〕

〈三臺阻雪〉是荷戈路上所作。詩境是一片「冷」，雪地冰天的寒威更彰顯詩人精神的超脫以及生命的韌性。縱使前方是「燒松作炭雪不消」、「冰大如船復當谷」的「鬼門」，但詩人迫於帝命，不得不繼續向前，於是「征人欲行馬瑟縮」自有一種悲壯的美感。我們回顧前文討論詩人描寫戈壁沙漠朔風酷寒之惡及動物之奇，除〈道中遇大風避入山穴半晌乃定〉一詩外，其餘諸詩皆作於荷戈道上。反觀作於賜環途中的〈三臺夜宿〉，詩中自然萬物來到了初夏，一片溫暖喜樂，正好與詩人承恩還家的心境相當。第三句「到未遲」三字與第五、第六句的悠然自適，以及詩末的「紫燕白鴿爭歸巢」，很明顯的都是詩人

〔註46〕參見〔清〕洪亮吉著，劉德權點校：《洪亮吉集》，冊3，頁1210。
〔註47〕參見〔清〕洪亮吉著，劉德權點校：《洪亮吉集》，冊3，頁1232。

歸鄉喜悅的投射。此詩詩境中的「暖」與內涵上「喜樂」的特質，亦屢見於賜環集內諸作。〔註48〕荷戈、賜環集中諸作，詩人往往以自然景物之物性烘托自己的心境，形成「冷」與「暖」兩種完全不同的特質，呈現西域「天山」、「戈壁」等地令人讚嘆萬種多姿的奇美。但整體來說，誠如趙翼〈題稚存萬里荷戈集〉的觀察，《賜環集》諸作在藝術成就上不如《荷戈集》。

綜上所論，洪亮吉《萬里荷戈集》、《百日賜環集》中的詩作如清代詩人學者的評論，因爲生命境遇之奇，而使文學成就達到新的里程碑。洪亮吉因言獲罪，言語不敢涉及餘事，詩人在遣戍路途上更加專注於山水之間。西域山川屢屢激發詩人創作的渴望，但外在因素的限制（嘉慶帝不許作詩之命令），反使創作的靈感與衝動得以醞釀沉澱。詩人對文字的謹慎，則避免了其《卷施閣詩》因爲詩作過多而有意象詞句重複的毛病。北江出入西域諸作，可分爲歌詠天山者與書寫戈壁者兩部分來討論。天山獨特的氣候與景象，使其成爲詩人精神的寄託、家鄉的投射。詩人歌詠天山諸作多能結合浪漫幻想與實筆描摹，寫出物我之間的親密關係。在書寫戈壁的詩作中，朔風之惡，酷寒之毒以及動物百態往往是詩人關注的重點，也藉由這些意象突顯出戈壁沙漠的奇險，讓中原地區的讀者頗感新鮮。《荷戈》、《賜環》兩集誠如趙翼的觀察，兩者有內容上的差異。詩人出入西域諸作往往以自然山川的物性烘托自己的心境，形成「冷」、「暖」兩種不同的特質，亦透過這兩種特質，呈現西域山川的種種風采。整體來說，荷戈集之「冷」在藝術成就上勝過了賜環集之「暖」。但無論何者，洪亮吉出入西域的詩作在藝術成就上已臻其文藝生涯的高峰，特別是內容思想不同於中國詩史出入佛老而寄情山水的傳統，而是以儒者道德的境界看破生死，獨樹一格。整體而言，其豐富的

〔註48〕如〈將至滋泥泉汎雨〉：「車廂徐徐眠，北斗掛客帳。」、〈將至七箇井宿〉：「空翠落不完，欣同僕夫語。」、〈早行四十里至一間房小憩〉：「心空聊酌水，小坐傍車軸。」（參見〔清〕洪亮吉著，劉德權點校：《洪亮吉集》，冊3，頁1231、1234、1235）等。

內涵與嶄新的開創，清代其他書寫西域的詩作亦少有能與北江比擬者。

第二節　山水中的「老境」——《更生齋詩》、《更生齋詩續集》中「征戍歸來」後的詩作

洪亮吉蒙恩賜環歸老江南，從此遠離仕途。除了授課於洋川、梅花書院，總理常州賑災事務，其餘時間輒以讀書著述爲重，閒暇時便遊覽山水。這段時間是北江學術生涯的高峰，於經學、訓詁及地理考證諸學皆有斬獲。除此之外，《更生齋詩》（除《荷戈》、《賜環》兩集外）《更生齋詩續集》更有兩千四百多首詩作，〔註 49〕而遊覽山水所留下的詩篇佔其中相當大的比重。洪亮吉這段時間所遊歷之山水，多在江南一帶。下列是《更生齋詩》（除《荷戈》、《賜環》兩集外）《更生齋詩續集》的創作時間表與北江征戍歸來後遊歷經驗表：

※《更生齋詩》八卷〔註 50〕各集創作時間表

分集名稱	創作時間
卷三：《山椒避暑集》	五十六歲作（1801）
卷四：《滬瀆消寒集》	五十六歲作（1801）
卷五：《箬嶺授經集》	五十七歲作（1802）
卷六：《蠡河傷逝集》	五十七、五十八歲作（1802～1803）
卷七：《西圃疏泉集》	五十八歲作（1803）
卷八：《北郊種樹集》	五十八歲作（1803）

〔註 49〕《更生齋詩》乃洪亮吉親手編輯，而《更生齋詩續集》——即嘉慶九年以後詩作，乃兒孫編輯，不敢刪減，故詩作數量繁多。洪用懃〈更生齋詩文集跋〉：「《更生齋詩文集》刊至嘉慶癸亥年止，皆曾大父手自刪訂，始付剞劂。自甲子至已巳六年中，著作尚多，未經編輯，遽歸道山……用懃等幼孤學困，未知遠謀，惟恪守遺編。」（參見〔清〕洪亮吉著，劉德權點校：《洪亮吉集》，冊 3，頁 1235。）

〔註 50〕《更生齋詩》八卷與《更生齋詩續集》十卷並未標明創作時間，然集中諸作多有揭示創作時間者。此十八卷詩的創作時間乃筆者依文本訊息與史料考核推斷。

※《更生齋詩續集》十卷，各集創作時間表

分集名稱	創作時間
卷一	五十九歲作（1804）
卷二：《天台石梁集》	六十歲作（1805）
卷三：《匡盧九江集》	六十歲作（1805）
卷四：《徑山大滌集》	六十一歲作（1806）
卷五：《武夷九曲集》	六十一歲作（1806）
卷六	六十二歲作（1807）
卷七	六十二歲作（1807）
卷八	六十三歲作（1808）
卷九	六十三歲作（1808）
卷十	六十四歲作（1809）

※洪亮吉重要經歷表

嘉慶五年（1800）	五十五歲。九月初七日，賜環抵里。親故話舊，幾如隔世，因自號更生居士。
嘉慶六年（1801）	五十六歲。在里門。二月以後與里中趙翼、莊宇逵等人酬唱無間。六月，遊焦山定慧寺。七月，遊太湖東西二山，至消夏灣。十月，遊吳淞江，自蘇州遍遊婁東諸勝而返。
嘉慶七年（1802）	五十七歲。在里門。二月，講學於洋川書院。八月，遊九華，歷天台、東巖諸勝。復遊黃山，浴朱砂泉。十月，妻卒。十二月，遊黎里。
嘉慶八年（1803）	五十八歲。二月，應聘主揚洲梅花書院，因遊京口諸山，遂至平山堂看梅。四月，辭揚州講席，仍赴洋川書院。六月，遊焦山定慧寺。八月，赴洋川書院。十一月，自洋川至蕪湖，遊後湖蟂磯諸勝。至江寧訪孫星衍。十二月，遊上海。
嘉慶九年（1804）	五十九歲。正月，遊長興龍華寺，復遊上海諸名園。三月，重赴洋川書院。四月，至歙縣洪源謁祖。十月，遊狼山、焦山。十二月，至蘇州遊天平、支硎諸山，往鄧尉探梅而返。
嘉慶十年（1805）	六十歲。正月，至宜興渡太湖至長興，遊卞山，遂自湖州至天台、石梁、赤城、瓊臺諸勝而返。八月，爲太湖包山之遊，遍訪石松山、林屋洞諸勝。十月，由京口溯江至星子，登匡廬峰，歷廬山諸勝。

嘉慶十一年（1806）	六十一歲。正月，至杭州，泛舟西湖，遂至餘杭，遍遊徑山、大滌山諸勝，回舟復至鄧尉看梅。二月，應聘修寧國府志，閒訪敬亭南湖之勝。七月，由太平往遊黃山，自黟縣祁門溪至崇安，遊武夷山，歷武夷山諸勝。
嘉慶十二年（1807）	六十二歲。正月，遊京焦二山。二月，遊東西天目山。五月，避暑於焦山。八月，至嘉興烟雨樓，復遊常熟虞山，又至浙江登北榦山，訪快閣天池諸勝。十二月，自寧國返里。時常州天旱，北江總理捐資施賑一事。
嘉慶十三年（1808）	六十三歲。在里門。三月，遊雲台山及狼山，登支雲塔觀海。四月，至杭州遊雲棲、理安諸寺。五月，抵虎邱看競渡。六月，避暑於焦山。八月，至揚州訪友，重憩焦山。十月，江行至漢陽，訪洪山、南湖、晴川、黃鶴諸勝。十二月，遊荊溪、南山。
嘉慶十四年（1809）	六十四歲。在里門。正月，至鄧尉看梅。三月，重遊焦山。四月二十二，偶患脇疾。五月十二，病轉劇，逝世。

參看上表，我們得知除廬山、狼山以及武夷山外，大部分勝景多爲北江舊地重遊者。洪亮吉因爲政治上的看管，所歷不出江南，此點第二章已論及。這個階段的詩作數量雖多，卻往往爲研究者所忽視，能視及者亦無有深論。〔註51〕北江謫戍歸來後，山水詩在「奇警」的強度已未能超越《卷施閣詩》，更遑論《荷戈》、《賜環》兩集。但此中有部分詩作表現出異於以往的特質——即北江詩作的「老境」。北江年過六十，歷經人情冷暖生離死別，在這個階段其詩中山水往往帶

〔註51〕注意到北江晚年詩作者如倪良燿《更生齋詩續集・跋》曰：「先生詩自少壯至晚年，覯若畫一，絕無頹唐之筆，此識者所共見，無竢贅論。」（參見〔清〕洪亮吉著，〔清〕洪用懃校：《洪北江（亮吉）先生遺集》，冊6，頁3400。）；或如王英志曰：「洪亮吉賜歸退出仕途後，又暢遊武夷、廬山、天台等名山大川，亦有吟詠，但已無法再超越《萬里荷戈集》矣。」（參見陶文鵬、韋鳳娟主編：《靈境詩心——中國古代山水詩》（南京：鳳凰出版社，2004年），頁873。）無論是肯定或否定，皆以片言帶過。彷彿這兩千四百多首詩皆無竢贅論，無有可談者。關於此議題嚴明談得較深入。嚴氏以爲北江自伊犁賜歸後詩作整體水準下降，雄奇之氣稀落，但在一些回顧自己人聲的詠懷、勵志詩中，經常使用民謠及民間格言形式來抒情達意。（參見嚴明：《洪亮吉評傳》（臺北：文津出版社，1993年），頁72～73。）但除此之外，嚴氏評論亦無多。

有陸游「老境漸侵歡意盡，舊游欲說故人稀。」〔註 52〕的深沉感傷。北江雖已臻老境，但並不完全消磨掉對世界的熱情，詩中亦有辛棄疾所謂：「老境竟何似？只與少年同。」〔註 53〕的一面。因此筆者用「老境」二字，並不僅爲了標明其詩藝的老練成熟，也期待透過這個詞彙傳達詩作中複雜的情感與自然山水之交融情形。

本節分兩個階段來探討。首先探究北江「舊地重遊」的詩作，將這些詩作與《附鮚軒詩》、《卷施閣詩》中初遊該地的詩作比較參看，既凸顯這時期詩作的特色，也替第三章補充說明；其次觀察北江書寫新探訪的名山勝水，探析「更生」的詩人如何呈現山水之美感特質。從兩階段的觀察以掌握洪亮吉「征戍歸來」後山水詩作不同於以往的獨特內涵。

一、舊地重遊諸作

洪亮吉在賜還故里到仙歸道山這十年間，重遊了黃山、茅山、天台山、洞庭湖等地，其中造訪頻率最高的是京口三山的焦山，留下的詩作也最多，頗可代表北江征戍歸來後「舊地重遊諸作」內涵的變化。首先，透過傳記資料我們知道北江對焦山的偏愛，原因不外乎以下三者：一、京口三山離北江故里不遠；二、與王豫及慧超、巨超兩位詩僧的情誼；三、焦山一帶景緻適合靜心養性，〔註 54〕然而詩作本身透露了更多訊息。北江初返江南時，心中實有萬千感慨，我們以《附鮚

〔註 52〕參見〔宋〕陸游著，錢仲聯校：〈檢舊詩偶見在蜀日江瀆池醉歸之篇悵然有感〉，《劍南詩稿校注》（上海：上海古籍出版社，1985 年），冊 4，頁 1829。

〔註 53〕參見〔宋〕辛棄疾：〈水調歌頭．元日投宿博山寺，見者驚嘆其老〉，收於唐圭璋編：《全宋詞》（北京：中華書局，1986 年），冊 3，頁 1891。

〔註 54〕洪亮吉〈遊京口南山記〉：「避暑焦山者，旬有六日。此山產於江心，四面遼絕。東望海門，百里而遠。晴雨昏旦，心焉樂之。獨恨無奇石峭壁，可以跨星辰，隱險日月……蓋縋幽鑿險之方，非養性樂生之境矣。」（參見〔清〕洪亮吉著，劉德權點校：《洪亮吉集》，冊 3，頁 1058。）北江以爲焦山一帶風景頗具平遠之美，是其優點。雖無奇景可探險，卻也因此讓他視此地爲養性樂生之處。

軒詩》中的〈由江口泛舟至焦山〉與《更生齋詩》中的〈十五日自京口渡江至焦山憩定慧寺作〉爲例，比較參看：

> 人言金山屋包山，焦山山高復包屋。舵樓清切望疏林，風急何容傍山麓。扁舟半日始接灘，山僧驚喜開禪關。排灘松檜一千樹，內有榴火猶含丹。此生得到清淨地，垢髮未洗停躋攀。齋廚粥飯客粗飽，石磴千級臻回環。佛樓梵塔構雄傑，下視了了徵君壇。眾生大垢積有地，雀污不遣歸名山。澄心一鏡既全寂，礙眉兩株行可刪。反思去水不千步，耳寂已不聞潺潺。海門初日孤照我，寒沁肌骨愁衣單。吾生窮眺八百里，八荒縱望目力殫。譬如鷹準視天地，力薄道遠猶知還。江流入海會有定，萍梗蹤跡苦未閒。魚鱗雲起欲飛雨，雅背風黑當狂瀾。東南一徑尚蒙密，有景不歷知緣慳。山僧約客復來此，我笑此行非可止。登舟解纜忽疾風，驚魂欲墮一江水。（〈由江口泛舟至焦山〉）〔註55〕

> 西南行盡路萬千，返棹乃訪茲山巔。茲山風急不得上，幸有巨石攔洲前。山坳一石戴一屋，步縱曲折心安便。側身東望始寥廓，初日欲上潮無邊。心飛西海足東海，下瞰無地高唯天。放臣逐客罪應死，跬步懼有神拘牽。山靈怪我貌衰老，頭上雪色來祁連。齋廚粥飯客寮酒，彈指已近三十年。僧雛髮白野猿老，只有鶴頂紅逾仙。四山松栢悉合抱，榦老盡起青蒼烟。少年事業百不就，消壁僅把新詩鐫。浮名在世究何益，回顧我已慙焦先。塵勞擾擾及一世，足繭欲乞空山眠。來歸萬里去萬里，衹覺豎亥堪隨肩。昨呼漁叟與堅約，終老誓種江南田。（〈十五日自京口渡江至焦山憩定慧寺作〉）〔註56〕

江藩《漢學師承記》卷四謂洪亮吉：「深疾浮屠氏之說，詩文中未常用彼教語。」〔註57〕此說大抵不錯，但也偶有例外。北江在青年時期

〔註55〕參見〔清〕洪亮吉著，劉德權點校：《洪亮吉集》，冊5，頁2001。
〔註56〕參見〔清〕洪亮吉著，劉德權點校：《洪亮吉集》，冊3，頁1274。
〔註57〕參見〔清〕江藩：《漢學師承記》卷4，收入周駿富輯：《清代傳記叢刊》（臺北：明文書局，1985年），冊1，頁32。

初遊焦山時，焦山已成爲詩人生命中一個獨特的存在——一個異於塵世的「清淨地」。相隔三十年的兩次登臨，所見之景相似，遊歷的遭遇也相似（如兩次都因風不得上、登臨後則東望海日）。然兩詩的內容特質迥然不同，決定性的差異便來自於詩人心境的投射，以及詩人靈魂與「清淨地」的隔閡與否。從〈由江口泛舟至焦山〉我們看到青年詩人對自然之美的興奮雀躍。詩首描繪焦山以山包寺的外在立體結構，欲深入焦山，卻因「風急何容傍山麓」而波折一番。「何容」二字亦暴露了詩人對山水的態度。在〈十五日自京口渡江至焦山憩定慧寺作〉中，面對同樣的遭遇詩人遂感「幸有巨石攔洲前」，山水之美並非「不容」詩人親近，而是悄悄的在某處伸出溫暖的臂彎，撫慰歷盡滄桑的人子。詩人心態的不同，是以面對同樣一片山色松林，前詩旨在勾勒其數大之美、顏色之艷，而後詩則見「老」、「雪色」、「白」、「仙」、「合抱」等暗示時間性的辭彙，爲此間山水加入「老」的元素。

海日照人，兩首詩也都因此起興。前詩「海門」以下十二句，蘊含的是青年詩人欲入世的積極。詩人目眺八荒不能盡，也知此生蹤跡苦未閒，但對眼前未見之好景、未歷之人生，仍願意如「雅背風黑當狂瀾」。到了詩人年邁歸來，遠望一片海天茫茫，而思及謫戍萬里、浮名無益，感傷人生路上的種種傷痛；又見山色同己俱老，心境一轉，不如「足繭欲乞空山眠」學東漢隱者焦先。

心境的差異復與詩人靈魂與「清淨地」的隔與不隔相關。前詩自「此生」以下十二句，詩人將「清淨地」與「塵世」對立，如「佛樓梵塔」下視「徵君壇」、「眾生大垢」對「名山」、「耳寂」對「滔滔」。愈是凸顯「清淨地」的不同，愈是突顯詩人的靈魂尚未進入其中。後詩因爲詩人已經安身於此，對「清淨地」，除了詩題之「定慧寺」三字外，於內容中已無大書特書之處。雖未可因此而謂洪亮吉認同「佛無淨土」之佛理，但已展現老者「當下即是」的圓融智慧。

法式善《梧門詩話》卷七：「稚存西海歸後，愛焦山竹木之勝，嘗招王柳村賦詩漢隱庵中，恒經月不返。」；〔註58〕王豫（柳村）《羣雅集》：「（北江）自西海放歸，累度江過訪，同遊焦山，宿孝然祠中，瀹茗論心。」〔註59〕洪亮吉雖不信佛理，但一次次造訪清淨的焦山寺，以及詩人與慧超、巨超二僧的情誼，確實是北江的「安心法門」。〈十五日自京口渡江至焦山憩定慧寺作〉爲嘉慶六年所作，詩人歷劫歸來未久。從「放臣逐客罪應死，跬步懼有神拘牽。」等句我們得知詩人仍感到苟且得生之僥倖，且帶有畏讒畏譏的恐懼。隨著時間遞嬗，詩人屢屢遊歷此處，這種心頭上的陰影逐漸抹去。作於嘉慶八年，同樣書寫焦山一帶的〈月夜登北固更望金焦二山回途與友人憩演武廳小飲作〉：「更從石脊眺昏黃，無盡江流入渺茫。百歲過人疑短夢，兩山與月鬥圓光。鸕鷀影逐浮漚沒，蟋蟀聲隨墜露涼。北府健兒京口酒，算來今日總尋常。」〔註60〕以及〈登別峰菴望海忽值風雨〉：「朝曦色染滄溟綠，東望海門如半粟。滄溟突處天蕩搖，頃刻已見西來潮。象山南頭蒜山尾，一舸倒流還數里。風威不敵潮勢狂，吹角北岸停帆檣……」〔註61〕詩句中又見北江一貫的奇警之筆，詩人的靈魂再一次的與山水之壯美共鳴，忘卻己身遭遇的不快。作於洪亮吉去世前數個月的〈初七日侵曉定慧寺山門久憩〉又有不同的特質：「山門不曾關，朝日已出樹。亦學道士方，納新先吐故。晨霞比丹赤，空腹難久駐。齋心忘一切，呼吸日三度。間行山側徑，玩此枝上露。浮生駒過隙，少日已先悟……」〔註62〕詩人閒行、吐納於詩境之中，一片和諧。藝術價值不甚高，但從此詩我們知道北江晚年「只借蒲團臥方穩」〔註63〕的焦山之遊，確實讓詩人得到心靈上的平靜。

〔註58〕參見〔清〕法式善《梧門詩話》，張寅彭、強迪藝編校：《梧門詩話合校》（上海：鳳凰出版社，2005年），頁232。
〔註59〕轉引自錢仲聯：《清詩紀事》，冊10，頁6788。
〔註60〕參見〔清〕洪亮吉著，劉德權點校：《洪亮吉集》，冊3，頁1374。
〔註61〕參見〔清〕洪亮吉著，劉德權點校：《洪亮吉集》，冊3，頁1375。
〔註62〕參見〔清〕洪亮吉著，劉德權點校：《洪亮吉集》，冊4，頁1886。
〔註63〕參見〔清〕洪亮吉著，劉德權點校：〈將抵焦山先柬方丈僧清恒暨覺燈〉，《洪亮吉集》，冊4，頁1883。

然而舊地重遊最易有「木猶如此」的哀傷，但是否「人何以堪」？則取決於個人的胸襟與智慧。洪亮吉於二十六歲時入安徽任朱筠幕僚，結識不少學問、藝文上的好友，采石的太白樓常是他們聚會之處。北江於不同的年紀重遊此地，皆有感嘆。且以《卷施閣詩》中的〈舟中望采石太白樓感賦〉以及《更生齋詩》裡的〈花朝日阻風口望采石太白樓咫尺不得上〉爲例：

> 清江秋月圓，放棹出晴川。三更舉首別黃鶴，鶴影欲拍空江船。蒲帆南來不可收，竿杪復拂仙人樓。壯哉東南海氣浮，碧浪影逐紅雲流。仙人昔乘赤鯉魚，遠勝黃鶴腰身癯。乘風飄忽千里餘，半道或欲遊匡廬。昔居仙人樓，酒熟輒一篇。掉頭江海別五年，綠鬢詎識才如仙。客遊萬里來，松亦百尺長。松聲如龍客鬢蒼，樓好亦復侵斜陽。一詩題高樓，一詩寄道士。君不見，偕遊少年盡客死，我欲登樓淚難止。（〈舟中望采石太白樓感賦〉）〔註64〕

> 今朝花朝無一花，今夕月夕亦無月。因之酒人無酒飲，空向酒仙樓畔歇。沉思往事心內傷，陳劉應徐均已亡。我前同公謫夜郎，意外復得還江鄉。眼中千里與萬里，只坐沙洲慵不起。忘機雅有忘機伴，鴨鳩鷺絲飛不已。君不見，江源亦出昆侖中，往者險欲探奇蹤。豈知勞人家住海東岸，江水過我使得東朝宗。奔馳歲月方三載，江水未移青鬢改。竹帛偏憐壯志虛，乾坤剩有詩名在。二更月出斷厓口，遠道呼童復沽酒。花時雖無桃杏花，且向原南折新柳。（〈花朝日阻風江口望采石太白樓咫尺不得上〉）〔註65〕

〈舟中望采石太白樓感賦〉作於乾隆四十八年，北江扶黃景仁靈柩回里途中。詩人利用黃鶴、太白兩樓豐厚的歷史意涵以及長江之綿延不絕，以時間與空間的悠遠感緊緊包裹著喪友之痛。讀者在詩首八句順著閱讀次序，視角和詩人一致，順著江行向下，而黃鶴、太白兩樓的

〔註64〕參見〔清〕洪亮吉著，劉德權點校：《洪亮吉集》，冊2，頁571。
〔註65〕參見〔清〕洪亮吉著，劉德權點校：《洪亮吉集》，冊3，頁1313。

意象在詩境中擺蕩。詩人利用兩樓與李白的歷史關係，暗寫自己對摯友之思念。朱庭珍《筱園詩話》卷二：「黃仲則才力恣肆，筆鋒銳不可當……故當時推其似太白也。」〔註66〕仲則爲當時人目之爲李白，巧合的是他也在太白樓當眾揮毫而名揚一時。吳蘭修〈黃仲則小傳〉：「年最少，著白袷立樓前，頃刻數百言，遍視坐客，客爲之輟筆。」〔註67〕即詩中所謂「昔居仙人樓，酒熟輒一篇。」也。詩中山水與黃鶴、太白兩樓的意象實有多重的意涵，它們既傳達了風景之美，也蘊含著詩人對故友的情誼。詩尾「我欲登樓淚難止」，我們知道詩人帶著喪友之痛行經此地，顯然感到「人何以堪」而未能超脫。

至於〈花朝日阻風江口望采石太白樓咫尺不得上〉作於嘉慶七年，相較於前詩的真切動人，此詩取而代之的是更進一層的哲思以及豁達的心胸。此詩詩境之組成有賴於三組意象，一是「花」、「月」，二是「飛禽」，三是「江水」。花有開謝，月有圓缺，世間無常，使得詩人思及友人亦凋零大半。獨坐太白樓，感到自己與李白一樣謫戍萬里歸來，心思氣力都飽受煎熬；見及鴨鳩鷺絲皆有伴同飛，但友人均已亡故，更添傷心。到「君不見」筆鋒一轉，直寫奔流不息之江水。詩人因爲宦遊，西行漸近江源，而江水卻日日東流，千古不移；正如人類以有涯之生命衝撞無涯之宇宙，詩人的感嘆更轉深沉。年壽雖有時而盡，但詩人尚成一家之言，留名於乾坤之間，足以稱慰。詩尾敘事時間到了二更，詩首隱沒的月出現了，似乎象徵著無常的人生亦不可能永遠黑暗。何必執著於花之開謝、月之圓缺以及人之興亡呢？此時雖無可愛的桃杏，但還有新柳可玩；友人雖然仙去，我們還是可以豁達的折柳與之贈別。此詩正如《更生齋詩》中的其他山水詩，詩中的「老境」結合了山水之美與哲理思維。

〔註66〕參見〔清〕朱庭珍《筱園詩話》卷2，郭紹虞編，富壽蓀點校：《清詩話續編》（上海：上海古籍出版社，1983年），冊下，頁2365。

〔註67〕轉引自黃葆樹等編：《黃仲則研究資料》（上海：上海古籍出版社，1986年），頁11。

如第三章第一節所論，《附鮚軒詩》中「借山水抒狂情」的詩作有其獨特的藝術價值，其中又以遊於天台、赤城等地所作者爲佳。年邁的北江重歸此處，詩人雄豪之氣已有變化。《更生齋詩續集》中的〈上赤城山憩上下二寺〉與《附鮚軒詩》裡的〈天台赤城歌寄孫大〉，遂有明顯的差異：

> 赤城黃海天下奇，我昔探奇入雲海。天台山高一萬丈，結霧蒙雲住仙宰。奔車覆舟何不閒，數載豈復窺青山。丈夫事業百無就，筋力苦瘁登臨間。山中之人薜蘿繞，塵面看山亦徒擾。奔猿立鶴噪豈休，笑我飢驅髮蓬葆。黃塵入骨體不輕，手扶赤藤上赤京。崖窮壑轉忽相失，側耳已聽鳴泉清。塵寰下士禽子夏，五嶽遊期迫衰謝。我留綠髮不敢遲，急復料理居山資。人生何爲南北馳，憂患亦苦無窮時。巖棲谷汲誰賞心，素抱幸有雍門琴。不然雲山蒼蒼萬條路，更掛飛瓢覓君去。吟肩拍處我欲狂，君亦尋君遂初賦。（〈天台赤城歌寄孫大〉）〔註68〕

> 赤城何止山光赤，萬樹桃花助顏色。桃花深處初日紅，復有海上晴霞烘。赤城山色時深淺，五色紛披究難辨。我從石梁來赤城，足健已覺能飛行。有時閒向井泉坐，照水骨節皆空靈。勞生蹤跡何嘗歇，三十年來成一瞥。當時可望不可即，到此方能步瑤闕。一篇欲寄王凌門，使節往自來山村。人生能著幾兩屐，此嶺惜無屐齒痕。陰陽回皇日倒景，正面看山仍引領。翔禽舞鶴不敢升，一塔居然冠山頂。石厓西頭洞久扃，闢之可以上玉京。我從玉京謫下已七載，縱有天路難重經。上巖下巖益何遠，引路桃花百千轉。桃花多處屐亦停，時汲水亭泉一椀。天風吹人人愈高，桃花笑客客復豪。平生每到快心處，笠屐竟欲從空拋。高低歷盡羊腸坂，童僕催人欲遄返。國清聞已打午鍾，欲共隨堂客僧飯。（〈上赤城山憩上下二寺〉）〔註69〕

〔註68〕參見〔清〕洪亮吉著，劉德權點校：《洪亮吉集》，冊5，頁2082。
〔註69〕參見〔清〕洪亮吉著，劉德權點校：《洪亮吉集》，冊4，頁1549。

王英志論〈天台赤城歌寄孫大〉曰：「借寫浙江天台赤城山而向好友孫星衍傾吐『我欲狂』的憤悶。」〔註70〕此詩與其他「借山水抒狂情」諸作一樣，表達山水之美的部分雖不少，但全詩主旨在於抒情。然而細究此詩，且與〈上赤城山憩上下二寺〉比較參看，我們發現此詩模山範水的部分，與其他「借山水抒狂情」詩作略有差異，山水並非直接作爲詩人傳達「入世意念」的意符，而是合於中國詩傳統以山水隱喻逍遙自由之生活。在〈天台赤城歌寄孫大〉中，詩人對於「欲狂」的積極進取之心感到疑惑，是以排解「丈夫事業」與「投身山水」之間的矛盾遂成爲此詩主題。詩首四句，大筆寫天台、赤城雲霧繚繞之壯美，隨即帶出何以事業尚未成就，卻屢屢登臨山水的窘境。山水雖好，但自己仍是「黃塵入骨」的俗世人。更何況經濟困窘的詩人「飢驅髮蓬葆」，倘若留連山水間，老來恐怕「五嶽遊期迫衰謝」。即便深知「憂患亦苦無窮時」，也不得不趁年輕綠髮積極投入事業以「料理居山資」。所幸有好友孫星衍如「雍門鼓琴」者，能解詩人平生抱負與心中的矛盾。

等到詩人歷經人情冷暖再遊此地，這些矛盾自然徹底崩解而轉換爲另一種特質。〈上赤城山憩上下二寺〉開端則以桃花、初日與海霞三種遠近層次不同的「赤」染出赤城山光。在這片多麗的山色中，實足以令人超脫於塵世的不快。相較於〈天台赤城歌寄孫大〉裡爲丈夫事業苦惱的「塵寰下士」，詩人於三十年後再次登臨，早已放下仕宦之想。因此「照水骨節皆空靈」，已不是當初那個汲汲營營的世俗人了。回顧過往，只覺「三十年來成一瞥」——三十年前奔忙於事業，受限於長官，〔註71〕未能盡興登臨，而感嘆「當時可望不可即，到此

〔註70〕參見陶文鵬、韋鳳娟主編：《靈境詩心——中國古代山水詩》，頁869。

〔註71〕洪亮吉〈平生所遊歷圖序〉：「歲丙申，主人在浙江學史王先生杰（按：疑爲杰）幕府，以八九月歷試溫、台、處三府，因得遊天台、雁蕩兩山。雁蕩匆遽不獲窮歷其勝，天台則曾上赤城，並一宿國清寺。學使性謹飭，又不嗜遊山，以是名勝所在，接約束幕中人不令登涉。余得遊二山，實破格之事也。」（參見〔清〕洪亮吉著，劉德權點校：《洪亮吉集》，冊3，頁1549。）即〈上赤城山憩上下二寺〉詩中：

方能步瑤闕」。

此外，「石厓西頭洞久扃，闢之可以上玉京」一句，則利用「玉京」的雙重意涵巧妙的揉合登臨經驗與貶謫之感嘆。《大清一統志》：「（赤城山）西有玉京洞。道書以爲第六洞天，名上玉清平之天。即爲天台之南門。」〔註72〕前一個玉京是指此洞，而後一個玉京指王朝的政治中心，兩個意涵的變化於轉瞬之間。然而這個感嘆亦如三十年來種種瑣碎的往事一瞥即過，詩人隨即又與此間山水融爲一體。詩末「天風吹人人愈高，桃花笑客客復豪。平生每到快心處，笠屐竟欲從空拋。」可見詩中的主人翁已與〈天台赤城歌寄孫大〉中那個青年詩人不同，此時已入無憂忘機的境地。

相較於帶有老境的山水詩，北江謫戍歸來後純粹表達自然之美的典型山水詩顯然乏味許多。將《更生齋詩續集》與詩人年輕時的詩作相比，我們發現即使《附鮚軒詩》有「甯字不工句必強」的缺失，而北江重遊江南諸景的創作已能避免這個毛病，且在營造詩境上可謂駕輕就熟；但除此之外，於藝術成就上並未有大規模的突破。是以研究洪亮吉文學成就的學者，大多不提北江此階段的文學成績。洪亮吉於〈黃山浴朱砂泉記〉曰：「門生呂培、譚正治二人，各得詩十數篇，而余僅綴贊四首，聊以紀事云。」〔註73〕這一段話，或許正是北江重遊江南的山水詩未能達到新的藝術高度的原因——詩人對於寫作的衝動已經不如以往了。

二、初度登臨諸作

酷嗜山水的洪亮吉早在青壯年時便行遍了江南絕景，是以老來舊地重遊詩作的份量遠多過初度登臨所作者。然《更生齋詩》、《更生齋詩續集》中初度登臨廬山、武夷山的山水詩皆有可觀，又以遊於武夷

「當時可望不可即，到此方能步瑤闕」與「此嶺惜無屐齒痕」也。

〔註72〕參見〔清〕清仁宗敕撰：《大清一統志》，收入《四部叢刊續編・史部・嘉慶重修一統志》，冊29，卷297，頁9。

〔註73〕參見〔清〕洪亮吉著，劉德權點校：《洪亮吉集》，冊3，頁1089。

山所作者質量最佳。

嘉慶十年，洪亮吉在知天命的歲數方始登臨廬山，對此山勝景極爲讚賞。《北江詩話》卷三：「廬山周圍五百里，界九江、南康、饒州三府境，其雄偉奇秀，非霍山及諸嶽可比。又居江、漢之衝，不知當時何以不作南嶽。余《遊廬山》詩有云……非於匡君貢諛，乃記實耳。」〔註 74〕關於廬山，北江最激賞者主要有四處，《北江詩話》卷四：「廬山甲於東南。然最勝者則文殊臺之陗，佛手巖之奇，黃龍寺之古樹，開元寺之飛瀑，可稱四絕。」〔註 75〕北江此行所留下的二十六首詩作，〔註 76〕以擅長的奇警詩風再現了這些勝景變幻萬端的美感。如〈從天池至佛手巖久憩並尋訪仙亭白鹿升仙臺故址〉：

> 一拳危支天，一掌狠擘地。何年巨靈手，劃此天地際。巖潭毛孔潤，松竹紋路細。眞同指南針，南向指銛利。瞿曇三五輩，並就掌中憩。周圍風實烈，高下雲液膩。森然排玉爪，曲折走青氣。名泉試清冷，石屋訪靈異。廊長無燕雀，鷹隼亦齊避。卻望北出峰，居然掉肩臂。〔註 77〕

〔註 74〕參見〔清〕洪亮吉著，劉德權點校：《洪亮吉集》，冊 5，頁 2278。
〔註 75〕參見〔清〕洪亮吉著，劉德權點校：《洪亮吉集》，冊 5，頁 2286。
〔註 76〕細辨《匡廬九江集》，筆者發現可以肯定作於此行的詩作乃〈初入匡廬山〉、〈過西林寺飯并望香爐峯拜經臺諸勝〉、〈由石門澗日昃抵報國禪林宿〉、〈淩晨自錦澗橋登峯頂寺歷觀天池文殊臺聚仙寺諸勝〉、〈從天池至佛手巖久憩并尋訪仙亭白鹿升仙臺故址〉、〈過黃龍澗抵黃龍寺藏經樓〉、〈度橫嶺至棲賢寺〉、〈秀峯寺看飛瀑并久憩白龍潭夜留七佛樓作〉、〈廬山道中雜詩〉、〈十三夜登月南康城樓即贈周明府吉士〉、〈夜宿星子行館〉、〈十四夜遊白鹿洞至郭嶺村宿〉、〈十五日五鼓渡吳郭嶺〉等，共二十五首。蓋《更生齋詩續集》乃北江後人編訂，無有刪改的保留其祖詩作。除非有佚失的狀況，否則〈遊廬山記〉所言之「二十六首」應該全數見於《匡廬九江集》中。然〈遊廬山記〉有幾段記載：「並聞私語云：『蘇內翰去，洪內翰來，不知可相敵否？』」、「所未遵者，亦黃厓與三疊泉，與蘇文忠等耳。」（參見〔清〕洪亮吉著，劉德權點校：《洪亮吉集》，冊 4，頁 1097～1098。）可知洪亮吉頗將自己的廬山之遊，與其偶像蘇軾的經歷比較一番。故筆者以爲，詩人所作之「二十六首」應包含《匡廬九江集》中的〈跋蘇文忠公遊廬山詩後〉。
〔註 77〕參見〔清〕洪亮吉著，劉德權點校：《洪亮吉集》，冊 4，頁 1604。

詩首四句大筆揮灑，畫出此巖形貌，亦帶出奇石孤立於宇宙間的雄偉感。即〈遊廬山記〉所謂：「至佛手巖。掌紋贏懸，爪削犀利，巖泉從石竇中出，嶺指九天，泉蟠九地，洵奇景也。」〔註 78〕廬山每每雲霧繚繞，誠如東坡千古名句「不識廬山眞面目」。是以「松紋」以下五句不獨寫景，亦是紀遊，指詩人依地理常識判斷木紋向陽背陽面之不同，得以悠游此間，南行至僧侶休憩的天池寺。「周圍」以下四句，寫風雲流動於巨靈指掌，使這種大自然的壯美充滿於字裡行間。走筆至詩尾，詩人不採用「留有餘韻」的收束，而以「居然掉肩臂」一語戛然忽止，將此詩奇景的強度更往上推一層。但這樣的結尾亦如詩中之「巨靈手」、「掌中」、「玉爪」等處，緊緊的以佛手巖爲中心，不因突兀而破壞了詩作美感的平衡。

除此詩之外，其餘描寫廬山諸勝的詩作，亦頗多佳句。如〈由石門澗日昃抵報國禪林宿〉：「時有五色煙，山僧夕將爨。」〔註 79〕寫雲霧炊煙；〈過黃龍澗抵黃龍寺宿藏經樓〉：「青蒼莽回互，亂沒眾山頂。」〔註 80〕寫古樹；〈秀峰寺看飛瀑并久憩白龍潭留宿七佛樓作〉：「千春恣飛灑，一滴不滲漏。光明成世界，終古同旦晝。危厓既圍合，眾壑亦奔湊。雙瀑合一流，千絃恍齊奏。」〔註 81〕寫飛瀑。詩人筆下的廬山時而雲霧迷濛，時而晴天朗朗，晶瑩剔透。又有〈廬山道中雜詩〉諸絕句，節錄於下：

半晨先已陟峯巔，便有空江落眼前。
高下草香三百步，上天梯子軟於綿。

託鉢臺前畫界松，東西虬榦指空濛。
懸厓直豎八千尺，下有白雲藏白龍。

黃龍寺外千草木，异種都從西域來。
只我亦留衣上翠，萬松穿盡入輪臺。

〔註 78〕參見〔清〕洪亮吉著，劉德權點校：《洪亮吉集》，冊 3，頁 1096。
〔註 79〕參見〔清〕洪亮吉著，劉德權點校：《洪亮吉集》，冊 4，頁 1603。
〔註 80〕參見〔清〕洪亮吉著，劉德權點校：《洪亮吉集》，冊 4，頁 1604。
〔註 81〕參見〔清〕洪亮吉著，劉德權點校：《洪亮吉集》，冊 4，頁 1605。

> 紅紫千條翠一條，窮冬猶勝百花朝。
> 棲賢寺外三山峽，五老招人過石橋。
> 七佛樓前夢未安，十三月墮四更寒。
> 支頤碧玉闌干上，看足頗黎世界寬。〔註82〕

北江以古詩爲長，但此近體諸作將「看山看水一旬忙」的遊歷表現得簡練雅潔。「上天梯子軟於綿」、「只我亦留衣上翠」等句更是饒富趣味。自有一種與奇警古詩不同的風貌。

廬山雖然「甲於東南」，足以當南嶽，但北江以爲閩地的武夷山更非中原諸嶽可以比擬者。〈遊武夷山記〉：「夫五嶽之外，復有勢凌星辰，氣絡垓宇，規重溟以爲郭，蓄滄海以爲池。智計之士，思慮所不及周；濡豪之儔，摩擬所不克肖。其惟閩之武夷乎？」又曰：「此則五嶽四鎮，無由兼川陸之奇；八域九州，獨此擅燥濕之勝。爲人外之靈境，域內之大觀。蓋蹤跡所至，足冠乎平生。」〔註83〕嘉慶十一年，洪亮吉遊畢黃山，復由贛船行至閩。行經江西鉛山即有〈鉛山縣橋亭遙禮武夷山作〉：「行人遲未至，翻羨飛鳥快。欲禮武夷君，橋亭先望拜。」〔註84〕等句道出詩人對行旅武夷除了期待，亦帶有一種「敬畏」的心態。又〈中秋日雨留鉛山〉，詩題雖是「鉛山」，但詩作內容念茲在茲的則是遠處的武夷。其中「半世尋山約，今偏小滯留。」〔註85〕一句，更可見詩人對武夷的嚮往。入閩地後所作之〈自路口塘至羊腸望武夷支山作〉與〈崇安縣屏南橋正望武夷〉側寫武夷支山之美，以〈自路口塘至羊腸望武夷支山作〉爲例：

> 青天展笙簟，直下垂山椒。人行枕簟中，登降不知勞。晴雲卷還舒，一幅鮫客綃。山山成旋螺，轉轉同剝蕉。天思見靈奇，先須削皮毛。瓏玲萬株松，一一森霜毫。甯惟雨

〔註82〕參見〔清〕洪亮吉著，劉德權點校：《洪亮吉集》，冊4，頁1606。
〔註83〕參見〔清〕洪亮吉著，劉德權點校：《洪亮吉集》，冊3，頁1102、1104。
〔註84〕參見〔清〕洪亮吉著，劉德權點校：《洪亮吉集》，冊4，頁1672。
〔註85〕參見〔清〕洪亮吉著，劉德權點校：《洪亮吉集》，冊4，頁1673。

> 露殊，亦覺霞采饒。良田多於棋，土潤已不焦。東西百里中，來往肩背交。茶筍挾兩箱，捷過猨與猱。灘聲無時停，半作飛雨飄。天青露峯尖，雪白封林梢。乃知正面山，看仍待來朝。〔註 86〕

《讀史方輿紀要》卷九十五：「宋劉斧曰：『……峯巒巖岫，四十餘所，峭拔奇巧，高下相屬，呑吐雲霧，草木蒙茸，寒暑一色……』朱子曰：『武夷峰巒岩壑，秀拔奇偉。』」〔註 87〕此詩旨在表達閩地山川的濕潤之美，破題即以「竹蓆」的意象帶出翠綠與清涼，兼顧視覺與觸覺上的形容，接著以「鮫綃」形容山間雲氣舒卷，其後的「森霜毫」、「雨露殊」、「霞采饒」、「灘聲」及「飛雨」皆呼應了此處「土潤不焦」的清涼之感與濕潤之美。

「土潤不焦」不獨是山水之美，也與當地的民生與風俗相關。「東西百里中」以下四句所寫之高山農業，特別是「鉏雲種茶槍」〔註 88〕的茶農，可以說是武夷山區最具代表性的特色，也是此詩中最具武夷風味的元素。

此詩對於武夷支山的之奇，僅有「轉轉同剝蕉」等句形容之，重心顯然放在表現此間山川的清新秀麗。但如同詩尾所謂：「乃知正面山，看仍待來朝。」北江順著九曲溪深入武夷山，留下了不少作品，其中如〈回舟第一曲沿嶺至止止菴復古菴紫雲洞久坐大王峯下〉即表現出武夷山雄渾奇偉的一面：

> 一峯雖欲頹，七竅仍未鑿。鴻濛元氣在，妙在不塗堊。縱然工草創，中已具邱壑。天風一吹蕩，響若撼虛橐。抑或開闢始，勢積已欲落。雖無靈物住，幸有怪藤縛。積氣頂

〔註 86〕參見〔清〕洪亮吉著，劉德權點校：《洪亮吉集》，冊 4，頁 1675。

〔註 87〕參見〔清〕顧祖禹《讀史方輿紀要》（臺北：新興書局，1981 年，影印光緒五年（1879）敷文閣本），冊 3，卷 95，頁 1915。

〔註 88〕參見〈自六曲溪上五里至天遊峯〉（參見〔清〕洪亮吉著，劉德權點校：《洪亮吉集》，冊 4，頁 1675）。又《武彝九曲集》中復有〈九曲溪盡已抵星村偶登木架橋望迤西諸嶺〉、〈採茶歌〉等作，專寫茶農茶業。可知武夷茶事實爲北江武夷諸作的表現重點之一。

> 上生，全闔掌中拓。陰陽此分界，雷雨藉旁礴。精藍嵌其下，頭仰手難摸。嚴寒樵跡斷，幸此時損籜。艱危營略彴，層累措高閣。平生好奇性，至此亦錯愕。殘蟾猶未出，零霰已飛薄。終夜坐柁樓，齋心契冥漠。〔註89〕

此詩與洪亮吉晚年的詩作有些不同，從用字修辭上來看，「堊」、「籜」、「彴」等字，較《更生齋詩》、《更生齋詩續集》中其他詩作的選字來得古奧奇僻，頗有《附鮚軒詩》時期初學大謝之味道。用字上的奇與古，以及神話氛圍的營造，是爲了呈現詩中大王峰的雄渾氣勢。《大清一統志》：「相傳昔有神人武夷君居此，故名。《史記・封禪書》漢武帝祀武夷君用乾魚……」〔註90〕仙人、仙居與天地同時並生，不同於吾人生命之體驗，它突破了時間的有限性。此外，武夷山亦被道教奉爲三十六洞天之的十六天，宗教氣氛也帶給詩人另一種奇思幻想——即透過神話傳說的渲染，武夷諸勝彷彿仍帶有天地渾沌未開的鴻蒙元氣，這種「太古」的色彩也增添了詩中山水的厚重感。如「鴻濛元氣在」、「縱然工草創」及「抑或開闢始，勢積已欲落」等句就起了這樣的作用。這些詩句的凝重古拙亦加強了「積氣頂上生，全闔掌中拓。陰陽此分界，雷雨藉旁礴。」等句的張力，大王峯的形象就在鴻蒙元氣「一收一張」之間建立起來。不獨此詩，北江遊武夷諸作如〈武夷山謁沖祐觀兼望武夷諸峯〉：「雙樟森天竿，獨桂墮月斧。仙人五畝宮，破碎竟難補」、「凡茲巖與壑，物物留太古。」、「仙居眞太息，所列祇環堵。」；〔註91〕〈入第一曲宿水光厓望天樞玉女諸峯〉：「荒荒百重莽，積此太古濕。」；〔註92〕〈接筍厓以索斷不得上僅循仙人掌雲窠泉諸勝而返〉：「亭午赤日中，色暗亦如炱。得非太古時，凝此歷劫灰。」〔註93〕等，也使用了同樣的寫作技

〔註89〕參見〔清〕洪亮吉著，劉德權點校：《洪亮吉集》，冊4，頁1680～1681。

〔註90〕參見〔清〕清仁宗敕撰：《大清一統志》，《四部叢刊續編・史部・嘉慶重修一統志》，冊25，卷431，頁10。

〔註91〕參見〔清〕洪亮吉著，劉德權點校：《洪亮吉集》，冊4，頁1677。

〔註92〕參見〔清〕洪亮吉著，劉德權點校：《洪亮吉集》，冊4，頁1678。

〔註93〕參見〔清〕洪亮吉著，劉德權點校：《洪亮吉集》，冊4，頁1679。

巧。〈回舟第一曲沿嶺至止止菴復古菴紫雲洞久坐大王峯下〉結尾「平生好奇性，至此亦錯愕」、「齋心契冥漠」等句，說明了武夷諸勝不獨秀拔奇偉，更有一種神聖的莊嚴，令人驚歎也發人深省。

洪亮吉歸老江南後幾次的「初度登臨」，實足以快意平生，化其塊磊。遊畢武夷所作之〈九曲溪放歌〉充分呈現其心境。茲舉於下：

> 昨訪匡廬君，偶然攜五老。香爐峯前雙白龍，光到九天仍裊裊。今尋武夷君，隨意遊九曲。溪流一曲改一色，九曲溪完建溪續。東南奇秀甲此州，太白恨不同來遊。遂令頑仙占此作洞府，桂幹作屋沉香舟。散人來遊仙亦走，空掛雲蘿洞門口。我知歲月本無常，爾竟欲與乾坤同不朽。月攜仙人笻，夜宿仙人舟。羅山浮山仙蝶已迎客，勸我何不便道遊羅浮。從此凌三山，從此跨十州，快意便與天公遊。不知瓊樓玉宇，我亦住十載，荒飲謫佃星宿海。昆侖仙子亦不留，荷戟歸來顏鬢改。誠不如溪一曲酒一杯，酒盡即擲黃金罍。水底灩灩龍宮開，濯足便已升雲雷。幔亭仙人留客不能住，鼓棹仍尋富春渚。錢塘潮已不及期，歸路卻喜霜螯肥。〔註 94〕

詩人回顧廬山武夷之遊，以開闊的胸襟、戲謔的筆法、快意歌誦神州東南清麗的山水勝景。詩人走筆如溪行，順流而下即「偶然」、「隨意」的帶出廬山、武夷勝景。在詩人奔放的奇思中，「匡廬君」、「武夷君」是可以尋訪的頑仙；五老峰的「五老」是共遊的山友；蝴蝶是羅浮仙山的大使。暢遊東南，獨恨不能與謫仙太白同遊，詩人已能自我解嘲「荒飲謫佃星宿海」的難堪。縱使「幔亭仙人留客不能住」、「錢塘潮已不及期」，但「溪一曲酒一杯，酒盡即擲黃金罍」、「歸路卻喜霜螯肥」，及時行樂，何時何地皆可開懷。此時，北江的生命已帶有東坡「何夜無月，何處無松柏？」的風雅與曠達。高山大野，皆可登覽以自廣，洪亮吉步入天命之年胸襟更爲豁達開闊，則知山川之助人者，不獨詩文。

〔註 94〕參見〔清〕洪亮吉著，劉德權點校：《洪亮吉集》，冊 4，頁 1682。

綜上所論，北江「征戍歸來」後，在詩歌創作上爆發力減弱。山水詩奇警張力與藝術成就不如《卷施閣詩》及《荷戈》、《賜環》兩集，但詩中有機的將山水之美與老者智慧、胸襟結合的「老境」，則是獨屬於這階段詩作的特色。在「舊地重遊」諸作部份，詩人已不似年輕時「甯字不工句必強」、「藉山水以抒狂情」，取而代之的是精準而舉重若輕的粹取、轉換山川之美發之於詩。綜觀《更生齋詩》、《更生齋詩續集》中諸作，筆者以爲大自然亦無形的化解了詩人仕宦生涯的苦難。詩人藉山水以安心，藉山水以放歌，洪亮吉於人事變幻、遠謫伊犁等傷痛，已由憂慮到釋懷，由釋懷到遺忘。而「初度登臨」諸作，我們發現北江對山川的狂熱從未因年紀老大而衰退，只要深入山川，必能徜徉其中、及時行樂。無論是「舊地重遊」或「初度登臨」之作，皆能以山川之壯美、秀美開闊自己的胸襟，散發出儒者不移的生命尊嚴。

第五章　洪亮吉山水詩的寫作技法

《文心雕龍・知音》:「是以將閱文情，先標六觀：一觀位體，二觀置辭，三觀通變，四觀奇正，五觀事義，六觀宮商。」〔註1〕本章探析洪亮吉山水詩的寫作技法，觀察的重心則由小至大，首論其意象的塑造與應用，次論詩句篇章之行布，〔註2〕最後探析詩境中的時空意識與物我關係。觀察策略雖與文心「六觀」之次序稍有不同，但追求「斯術既行，則優劣見矣」的目標仍是一致。

第一節　意象的塑造與應用

在探討洪亮吉山水詩的意象之前，有兩個問題必須處理。首先探討何謂「意象」，其次是從北江山水詩裡，篩選出最主要的意象群，以免研究的對象雜亂無章。

何謂「意象」？在中國的文學評論中，最早合用「意」、「象」爲「意象」一詞者爲劉勰。《文心雕龍・神思》:「使玄解之宰，尋聲律

〔註1〕參見〔齊〕劉勰著，范文瀾註：《文心雕龍註》(臺北：學海出版社，1980年)，頁715。

〔註2〕「行布」是指文章的布置。錢鍾書曰：「『行布』之稱，雖創自山谷，假諸釋典，實與《文心雕龍》所謂『宅位』及『附會』，三者同出而異名也……然《文心》所論，只是行布之常體。」(詳見錢鍾書：《談藝錄》(北京：中華書局，1984年)，頁330。)

以定墨；獨照之匠，窺意象而運斤，此蓋馭文之首術，謀篇之大略。」〔註3〕劉勰「意象」的概念是自玄學而來，王更生註曰：「『意象』一詞，出於王弼易略例明象篇：『夫象者，出意者也，言者，明象者也，盡意莫若象，盡象莫若言，言生於象，故可尋言以觀象，象生於意，故可尋象以觀意。』」〔註4〕王氏引王弼之語，說明了作為抽象意想之「意」、具體形象之「象」，與文學語言之間的相互關係。換言之，「意象」乃是作者的意識與外界景物相交會，經過醞釀之後，藉由文學語言表現出的詩歌元素。詩歌語言中的「意象」與日常語言相異之處，葉燮說得相當明白。《原詩・內篇下》：「可言之理，人人能言之，又安在詩人之言之……必有不可言之理，不可述之事，遇之於默會意象之表，而理與事無不燦然於前者……」〔註5〕這段話說明了，詩中意象具有給予讀者直覺性感知的功能，而使讀者得到理與事「燦然於前」的審美愉悅。

受中國詩影響甚深的一些英美詩人與學者，也紛紛的為「意象」（imagery）尋求定義。詩人龐德（Ezra Pound，1885～1972）於其書信曰：「一個意象是在瞬息間呈現出的一個理性和感情的複合體。」〔註6〕在龐德精確且經濟的定義上，新批評（The New Criticism）的學者討論得更為廣泛而全面。韋勒克（Rene Wellek）和華倫（Austin Warren）以為意象是兼屬於心理學與文學的研究題目；「意象」一詞是指過去的感覺或已被知解的經驗在心靈上的再生或記憶，可依官能感受之不同來分類。〔註7〕西方學者這些重視「綜合經驗的再現」之

〔註3〕參見〔齊〕劉勰著，范文瀾註：《文心雕龍註》，頁493。
〔註4〕參見〔齊〕劉勰著，王更生注譯：《文心雕龍讀本》（臺北：文史哲出版社，1999年），冊下，頁7。
〔註5〕參見〔清〕葉燮：《原詩》，收入丁福保編《清詩話》（臺北：木鐸出版社，1988年），頁585。
〔註6〕轉引自朱立元、李均編：《二十世紀西方文論選》（北京：高等教育出版社，2002年），冊上，頁133。
〔註7〕參見〔美〕韋勒克（R.Wellek）等著，王夢鷗譯：《文學論》（Theory of Literature）（臺北：志文出版社，1992年），頁303。

探討，無疑的更豐富了我們對於中國詩中「意象」的認知。

意象固然是謀篇之大端，然洪亮吉上千首山水詩所展現的意象可謂千變萬化，我們自然只能選擇其應用頻率較高，在詩作中具有關鍵重要性的意象討論。關於山水詩中最重要的意象群，《六一詩話》有一則有趣的記載：

> 國朝浮圖，以詩名於世者九人，故時有集號《九僧詩》，今不復傳矣……當時有進士許洞者，善爲詞章，俊逸之士也。因會諸詩僧分題，出一紙，約曰：「不得犯此一字。」其字乃山、水、風、雲、竹、石、花、草、雪、霜、星、月、禽、鳥之類，于是諸僧皆閣筆。〔註8〕

且不論這則記載的眞實性與趣味性，宋初九僧以山水題材爲其主要創作傾向，而許洞所設限者，即模山範水所不能或缺的自然意象群。洪亮吉詩中的山水意境，其組成的元素亦以這些意象群爲主。是以本節論洪亮吉在意象層面的寫作技巧，就著重於這些意象群的加工上。

從句法的變化、修辭的潤飾各方面來看，筆者以爲北江對意象的提煉可分爲「物性的強調」及「動態的演示」兩個層面來探討。此外，觀察北江山水詩我們發現某些意象（如松、禽）一再的被引作隱喻，而它們亦「固定地反覆著那表現的與那重行表現的，它們成爲了象徵，成爲了象徵（或神話）體系的一部份」。〔註9〕這個部分在探析山水詩所使用的意象時，亦不能忽視，是以分別論之於下：

一、物性的強調

「山水、風雲、竹石、花草、雪霜、星月、禽鳥」這些重要的意象群組，詞性皆爲名詞。洪亮吉在處理這些意象時，除了以白描的手法使意象與意象之間相互輝映之外，亦往往運用數詞、形容詞來強調

〔註8〕參見〔宋〕歐陽脩：《六一詩話》，收入〔清〕何文煥編：《歷代詩話》（北京：中華書局，2004年），冊上，頁266。

〔註9〕語見〔美〕韋勒克（R.Wellek）等著，王夢鷗譯：《文學論》（Theory of Literature），頁308。

名詞意象的物性，使詩中意象浮現而出，使字質（texture）的表現更爲豐富。在「物性強調」這個層面，北江詩中最常出現的修辭策略主要有二：一是數字的應用，二是色彩的鋪設。先論數字的應用：

（一）數字的應用

關於數字應用，黃永武曰：「在詩歌寫作技巧上，對於一個單寫的事物，往往不易顯示特色，那就須用背景的陪襯或對比的映照，使意象顯映出來。最常見的襯映方法，是數字上的，如用『萬』與『一』來對比……」〔註10〕這種修辭策略屢見於洪亮吉詩，特別是古體。北江詩在數字應用上，其結構大抵爲以下三種，茲舉數例於下：

1、數詞＋名詞

（1）一松如龍黑天半，松根一龍幹九龍，欲攫臺殿淩虛空。（〈戒壇古松歌〉）〔註11〕

（2）一院千聲出，風蒲葉葉秋。（〈七夕獨遊放生禪院兼至楊氏宅訪友有懷進士倫武昌〉）

（3）一馬行天半，雙旌逼嶺頭。（〈永寧道中〉）

（4）羊場驛外千山亂，一郡如巢突天半。（〈將抵南籠道中作〉）

（5）兩關皆虎豹，一棹若蜻蜓。（〈自鎮遠舟行至常德雜詩〉）

（6）殘更一鳥獨啼樹，新漲萬魚爭出橋。（〈夜宿南湖起眺殘月〉）

（7）千峰萬峰兩模糊，一峰獨立天所都。（〈豐溪道中望天都峰作〉）

2、數詞＋量詞＋名詞

（8）空蒼千盤松，紺翠百仞壁。（〈八月二十五日薄暮自吳門抵靈巖山館偕張上舍復純等止宿次日得詩六首即寄西安節署〉）

〔註10〕參見黃永武：《中國詩學‧設計篇》（臺北：巨流圖書公司，1992年），頁38。

〔註11〕本章所引北江詩句作爲分析材料者甚多，皆引用自〔清〕洪亮吉著，劉德權點校：《洪亮吉集》（北京：中華書局，2001年）。爲清耳目，僅於句末標明引自何詩，不另行加註標明出處。

（9）西沛百里江，東照十里郭。（〈遊九華山止一宿菴〉）
（10）料量三日雨，留得一溪雲。（〈出新店驛雨暫止留東李學使傳態〉）
（11）前經百重樹，始隔一川雲。（〈渡重安江上嶺作〉）
（12）百折水紋千層嶺。（〈渡烏江〉）
（13）十折五折泉，千聲百聲磬（〈方廣寺夜宿〉）
（14）遙天十重雨，曉止下三重。別有七重霧，分埋南北峰。（〈雨中望幕府山〉）

3、名詞＋數詞＋量詞

（15）山石百級，湖波千層。（〈七月望日關前湖放燈復至梅子山憩臨湖亭作〉）
（16）卻上嶺千盤，靜看汾一曲。（〈晚宿水頭鎮〉）
（17）淀落雲千頃，秋成菜百畦。（〈由涇陽驛早發至望都縣小憩復抵清風店〉）
（18）豈料塵千尺，猶留水一方。（〈蓮花池暮訪汪修撰如洋不值〉）

這三種短語句型穩定得近乎板滯。為了避免這個弊病，洪亮吉遂從數詞與量詞下工夫。如（1）例的「一松」、「一龍」、「九龍」，讀者聚焦之處隨著數字的變化而跳動；（6）例由「一鳥」先出，「萬魚」後出，「一」與「萬」的對比使讀者的視野見廣；（7）例則反之，由「萬」至「一」以突顯主題「天都峰」；又如（13）例「十折」、「五折」，「千聲」、「百聲」由數字上的遞減，營建出一種宿於禪林而身心漸靜的氛圍。這些都是在數詞上所下的功夫。

數詞中北江最常用者是「一」，「一」字具有對凝聚時間空間的效果，如（10）例與（11）的「一川雲」、「一溪雲」，以名詞為「借用量詞」，〔註12〕使詩句較為簡淨。

除了以這三種短語句形結構為主，北江亦加入了一些有趣的修

〔註12〕有些名詞（多半表示容器的）可以臨時用作量詞，叫借用量詞。參見劉月華、潘文娛、故韡等著：《實用現代漢語語法》（臺北：師大書苑有限公司，2004年），頁75。

辭，而不泥於這些句型，使數字與意象的相對過於死板。如下面諸例：

（1）萬家燈火千人石，一帶樓台五色花。（〈虎邱〉）

（2）雲門古松三十七，三十六株鱗盡裂。一松蟠蟠徑離石，勢欲上天猶去尺。（〈縹紗嶺納涼〉）

（3）千盤升天門，再轉入地腹。先行聊示勇，寄命一支燭。（〈由慧聚寺上嶺行三里許抵化陽洞復持火入洞二里許〉）

（4）五家村裏獨裴回，奇絕峰巒面面開。三百橐它燈一盞，夜深偷渡黑溝來。（〈黑溝步月〉）

（5）二分明月三生夢，萬樹梅花一客吟。（〈初至梅花書院〉）

（1）例中用四數字，「千人石」乃專有名詞、「萬家燈火」乃常見套語，兩者句內相對反而去「俗」而生趣。前句復與後句數字相對，正對的巧妙排解了數字堆垛的繁雜。（2）例第一句的「三十七」後面省略量詞，卻於第二句「三十六」後補上，而「三十七」、「三十六」皆實數，較虛數的「千」、「萬」更能強調「一松蟠蟠」的逼眞。（3）例以「一支燭」呼應詩首「千盤」的峻峭山勢，新奇的對比突顯了詩人冒險精神。（4）例「三百橐它燈一盞」用通俗但準確的修辭掌握夜裡群山戴月之意象。（5）例亦用四數字，前句「二分」、「三生」在虛處用力，營造飄邈的美感，而後句「萬」、「一」相對，使視野聚焦於「一客」上，與「明月」、「幻夢」、「萬樹」相對，「一客」的寂寥瀰漫在字裡行間。王士禎對數字應用很有見地，《帶經堂詩話》云：「唐詩如『故鄉七十五長亭』、『紅闌四百九十橋』皆妙，雖算博士何妨，但勿呆相耳。所云錄鬼簿，亦忌堆垛。高手驅使，自不覺也。」〔註 13〕這一席話將數字應用的重點標明出來，即「勿呆板堆垛，貴自然而然。」北江詩在數字的應用上，頗有令人吟詠再三之處。

（二）色彩的鋪設

鋪采設色對文學作品的重要性，早在六朝的文學批評即已點出。

〔註 13〕參見〔清〕王士禎：《師友詩傳續錄》，收入丁福保編《清詩話》，頁 155。

如《文心雕龍・情采》：「故立文之道，其理有三：一曰形文，五色是也；二曰聲文，五音是也；三曰情文，五性是也。五色雜而成黼黻，五音比而成韶夏，五性發而爲辭章，神理之數也。」〔註14〕強調「五色」與文章視覺之美；《詩品・序》：「宏斯三義（按：賦、比、興），酌而用之，幹之以風力，潤之以丹彩，使味之者無極，聞之者動心，是詩之至也。」〔註15〕標明色彩鋪設對文學作品的潤飾作用。然文學作品中的設色並不只是自然顏色的複製與再現，它是可以超越視覺之眞實的。色彩學學者林書堯說得確切：

> 文學、詩歌裡面的色彩描寫，富於聯想與心理彈性，以及綜合的感覺經驗性，天方夜譚雖非視覺的眞實，可是有時能產生視覺所無法辨到的綺麗的幻覺。每當聽覺刺激到大腦神經而喚起視覺神經時，那種田園的美、夜光的美、汪洋的美、幻想的美、……那是形色奇妙的昇華，歷歷如天堂現影。〔註16〕

詩歌意象色彩效果的呈現有兩種情況：第一種是以顏色字（如「黑」、「白」、「紅」、「綠」）標明中心語的色澤；第二種是應用意象本身即隱含色彩（如「玉」、「雪」、「桃」、「柳」），即便無顏色字標明其顏色，在詩句中仍具有色彩分明的效果。洪亮吉詩對色彩的描寫又是怎樣的情形呢？他屬於善用顏色字者——以顏色字點綴、映襯、標明的作用，使其詩境的視覺呈現更爲活潑。故本文討論的重心放在第一種，而首要的工作是梳理北江詩中主要的顏色字，依色彩學與《康熙字典》中的釋義分類如下：

1、無彩色：

黑色系：黑、玄、元、皁

白色系：白

〔註14〕參見〔齊〕，范文瀾註：《文心雕龍註》，頁537。

〔註15〕參見〔梁〕鍾嶸：《詩品》，收入〔清〕何文煥編：《歷代詩話》，冊上，頁3。

〔註16〕參見林書堯：《色彩認識論》（臺北：三民書局，1995年），頁20。

2、三原色：

青色系：〔註17〕青、碧、蒼、翠、黛

黃色系：黃

赤色系：〔註18〕赤、朱、紅

3、間色系：

綠色系：〔註19〕綠

紫色系：〔註20〕紫、紺

此分類尚未完全適用於山水詩的設色分析，原因是中國文學中青色系字與綠色關係曖昧。以色彩學的角度與字典的定義，青色系與綠色實應分開，然在中國傳統的觀念中，「青」在色相或明度上的涵蓋範圍甚廣——「青絲」的「青」是黑色、「青天」的「青」是藍色、「青草」的「青」則是綠色，「青」的色澤實有賴於上下文的關係決定，而北江詩中青色系色詞往往近於綠色。〔註21〕因此爲了分析的有效性，筆

〔註17〕關於碧的定義，《增韻》：「碧，深青色。」（參見〔清〕張玉書等奉敕纂：《康熙字典》（臺北：文化圖書出版社，1994年，影印同文書局本），頁761。）；蒼的定義，《說文》：「草色也。」又《易．說卦傳》：「震爲蒼筤竹。《臨川吳氏註》：『蒼，深青色。』」（參見〔清〕張玉書等奉敕纂：《康熙字典》，頁978。）；翠的定義，《爾雅．釋山》：「未及上翠微，《疏》謂：『未及頂上，在旁陂陀之處，名翠微。一說山氣青縹色，故曰翠微。』」（參見〔清〕張玉書等奉敕纂：《康熙字典》，頁885。）；黛的定義，《楚辭．大招》：「粉白黛黑。《註》：『黛畫眉鬢，黑而光淨。又青黛，似空青而色深。』」（參見〔清〕張玉書等奉敕纂：《康熙字典》，頁885。）

〔註18〕關於朱的定義，《山海．西荒經》：「蓋山之國有樹，赤皮，名朱木。又朱赤，深纁也。」（參見〔清〕張玉書等奉敕纂：《康熙字典》，頁438）；紅的定義，《說文》：「帛赤白色。」（參見〔清〕張玉書等奉敕纂：《康熙字典》，頁844。）

〔註19〕關於綠的定義，《說文》：「帛青黃色也。」（參見〔清〕張玉書等奉敕纂：《康熙字典》，頁854。）

〔註20〕關於紫的定義，《說文》：「帛青赤色。」（參見〔清〕張玉書等奉敕纂：《康熙字典》，頁847。）；紺的定義：《說文》：「帛深青揚赤色。」（參見〔清〕張玉書等奉敕纂：《康熙字典》，頁848。）

〔註21〕林書堯：「自古綠與青綠的用法頗多含糊的地方，如青菜與綠菜之

者以爲青色系與綠色系應合併成爲青綠色系，它的範疇如下所呈：

青綠色系：青、碧、蒼、翠、黛、綠

釐清此點，我們續論北江詩中鋪采設色的幾種現象。首先，洪亮吉有時會以若干詩句強調單一色系：

（1）皁雕如鵬排齒舞，黑蜧象龍交角戲。（〈自烏蘭烏素至安濟海雪皆盈丈十餘日不見寸土因縱筆作〉）

（2）赤城何止山光赤，萬樹桃花助顏色。桃花深處初日紅，復有海上晴霞烘。（〈上赤城山憩上下二寺〉）

（3）斷厓崚峋石色紫，厓上沈沈日光死。（〈再度響琴峽〉）

（1）例用「皁」、「黑」兩字，實表一色，無足深論。（2）例的字質呈現較（1）例豐富得多，蓋「紅」是赤白合成，而白色是無彩色，白對赤的影響只是明度上的，而非色相的轉變。而「桃花」、「初日」、「晴霞」等意象亦隱含了赤色系的色澤，這些意象更「助顏色」使「赤」、「紅」明度上的變化更爲豐富有趣。（3）例亦是著重在明度上，「沈沈」、「死」等詞標明了詩中之「紫」明度較低。以「死」來描寫光線，其修辭的張力尤爲強烈。〔註22〕

從配色原理來看，任何一種顏色，並沒有美的顏色或不美的顏色

別，又如形容樹木茂盛之謂『青青』，可見一般習慣青字是指青綠色系的色彩。」（參見林書堯：《色彩認識論》，頁165。）

〔註22〕相較於其他色系，紫色系在北江山水詩中出現的頻率甚少。然書寫紫色系時，多有與「死」字並用的情況出現，除本例外又如〈環峰閣〉：「芙蓉花生溪水死，一半遊鱗鏡中紫。」（參見〔清〕洪亮吉著，劉德權點校：《洪亮吉集》，冊3，頁1383。）除了韻腳關係外，筆者以爲這種書寫策略頗似李賀。長吉詩設色穠麗，誠如王思任《李賀詩解敘》曰：「人命至促，好景盡虛，故以其哀淒之思，變爲晦澀之調，喜用鬼字、泣字、死字、血字，如此之類。」（轉引自〔唐〕李賀著，楊家駱編：《李賀詩注》（臺北：世界書局，1996年），頁5。）李賀〈北中寒〉：「一方黑照三方紫，黃河冰合魚龍死。」（參見〔清〕清聖祖敕撰，〔清〕曹寅、彭定求等輯：《全唐詩》（北京，中華書局，1985年），冊12，卷393，頁4429。）即紫、死並用。湯大奎《炙硯瑣談》論人所未論，以爲北江詩出入昌谷（參見錢仲聯：《清詩紀事》（南京：江蘇古籍出版社，1989年），冊10，頁6787。）確實有其立論的依據。

之分，而是兩種以上的顏色配放在一起時比較其結果，顏色才因配色效果而產生好與不好、美與不美的差別。〔註 23〕這個道理也通行於文學作品的鋪采。北江詩中兩種色系的搭配模式，如下表所列：

1、對比配色

赤對青綠：

（1）天青下合水泉碧，山綠暗裏樓臺紅。（〈白鹿泉〉）
（2）馬頭拂青馬尾紅，青山亦隨馬首東。（〈三月二十六日同人至崇效寺看花作〉）
（3）紅墻及巖麓，碧瓦山翠膩。（〈遊西山自花犁坎至慧聚寺因止宿〉）
（4）淡紅十里杏花路，淺碧四圍楊柳山。（〈十九日至城東看花至芳杜洲作〉）
（5）雲紅開層扃，草綠迷半里。（〈清曉由盩厔書院二十里入南山遊玉女泉歷黑龍潭並憩仙遊寺作五首〉）
（6）山前月綠山背紅，十里燈火連青松。（〈自錢唐放舟至上虞即唐大令仁植嵊縣〉）
（7）天壓松杉綠，雲連橘柚紅。（〈將至辰州道中望大小酉諸山作〉）
（8）山泉圍郭綠三里，村樹接天紅一層。（〈春分日抵安平行館作〉）
（9）隄旌紅閉野，岸柳綠窺隙。（〈寒食出安順府西門校射〉）
（10）青草添波綠，高雲映樹紅。（〈山陰舟中〉）

黃對紫：

（11）胡蝶翅黃花蕊紫。（〈九月十九日偕汪布衣鯤林上舍鎬至平山堂北萬花村訪菊率成五絕句〉）

黑對白：

（12）山光欲雨江欲晴，雲黑復白波爲明。（〈涉漢欲至峴首輿

〔註 23〕參見何耀宗：《色彩基礎》（臺北：東大圖書有限公司，1982 年），頁 75。

丁誤輿入九宮山時日已江暝因小憩而返〉）

2、鄰近配色

青對黃：

（13）老樹綠零前夜雨，夕陽黃破半城烟。（〈觀音閣〉）

（14）花黃不到處，點入四山黛。（〈連日風雨杜鵑紅者盡落富有黃色一種花較大滿山谷喜而有作〉）

青對紫：

（15）空蒼千盤松，紺翠百仞壁。（〈八月二十五日薄暮自吳門抵靈巖山館偕張上舍復純等止宿次日得詩六首即寄西安節署〉）

赤對黃：

（16）黃悲西逝日，紅傷秋末花。（〈晚泊櫟樹灘〉）

3、有彩色與無彩色之配色

青綠對白：

（17）白訝懸泉影，青流飛矢聲。（〈初六日小雨至都勻府西門外試射士〉）

（18）千盤青雲梯，百折白石嶺。（〈下石屋嶺徧遊石屋水樂諸洞〉）

赤對白：

（19）湖堤灣環湖月白，復有斜陽半湖赤。（〈舟行三塔蕩看月〉）

（20）花紅宜朝暾，花白宜曉月。（〈山樓曉望〉）

赤對黑：

（21）河流五夜色昏黑，一片日紅先射關。（〈潼關門〉）

黃對白：

（22）水鳥依沙白，天星映月黃。（〈夜至林水驛〉）

（23）斜陽殘黃月殘白，涼暖樹頭分頃刻。（〈月波台晚坐待月〉）

紫對白：

（24）紫藤垂岸陡，白鳥渡松陰。（〈山行〉）

（25）紫燕白鴿爭歸巢。（〈三臺夜宿〉）

對比配色即兩色互爲補色的搭配，鄰近配色即某色系與其在色環中鄰近的色系相搭配（如「赤」與「黃」）。關於補色，林書堯曰：「一般的情形，若把兩種色彩按依定的比例相加，而混合出來的色彩，結果變成無彩色時，這兩色就叫做互爲補色……依正確的理論觀點，稱這種補色爲物理補色。」〔註24〕然而研究藝術作品中的鋪色、補色關係更密切相關的是心理補色——它涉及了人類的感知能力及深層心理。〔註25〕舉例來說，在研究物理補色時，無彩度的「黑」與「白」並不在探討的範圍內，但「黑」與「白」在文學作品中的並用對比的情況卻屢見不鮮；一些非物理補色者，在文學作品中中卻有對比互補的效果。對文學作品中的補色朱光潛有精闢的見解：

> 最適宜配合的是互爲補色的兩種顏色，補色的調和屬於生理作用，任何兩種補色擺在一起時，視神經可受極大量的刺激，而受極小量的疲倦，所以補色的配合容易引起快感。〔註26〕

洪亮吉在對比配色上帶給讀者怎樣的快感呢？北江詩裡的情形誠如上表諸例的比例，出現頻率最高的是赤色系與青綠色系的搭配，黑白、黃紫的搭配相對罕見。托名荊浩的〈畫說〉曰：「紅間綠，花簇簇。」〔註27〕簡單但明確的說出紅綠並用的鮮明、繽紛之效果。赤色系的刺激作用很大，而青綠色系對生理與心理的作用極溫和，色性屬於中性篇冷，〔註28〕兩者搭配起來自有平衡的效用。青綠色系涵蓋的範圍甚廣，在青綠色系與紅色系搭配的詩句中，洪亮吉有時亦強調青綠色系本身色澤光影的微妙變化。如（1）例「青→碧→綠／紅」、（3）例「紅／碧→翠」、（10）例「青→綠／紅」等，而某些意象（如：「天」、

〔註24〕參見林書堯：《色彩認識論》，頁117。

〔註25〕參見林書堯：《色彩認識論》，頁118。

〔註26〕參見朱光潛：《文藝心理學》（臺北：開明書局，1999年），頁254～255。

〔註27〕轉引自俞崑編：《中國畫論類編》（臺北：華正書局，1984年），冊上，頁613。

〔註28〕參見林書堯：《色彩認識論》，頁159、163。

「雲」）本身的隱含色彩在這些句中也起了作用。

至於鄰近色搭配與有彩色無彩色的搭配，其審美快感普遍小於對比色搭配，是以細膩的修辭更爲必要。在一些詩句上我們看得見洪亮吉的加工。首先如（16）（17）兩例顏色字孤立於句首，這種對感知序列的倒裝即北江學習杜甫的痕跡之一。范晞文《對床夜話》：「老杜多欲以顏色字置第一字，卻引實字來，如『紅入桃花嫩，青歸柳色新』是也，不如此則語既弱而氣亦餒。」〔註29〕在此種句型中，顏色字超越附屬修飾的地位，而成爲視覺意象的主幹。〔註30〕細論（16）例：「黃悲西逝日，紅傷秋末花」，赤黃並用的視覺效果則「紅間黃，秋葉墮」〔註31〕因爲顏色字置於句首而被強調，我們在閱讀該句的第一個字，即被其顏色字隱含的色彩心理影響。偏暗偏濁的黃、紅，帶給人「沒有希望」、「哀傷」的感受，〔註32〕此心理感受連結了詩中的動詞「悲」、「傷」。句中的「西落日」、「秋末花」也補充說明了詩首的顏色字在光澤上是偏濁偏暗的。此詩例視覺意象的飽滿呈現，決定於「紅間黃」的色彩氛圍以及一字一詞之間的相互作用。除此句型外，

〔註29〕參見〔宋〕范晞文：《對床夜語》，收入《百部叢刊集成》（臺北：藝文印書館，1966年，轉印《知不足齋叢書本》），函3，輯29，卷3，頁2上。

〔註30〕關於杜甫此種句法，前賢多有深論。梅祖麟、高友工：「杜甫把表示色彩的字放在行首……我們首先意識到生動的色彩，然後再感受到色彩所代表物體的輪廓。」（參見梅祖麟、高友工著，黃宣範譯：〈論唐詩的語法、用字與意象（上）〉，《中外文學》，第1卷第10期，1973年10月，頁49）；歐麗娟曰：「其實杜甫不只將顏色字題置句首，下面再引出此一顏色所附屬的實物，又更在色彩和實物之間插入其他動作、狀態等說明而造成阻隔，造成色彩孤立於句首的現象，此裝造結構的特殊性，使得色彩脫去了附屬、修飾的次要角色，一躍而獲至搶盡感受之先機的主要地位，讓讀者在閱讀的接收過程中，視覺的感官功能得到充分的重視和擴展，強化了對色質的印象和掌握，也因此詩句的視覺意象更加突出而飽滿。」（參見歐麗娟：《杜詩意象論》（臺北：里仁書局，1997年），頁159）

〔註31〕轉引自俞崑編：《中國畫論類編》，冊上，頁613。

〔註32〕參見林書堯：《色彩認識論》，頁159、161。

（13）（19）（21）（23）等例的顏色字也不單起了設色的作用，「黑」、「白」、「黃」、「赤」更點明了時間的關係。只是相較於（16）（17）兩例，這些詩句對意象的加工鍛鍊上遂相對失色了。

洪亮吉山水詩並不會專寫單一色系或兩色相對，活活潑潑並陳諸色以求璀璨繽紛的明亮效果，更常見於其詩：

（1）青苔點朱符，元鵶咒紅燭。（〈夜宿茅山元符宮至印房待月復下飲石壇作〉）

（2）炊煙飛青水煙白，襯得斜陽滿江赤。（〈傍溪菴〉）

（3）青松高穴蒼鼠肥，紅葉遠雜烏雛飛。（〈自潭柘寺至龍潭久憩〉）

（4）林紅無天光，竹綠補地影。藍輿及曛黑，顧視不可省。（〈自黃巖至樂清經盤石斤竹十餘嶺兼望雁蕩諸峯作〉）

（5）僧雛髮白野猿老，只有鶴頂紅逾仙。四山松栢悉合抱，榦老盡起青蒼烟。（〈十五日自京口渡江至焦山憩定慧寺作〉）

（6）水綠明城上，山青入鏡中。魚苗上波黑，鳥喙集枝紅。（〈舟中望青山因憶舊遊作〉）

（7）紅紅白白競顏色，敬亭山放朝晴時。山雲青黃水雲黑，襯得此花成五色。（〈廿一日抵宣城偕凌教授廷堪戴孝廉揚煇暨蔣表姪德培至城南看桃花值雨〉）

（8）柳絲垂黃不垂碧，雨脚飄青復飄白。風林吹散一萬雅，隨我東來蔽江黑。（〈夜泊金山寺〉）

（9）千峰萬峰同一峰，峰盡削立無蒙茸。千松萬松同一松，幹悉直上無回容。一峰雲青一峰白，青上籠烟白凝雪。一松梢紅一松墨，墨欲成霖赤迎日。（〈松樹塘萬松歌〉）

（1）到（5）是在短短幾句內運用三色者，（6）到（9）是運用四色以上者，用色雖然密集但卻因爲筆法的平鋪直敘、韻律的自然跳動使其詩句的視覺效果不至於過於穠麗。特別如（9）例同時展現了詩人在使用數字與鋪色上的才華，用十個數字而不堆垛、用七個顏色字而不令人眼花撩亂，足見〈松樹塘萬松歌〉作爲洪亮吉詩的代表作之一，是有其依據的。除了此種密集的鋪色手法，北江一些詩作在設色上是隨意點染巧妙生姿，以〈白水河〉爲例：

> 我尋白水源，澗削流殊細。西經白虹橋，河聲始如沸。前行十里響不停，巨石欲裂穿驚霆。河流至此經千曲，激得飛濤欲升屋。回頭屋後山俱破，卻讓河流隙中過。非烟非霧鬱不開，此景豈是人間來。忽驚一白垂無際，高欲切天低蓋地。泉聲落處構一亭，水色正壓羣山青。離潭一尺波如斛，襯出空潭影逾綠。蠻方三月景不妍，賴此兩兩懸珠簾。轉愁萬古簾難捲，隔得仙源愈深遠。潭旁一枝花較紅，照影只在空潭中。四圍山色高如岸，衹覺白雲顏色暗。眼中神物誰得看，會待月午波心寒。行客去不停，孤吟我偏久。泉飛兩派君知否，分送行人出山走。(〈白水河〉)

「白水」、「白虹橋」兩專有名詞裡的「白」不爲顏色字，除此之外全詩212字中，顏色字「白」、「青」、「綠」、「紅」僅五字，佔不到全詩的百分之三。然這五個顏色字卻起了關鍵作用。「白」以不同的亮度挑明瀑布與飛雲的色澤，詩中主題之瀑布佔了較高的亮度，這是亮度上的突顯。山「青」水「綠」花「紅」，青與綠和諧融合、青綠與紅的對比、亦在無彩色「白」作爲底色的情況下達到良好的平衡。從此詩我們發現北江出色的詩作中，不須大量的設色即有畫龍點睛之功。《文心雕龍・物色》:「凡摛表五色，貴在時見，若青黃屢出，則繁而不珍。」又曰:「物色雖繁，而析辭尚簡；使味飄飄而輕舉，情曄曄而更新。」〔註33〕以此標準檢驗洪亮吉詩，我們發現北江非但可以將顏色字用得很精簡而突顯視覺意象，亦能使用的很繁多卻不害其審美效果，其設色的技巧已突破《文心雕龍》所顧慮的範疇，優游於繽紛的色彩之中。

二、動態的演示

關於動態的演示亦可分兩部分論之，即動詞的提煉與擬人的手法。動詞的提煉與意象的動感息息相關；而修辭學上的擬人，其使用

〔註33〕參見〔齊〕劉勰著，范文瀾註：《文心雕龍註》，頁694。

的關鍵亦多在動詞，故於此處一併論之。

（一）動詞的提煉

洪亮吉《北江詩話》謂己詩如「激湍峻嶺」，可見詩人對其詩境中動態的演示頗感自豪。洪亮吉山水詩並不以靜景並置爲主，取而代之的是以動詞來「活化」名詞屬性的主要意象群，並促進詩歌節奏的如激湍般直下奔流。這種重視動詞的修辭策略，范諾羅沙（E.Fenollosa）如是說：

> 所有的自然現象，聲、光、化、熱等都少不了要牽涉到二點間「力」的轉移。語言裏頭也有類似的現象：任何一個動作必須牽涉到一個主動者與一個受動者。常見的中、英文句子都能表達這一最自然的自然現象「力」的轉移：引發行爲的主動者是主語，表示行爲的是動詞，承受行爲的是賓語。行爲是「力」，移轉於主、賓兩點之間，因此主一動一賓的語句直接反映出自然界的現象，使語言接近物體。同時，由於語言必含有動詞，使得所有的語句成爲一種戲劇性的詩歌。〔註 34〕

范氏認爲書寫自然現象的詩歌必須強調其「力的轉移」，而我們在面對文學作品時，從語法的角度上，關注重心應放在動詞。事實上，中國傳統的詩人從沒忽略鍛鍊動詞的重要性。無論是苦於「推」、「敲」的賈島或王安石在春風句上「綠」字的斟酌，早就是眾所皆知的故事。宋人論及煉字，動詞的應用往往是詩句好壞的關鍵。葛立方曰：「作詩只在煉字。如老杜『飛星過水白，落月動沙虛。』是煉中間一字。『地坼江帆隱，天清木葉聞。』是煉末一字。」〔註 35〕所煉之處都是動辭。又如江西詩派論詩眼，呂居仁《童蒙詩訓》云：「潘邠老云：七言詩第五字要響。如『返照入江翻石壁，歸雲擁樹失山村。』『翻』

〔註 34〕轉引自梅祖麟、高友工著，黃宣範譯：〈論唐詩的語法、用字與意象（上）〉，《中外文學》，第 1 卷第 10 期，1973 年 10 月，頁 33。

〔註 35〕轉引自〔宋〕魏慶之：《詩人玉屑》（臺北：世界書局，1992 年），卷 8，頁 172。

字，『失』字，是響字也。五言詩第三字要響。如『圓荷浮小葉，細麥落輕花』『浮』、『落』字，是響字也。所謂響者，用力者也。」〔註36〕對此論點錢鍾書曰：「觀潘、呂論『響』之舉似，非主字音之浮聲抑切響，乃主字義之爲全句警策，能使餘四字六字借重增光者……」〔註37〕雖然所謂煉字或詩眼未必皆爲動詞，但從以上諸例著力處皆爲動詞，可見描寫自然景物時著重於「力（動作）的轉移」，特別能使名詞意象生光。我們看洪亮吉詩在五言第三、七言第五等字該「用力者也」處，是如何捕捉「力的轉移」：

（1）昏帆迫潁岸。（〈泊舟潁上縣見月〉）

（2）紅葉裹歸僧。（〈湢湖夜望〉）

（3）天半松濤刮夢來。（〈鄧尉看梅雜詩〉）

（4）天半亂霞烘馬足。（〈三臺夜宿〉）

（5）天光被原野，星景定川澤。（〈山行〉）

（6）陰厓絕風雪，寒影刺日月。（〈郿縣道中望太白山積雪越日清曉復由縣抵清湫鎮入太白山三里憩上池作五首〉）

（7）夜袂出螢火，帆檣掠夜烏。（〈二鼓順風自花揚鎮放舟至蕪湖作〉）

（8）漿仄開波暝，星圓蓋樹涼。（〈蓮花池暮訪汪修撰如洋不值〉）

（9）露光開梵剎，雲影抱人家。（〈八匡塘〉）

（10）松陰灑危殿，嵐光度寒門。（〈久憩龍神殿觀泉源并喜春海棠復開〉）

（11）谷暗緘朝雨，池寬熨夕陽。（〈避暑〉）

五言中用力於第三字者，詩例還有不少，七言中鍛鍊第五字者則比較少見。這些例子中，位於上述所謂「詩眼」所在的動詞，顯然都是經過千錘百鍊。這些動詞雖有不同的特質：如（3）之「刮」、（4）之「烘」的新奇；（5）之「定」、（6）之「刺」的誇示；（1）之「迫」、（2）之「裹」、（7）之「掠」的精確，但它們皆表現了動作而非靜態動詞，

〔註36〕轉引自〔宋〕魏慶之：《詩人玉屑》，卷8，頁140。

〔註37〕參見錢鍾書：《談藝錄》，頁330。

〔註38〕同時也形成詩句的警策。五言第三、七言第五字的動詞運用，往往穩定了「主一動一賓」的句型，這有助於對仗之工、齊整之美，也易犯板滯之失。為了避免近於口語之穩定句型所帶來的僵化，動詞的加工是絕對必要的。唯有透過提煉動詞為詩句帶來「陌生感」，才能賦予詩句審美的效果。精確的動詞是起了怎樣的作用呢？（1）例「昏」、「頹」兩形容詞縮小且強調了名詞的物性，陰鬱的水邊有賴於一個動詞使畫面呼之欲出。倘若此句的動詞為「入」、「近」、「靠」、之類，那麼全句便黯然失色，如童蒙所作。「迫」一現，則引領出氛圍的蕭瑟、厚重。再看誇示的動詞，（5）例之川澤本為流動不息之物，動詞「定」一出，突顯了星影的閃亮，水流亦為此光芒而停歇。此句非但有意象之美，亦帶有「求靜於諸動，不釋動以求靜」的哲理高度。倘易之以「對」、「照」等動詞，則無此之美矣。又如動詞之新奇，（4）例「烘」字，筆者以為與其解作「烘托」，不如解作「烘暖」。「烘暖」所隱含的火焰之紅，補充了名詞意象「亂霞」的色彩質感，亦為視覺的意象帶來感官移就之作用。至於（11）之「緘」和「熨」，更兼新奇、精確等長處，其字質的豐富表現，又在其他諸例之上了。

然而在五言第三、七言第五字等處下工夫，終究只是潘、呂等人為教導童蒙學詩的重點提醒。高手作詩，不會囿於一隅。洪亮吉詩中的動詞運用亦是如此：

（1）露翻千葉白，雲定半湖陰。（〈四鼓渡鶯脰湖〉）
（2）岸藏茅屋小，村入密林長。（〈夜至林水驛〉）
（3）氣收遙夜黑，光逼曙星紅。（〈侵曉夜波台看日出〉）
（4）徑削才容馬，溪喧欲上魚。（〈回龍洞〉）
（5）挂枝鵲瞰孤行客，逆水魚吞乍落花。（〈天然菴〉）

〔註38〕靜態動詞主要在描寫物性，凡中文形容詞用在述語位置而不用繫詞者，可稱之為靜態動詞。如「遲日江山麗，春風花鳥香。」中的「麗、香」兩字。這兩個靜態動詞顯然地並不表現動作，只是靜態的描寫而已。詳見梅祖麟、高友工著，黃宣範譯：〈論唐詩的語法、用字與意象（中）〉，《中外文學》，第1卷第11期，1973年11月，頁102。

（6）厓窮樹猶複，川盡烟復補。（〈發新安江〉）

（7）星芒幾點險欲落，塔影七層危難支。（〈出海甯城東登塔院看潮〉）

（8）落月一峰牀上墮，一塔從空復飛出。（〈崑山登文筆峯〉）

（9）奔星空谷中，驅濤廣川末。（〈自黃巖至樂清經盤石斤竹十餘嶺兼望雁蕩諸峯作〉）

（10）柳絲綠蘸孤山麓，一院風光都皺綠。（〈十五日偕華大令瑞潢何文學元錫臧秀才禮堂泛舟至金沙港抵暮乃返〉）

（11）房簷交層雲，松子一尺浮。（〈過二仙橋憩媼神洞〉）

（12）出門欲看山，山險落額上。（〈獲鹿縣早行〉）

（13）北風排南山，山足亦微動。（〈肋巴泉夜起冒雪行〉）

（14）濃雲浮江帆不舉，江北江南洗春雨。（〈曉登慈壽塔〉）

（15）出屋始見山，啓户凝碧流。（〈自一宿菴至中峯〉）

（16）港轉風收上寒月。（〈大舟自包山放舟至石公山遊畢渡湖抵莫釐峯僧寺宿〉）

（17）枯僧定後眼忽開，下視山空地輪轉。（〈紫峯閣石龕作〉）

（18）山禽影落波，反使遊魚唼。（〈新店驛夜起〉）

（19）西南綠吞山，雲斂日光縮。（〈發玉屏縣〉）

（20）白雲埋西山，雲破花一谷。花光接雲氣，交處香斷續。（〈將至螺堰塘〉）

（21）雲從西南抛，灣從東北拗。拗得一港魚，齊飛入山島。（〈綠楊灣〉）

（22）諸公果爾發高興，喝月且使空中停。（〈中秋日李兵備廷敬邀吳祭酒錫麒祝編修堃趙司馬懷玉林上舍鎬儲上舍桂榮改山人琦暨鐵舟上人吳淞江泛月至三鼓乃返〉）

例（1）到（3）提煉的動詞在第二字，（4）（5）二例在第四字，例（6）到（8）在最末字，其他諸例，動詞在位置上就不一定對稱了。這些參差的句式其實有助於描寫大自然動感的奔放，在動詞接連出現的詩句中更是如此。（15）至（19）例每例至少有三個動詞錯落而出，以（16）（19）爲例，（16）例於七字內接連出現「轉」、「收」、「上」，其動詞的頻率反映了動作的密集與迅速，（19）例於五字之內出現「歛」、「縮」，其理一也。除此之外「歛」、「縮」二字又與前句之「呑」相互交映。因爲「綠呑山」的動態氣勢，而使「雲歛月縮」的「動作」除了描摹精確，更帶有戲劇性的趣味。

洪亮吉在此種錯落流動的句式中使用動詞的手法是多采多姿的，（20）例在動詞選擇上看得出詩人的用心。「埋」字意味著藏蓋的動作，「破」字於此則隱含著分離，而後兩句以「接」、「交」兩個表示聯接的動詞，表現「花光」、「雲氣」的空間關係，然兩者在空間上的關係是「斷續」，而動詞「埋」、「破」正是「斷續」的主因。此例動詞的運用，巧妙的描寫了動作與狀態，看似二元對立實則互爲表裡、互爲因果的關係。（21）例動詞「拗」，則是將名詞意象的狀態誇示爲動作以增強其力量。一、二兩句動詞在最末字，二、三兩句用了頂眞修辭，以趣味之筆寫「拗得一港魚，齊飛入山島。」此奇而不入理之事，反而帶有童謠的天眞趣味。若論奇而不入理的書寫，（22）例則頗有可論。「喝月且使空中停」，看似奇而不入理，但觀察此句的語境則發現此句出於狂醉之人。如此一來此句於刻畫自然之處新鮮有趣，描摹醉態也是入骨三分。洪亮吉七古師法李白，從此句看來，確實有些端倪。

綜上所論，詩人皆擁有豐富的修辭技巧來提煉動詞。在整齊的句型中形成詩句「警策」的效果。在參差的句型裡，亦藉由動詞的此起彼落，掌握大自然「力的轉移」，搭配詩歌節奏的生動，而形成奔放的詩風。

（二）擬人的手法

擬人法是相當普遍的修辭技巧，於古今中外各式各樣的文學體裁中總能找到其痕跡。在刻畫「山水、風雲、竹石、花草、雪霜、星月、禽鳥」的詩作中，擬人的手法帶有移情的作用，詩人情感投射於自然界之客體，拉近物我之間的距離。《文心雕龍‧物色》：「春風遲遲，秋風颯颯。情往似贈，興來如答。」〔註39〕「興來如答」四字生動的說明了大自然對文學創作的「回應」以及擬人法的趣味。然而正如其他辭格一樣，某一位作家用了某種辭格不能視之為他的特色，應該重視的是「怎麼用？」。錢鍾書對李賀的分析很值得我們借鏡，《談藝錄》曰：

> 長吉好用「啼」、「泣」等字……舒元輿《牡丹賦》所謂：「向者如迎，背者如決，坼者如語，含者如咽，俯者如愁，仰者如悅，裒者如舞，側者如跌，亞者如醉，慘者如別。或颭然如招，或儼然如思，或帶風如吟，或泫露如悲。」皆偶一為之，未嘗不可。豈有如長吉之連篇累牘，強草木使償淚債者哉。殆亦僕本恨人，此中歲月，都以眼淚洗面耶。〔註40〕

文如其人的情形雖非必然，但從擬人法中動詞的使用情形，卻可窺見詩人性格對詩歌風格影響之一二。錢鍾書以為李賀用「啼」、「泣」的頻率之高，與其「本恨人」之生命歷程有關。詩境中的草木含淚，其實是詩人靈魂的寫照。又如梅祖麟、高友工以為，唐詩中「自」、「空」、「相」、「俱」、「共」、「同」等字是表現擬人化的主要關鍵字眼。〔註41〕它們作為動詞或作為副詞，呈現了物我之間的關係，在北江詩中的使用情形如下列諸例：

（1）移居欲避千章木，山鳥山人齊出谷。高低一月共苦辛，高處結巢低蓋屋。（〈自麗陽至石橋驛道中作〉）

（2）石交止有祁連山，相送遙遙不能已。（〈涼州城南與天山別放歌〉）

（3）萬松怪底都相識，曾向童年入夢來。（〈伊犁紀事詩四十二首〉）

然而，此種寫作技巧並非洪亮吉山水詩裡擬人法的主幹。運用專屬於人的感覺動詞、認知動詞及表示情緒的動詞在北江的詩中更為常見。

〔註39〕參見〔齊〕劉勰著，范文瀾註：《文心雕龍註》，頁695。。

〔註40〕參見錢鍾書：《談藝錄》，頁51～52。

〔註41〕參見梅祖麟、高友工著，黃宣範譯：〈論唐詩的語法、用字與意象（下）〉，《中外文學》，第1卷第12期，1973年12月，頁155。

茲舉數例於下：

1、欲：

（1）岸疑穿地出，山欲度江來。（〈謁高旻寺如鑑上人招登天中塔望海〉）

（2）白雲移松巔，巨石忽欲走。（〈縹紗嶺納涼〉）

（3）山雲欲出山雨從。（〈白紵山半望江北諸山漫賦〉）

（4）青峰收青欲上天。（〈松檜亭待新月〉）

（5）雷欲飛出山，石忽逼雷住。（〈瑪瑙斯龍門雷行〉）

（6）支硎石欲眠，天平石皆立。（〈天平山〉）

2、迎、引：

（1）雨絲迎客到茂林，雲朵導我來幽尋。（〈十二日茂林至古溪潘村登文昌閣晚晴後村人招飲景范堂作〉）

（2）松濤已出關，迎人至江滸。（〈初九日侵曉至攝山待劉少宰座師李兵備同年共遊最高峰及紫峰谷白鹿泉諸勝竟日乃返〉）

（3）名區馬到亦徘徊，竹葉迎人鳥語催。（〈桃源洞〉）

（4）重來石公厓，石石悉迎客。惟餘一石傲，壓客險及額。（〈巨公厓〉）

（5）惻徑禽迎路，閒扉鹿抱關。（〈八月二十五日薄暮自吳門抵靈巖山館偕張上舍復純等止宿次日得詩六首即寄西安節署〉）

（6）白鷺引客來前山。（〈龍井小憩〉）

3、爭、鬥：

（1）兩山與月鬥圓光。（〈月夜登北固更望金焦二山回途與友人憩演武廳小飲作〉）

（2）入山雲鬥出山雲。（〈初七日射堂試士畢登劍河橋聳翠亭望西北諸山〉）

（3）紫燕白鴿爭歸巢。（〈三臺夜宿〉）

（4）雲亂欲成海，石奇爭補天。（〈歸途憩雲深處禪院〉）

4、戀：

（1）出山泉百折，殊有戀山心。（〈山行〉）

（2）闌干既戀月，月亦戀闌干。十二回廊內，無人徹夜看。

(〈湖上坐月〉)

(3) 削峰峩峩天半立，白馬白雲爭路入。有時雲向馬首飄，馬足亦與雲爭高。坡陀直下蹄難駐，雲始離山欲升樹。乃知馬亦戀白雲，行過西坡復相顧。(〈從山塘驛行十里至龍門塘一陡坡作〉)

5、其他：

(1) 水聲湍急處，山亦讓溪流。(〈將至大魚塘山行〉)

(2) 林鳥認顏色，山花悟性靈。(〈十四日渡江薄晚至西湖泛舟湖心亭作〉)

(3) 下山秋葵花，扶我行伶仃。(〈黃山道中觸黑行五里居人有貽松明者行半里雨急復滅頗甚危險至人定後方抵湯口〉)

(4) 野花催上岸，山鳥喚登樓。(〈飲第二泉〉)

(5) 一峰缺處補一雲，人欲出山雲不許。(〈天山歌〉)

(6) 吟聲落水開青萍，清切倒映遊魚聽。(〈遊水西登烟雨亭〉)

(7) 石公山色落我眸，笑我咫尺何不遊。(〈大風自包山放舟至石公山遊畢渡湖抵莫釐峯僧寺宿〉)

(8) 巨魚枕波效客眠。(〈六月十五宿漢川板湖口夜起視月並送舟子回家〉)

(9) 出門雲動石覺行，雲腳送我來黃平。(〈二鼓至飛雲巖秉炬上巖略周覽即回養雲閣宿平明獨行上巖并至聖果亭雲根寺等久憩〉)

首論出現頻率甚高的「欲」字。「欲」本指人類的意欲或欲望而言，〔註 42〕此外亦用作副詞「將要」解（如：山雨欲來風滿樓）。排除掉作「將要」解的情形，北江詩中往往用「欲」字突顯擬人之物的「主動性」。而「欲如何」的句法，更可以描寫「未進行的動作」的動態美。「欲」之（1）例之山終究是在岸的另一邊，然用「欲渡江」三字則帶有「欲」字「想要」的積極性，彷彿山將主動的靠過來，潤色了隔岸山層層逼近之感。又如（5）例，以「欲」之情感投射於雷之上，

〔註 42〕參見梅祖麟、高友工著，黃宣範譯：〈論唐詩的語法、用字與意象（下）〉，《中外文學》，第 1 卷第 12 期，1973 年，頁 156。

彷彿雷擊石上不是單純的自然現象。雷「主動」要出，石亦有動作的逼雷停住。此「欲」字的應用更使擬人的效果更爲生動，雷石相鬥的動力也更加躍然紙上。

再論「迎」字的使用情形。誠如前文所提到的舒元輿《牡丹賦》所謂：「向者如迎」，洪亮吉好用迎字，正反映了詩人對山水的心態。風景即心境，北江眼中的自然萬物總是敞開相向，積極的引領詩人體會山水之美。詩人對山水的熱情投之於自然萬物，則形成一種萬物皆積極等待詩人造訪的心態。擬人法中的「引」字亦起了類似的作用，故一併觀之。

再論「爭」、「鬥」的使用情形。好用這兩字，與洪亮吉的個性有很大關係。江藩《漢學師承記》：「君性亢直」〔註 43〕、孫星衍：「（北江）忼爽有志節，自稱性褊急，不能容物。」〔註 44〕北江眼中的激湍、峻嶺、怪石、怒雲亦總是雄健敢鬥的，而「爭」、「鬥」字的運用特能寫出兩物相對而激盪出的力量、光芒。

至於「戀」字的使用尤爲有趣，它「爭」、「鬥」等字相輔相成。「爭」、「鬥」等字強調了物與物之間的差別與動態，而「戀」字的使用則帶出了大自然萬物之和諧。在北江的詩境中不獨詩人與敬亭山相看兩不厭，萬物更是互相關心。「戀」之（2）例的闌干與月互相依存，物之「有情」反顯得人不「徹夜看」的無情了。而（3）例眞可以作爲以上論析北江詩的動詞應用之總結——「欲」、「爭」等動詞使整個畫面活活潑潑，動態性相當強，詩尾帶出「戀」與「復相顧」，緩和了過多的「力」的轉移，又強調了大自然的和諧與溫暖。

在其他這個項目則大概羅列了其他用於擬人法的動詞。「讓」、「認」、「悟」、「扶」、「催」、「喚」、「許」、「聽」、「笑」、「效」、「眠」、

〔註 43〕參見〔清〕江藩：《漢學師承記》卷 4，收入〔清〕洪亮吉著，劉德權點校：《洪亮吉集》，冊 5，頁 2389。

〔註 44〕參見〔清〕孫星衍：〈翰林院編修洪君傳〉，收入〔清〕洪亮吉著，劉德權點校：《洪亮吉集》，冊 5，頁 2359。

「送」……等動詞不在專屬於人類了，它們多采多姿的再現於北江詩中的自然萬物。

三、物我兩涉的意象——「松」、「禽」意象的豐富意涵

洪亮吉詩正如其他詩作，意象除了字面上的意義外，有時亦包含了豐富的意涵，發揮隱喻或象徵的功能。這種詩歌意象的歧異性、多義性來自於對美典傳統的通變。中國自魏晉以來，山水意象有一套文學的原型如李豐楙曰：

> 傳統使用的一組相對的名詞：江海與魏闕，正可以具體說明「政治」因素深刻影響知識份子的生活。魏闕象徵著出仕、仕宦，而江海則是在野、隱逸的隱喻。在這層關係中的山水意象，絕非只是現實世界的客觀景物，而是帶有反政治、反社會等複雜意義的一種隱喻。更深一層言，中國文人對山林、田園，常是仕宦生活之外、流離異鄉之際，一種蘊含著豐美、溫暖、以及休息身心感覺的所在，爲文學傳統中的一種原型。〔註 45〕

依筆者觀察，北江詩中意象之隱喻、象徵的使用情形，與中國古典詩的美典傳統相去不遠，如日、月、星之意象「有時」象徵著光明；名山之意象蘊含仁者樂山的情懷與休憩身心之嚮往；流水之意象則兼有「逝者如斯」——對韶光逝去的感傷；山水路程的險惡，隱喻仕宦生涯或人生旅途的多舛等等。〔註 46〕然而這些意象的字面與其所隱喻、象徵的內涵，絕非如數學公式——在等號的兩端者可以隨時互相替

〔註 45〕參見李豐楙：〈山水詩傳統與中國詩學〉，收入羅宗濤等著：《中國詩歌研究》（臺北：中央文物供應社，1985 年），頁 97～98。

〔註 46〕花之意象亦常出現於洪亮吉的山水詩中，然而該意象的功用往往在爲青山綠水提供黃、赤等鮮豔的對比色，並不起隱喻象徵之作用。花意象隱含的「傷春悲秋」傳統，在北江的詠物詩中較爲常見，詩人有時亦用花來自喻，如他的絕命詩〈病中有石榴一瓶相餉偶成二絕句〉之一：「百種都輸色相工，瑞香先用藥煙烘。平生不喜要人過，偏見此花心亦同。」（參見〔清〕洪亮吉著，劉德權點校：《洪亮吉集》，冊 4，頁 1887。）

代。在大部分以白描筆法書寫的詩作中，這些意象顯然的只帶有字面上的意涵，不容過度詮釋。北江詩中較上述意象更具代表性的，是「松」、「禽」的意象，非但可於各個時期的詩作中皆看見它們的蹤跡，也往往帶有隱喻、象徵之意涵。這兩個意象又時常並現，以松爲主，禽鳥爲輔。首論松之意象主題。

松爲常綠喬木，大枝平展，老樹樹冠平頂，小枝淡紅褐色，冬枝紅褐色，葉針型。分布於北半球寒帶、溫帶或熱帶低至高海拔冷涼山區。《論語．子罕》:「歲寒，然後知松柏之後凋也。」松以其雄直矯健的姿態與耐寒常青之特質，在中國文學傳統中，往往作爲君子高士的象徵。黃永武曰：

> 在中國思想世界中，松有貞心、有勁節、有氣質、有前途、有作爲，這種種長處正與一個受人尊敬的君子相當。而數千年來大抵受易經乾卦的影響，君子與龍，二位一體，一個君子的進德修業，出處行藏，是從「確乎其不可拔」的「潛龍」，堅守剛健中的節操，自強不息，逐步提升，由初九到九五，直成爲「經世濟民」的天上「飛龍」。君子與龍相似，松樹也與龍相似，松樹有堅心、有高節，雜生草叢時像「潛龍」，干宵凌雲時像「飛龍」，一但成爲棟樑，利益天下，若逢危難，又有能力「扶大廈之將傾」，所以詩人把松看作是龍的化身，也看作是君子的化身。〔註47〕

因爲松近於龍與君子的特質，是以在詩歌中松之意象往往帶有崇高、陽剛之美，也呈現儒家積極進取、堅挺不移的精神。〔註48〕從洪亮吉數首詠松寫松的詩作中，我們得知詩人對松的觀感完全繼承了中國文人的傳統。如〈黃山松歌和黃二韻〉:「卑枝無言入樵斧，合榦已破纏交蹤。流傳世人不解愛，詎有蒼翠蟠心胸。裁枝屈盆恣糅矯，輦石劚

〔註47〕參見黃永武：《中國詩學．思想篇》(臺北：巨流出版社，1979年)，頁44～45。

〔註48〕參見林秀珍：《宋詩中的松意象》(高雄：中山大學中文系碩士論文，2003年12月)，頁75～86、96～99。

骨工磨礱。」讚松蒼翠之精神，嘆松之入盆栽是大才小用（此句頗有年輕詩人自喻自傷之意）；又如〈水北三松行〉：「風聲雷聲咋倥偬，龍欲出山雷雨踵。倒海排山浪其湧，只有此松兀不動。攫拏星辰疑有力，回轉陰陽不踰刻。根株盤盤穿入石，透出石中枝尚直。」讚松孤直不移之勁節；〈丹谿九頭松歌〉：「一株一頭合九頭，頭悉欲向雲中浮。三頭稍卑六頭仰，似向松身分少長……茫茫歲月奔馳速，材大偏教臥空谷。過嶺灘頭尚有聲，入雲枝幹都無曲。」甚至從松之高低有別，比之如君子之重人倫，並爲松之大才置之於空谷不用而感慨了。洪亮吉對松如此的偏愛，〔註 49〕是以在他的詩中，「松」總以傲然的姿態，處於詩境中最高最奇之處，如：

（1）松杉已疑蟄澗龍，闌干亦如飲渚虹。（〈白鹿泉〉）

（2）一松扶升天，一石絕入地。（〈由車箱谷經十八盤諸險〉）

（3）一松如龍黑天半，松根一龍幹九龍，欲攫臺殿凌虛空。（〈戒壇古松歌〉）

（4）松櫟忽萬重，天青四垂幔。偏于危絕處，觸目得奇觀。（〈由固關營至井陘縣山行〉）

（5）蕭蕭谷口松杉直，怒幹都抽一千尺。（〈入沅陵縣界雨中遠望壺頭諸山〉）

（6）遵巔欲及仍難及，石卻戴松空處立。玲瓏百竅生百松，飛起松亦當排空。松身夭矯本若龍，會見汝植天門中。（〈二鼓至飛雲巖秉炬上巖略周覽即回養雲閣宿平明獨行上巖并至聖果亭雲根寺等久憩〉）

（7）半崖音響若聞鐘，石罅纔開蘚復封。誰識洞中仍有洞，小橋流水一株松。（〈觀音洞〉）

（8）青松三百樹，直上寡曲幹。（〈乙卯人日早登黔靈山〉）

〔註 49〕除了山水詩中常帶有松之意象外，洪亮吉以松爲名，或爲詠物或以松爲基點拓展成山水詩作者，有〈憶城東元妙觀古松〉、〈黃山松歌和黃二韻〉、〈戒壇古松歌〉、〈水北三松行〉、〈松樹塘萬松歌〉、〈獨松行〉與〈丹谿九頭松歌〉等。從年輕寫到老，數量之多，爲其他自然意象所不及。

(9) 千松萬松同一松，幹悉直上無回容……不爾地脈貢潤合作天山松，松幹怪底一一直透星辰宮。(〈松樹塘萬松歌〉)

(10) 幾家房廊陷成井，百丈青松沒松頂。瞥驚一騎去若飛，雪不沒踝風生蹄。東風乍停北風起，驅雪松濤十餘里。(〈行至頭臺雪益甚〉)

(11) 松杉倏爾垂行幄，螭魅居然避荷戈。(〈行抵伊犁追憶道中聞見率賦六首〉)

(12) 託鉢臺前畫界松，東西虬幹指空濛。懸厓直豎八千尺，下有白雲藏白龍。(〈廬山道中雜詩〉)

松者如龍（如（1）（3）（6）例），直挺擎天（如（2）（5）（8）（9）例），又能沉潛於至險至奇處（如（4）（7）（10）例），正氣凜然而鬼魅避之（如（11）例）。即便接受霜雪的考驗，最終仍是屹立不搖（如（10）例）。這些松之意象，正似作爲狂放儒者的詩人於詩境中的投射。洪亮吉以松自喻的傾向相當明確，詩中標明松之位於至險至奇，即突顯了詩人對山水的深入亦處於與之相當的位置。關於這點，與「禽」之意象一并觀之尤爲明確。

歐麗娟的《杜詩意象論》，深入探討杜甫詩中「鷗鳥」與「鷙鳥」（即鷹、雕、準等猛禽類）兩個意象主題。「鷗鳥」的隱喻象徵義可溯源於《列子》，〔註 50〕自此鷗鳥意象帶有「心誠則感物，感物則物我同遊無猜」之意涵。〔註 51〕洪亮吉詩中部分「禽鳥」意象亦繼承了這個部分，如〈花朝日阻風江口望采石太白樓咫尺不得上〉：「忘機雅有忘機伴，鴨鳺鷺絲飛不已。」即羨鷗鳥互有忘機伴，而自傷友朋之亡。然這個面相的「禽鳥」意象在洪亮吉詩中出現得較少，北江用力較多的是「鷙鳥」部分。對於鷙鳥意象，歐麗娟以爲：「杜甫在鷙鳥

〔註 50〕《列子·黃帝篇》：「海上之人有好漚鳥者，每旦之海上從漚鳥游，漚鳥之至者百往而不止。其父曰：『吾聞漚鳥皆從汝游，汝取來吾玩之。』明日之海上，漚鳥舞而不下也。」（參見楊伯峻：《列子集釋》，北京，中華書局，1985 年），頁 67～68。

〔註 51〕參見歐麗娟：《杜詩意象論》，頁 99。

意象中投射了個人品格自高之心、英雄毫宕之氣與嫉惡剛陽之性……」〔註52〕依筆者觀察，洪亮吉對鷙鳥意象內涵之應用，只取其陽剛猛烈這個性質，如〈鷹攫羝行〉：「羊羣居前牛居後，鷹忽飛來攫羝走。羣羊哀鳴牛亦吼，北巷南村集群狗，鷹攫羝飛勢偏陡。雲中健兒弓已拓，一箭穿雲覺雲薄。羊毛灑空鷹爪縮，天半紅雲尚凝鏃。」顯然只有凶狠的野性而無杜詩中鷙鳥之俠義氣質。北江詩中對猛禽剛烈之性並不讚揚，反而「消費」之，以此來突顯旅人深入山水的膽識與魄力：

（1）陡上數十盤，飛準安敢翔。（〈仙人砭望雲臺諸峰〉）
（2）斜行百步路深阻，飛鳥不到人應還。（〈韜光精舍〉）
（3）到來使信高居好，從此抬頭已無鳥。（〈過楊武堡昇嶺〉）
（4）君看厓上樹，迅羽亦不集。（〈度柯沖嶺〉）
（5）翔禽舞鶴不敢升，一塔居然冠山頂。（〈上赤城山憩上下二寺〉）
（6）迅羽只弱飛。（〈度鞏嶺〉）
（7）譬如鷹準視天地，力薄道遠猶知還。（〈由江口泛舟至焦山〉）

從上面的詩例我們發現詩中飛鳥不敢翔不能居不應往猶知還之處，身爲旅人的詩人皆踏入了。鷙鳥的烈性遠不如詩人生命強度。洪亮吉不以鷙鳥自喻，反而如前所述，每每以松自喻，從詩境中「松」、「禽」的相對位置來看，特別明確：

（1）飛準不到處，高松搖天風。（〈未曉由金天宮西至環翠巖望山南諸峰〉）
（2）蒼然一頂常宿雲，巢鶴不敢呼其群。（〈戒壇古松歌〉）
（3）蒼松岡南閣一層，飛鳥欲下人還登。（〈大風登攝山頂望江〉）
（4）絕壁下日光，正罩青松頭。高樹皆人巢，飛羽反不投。（〈過二仙橋憩媼神洞〉）

〔註52〕語見歐麗娟：《杜詩意象論》，頁150。

（5）巖潭毛孔潤，松竹紋路細。眞同指南針，南向指銛利。……名泉試清冷，石屋訪靈異。廊長無燕雀，鷹準亦齊避。（〈從天池至佛手巖久憩並尋訪仙亭白鹿升仙臺故址〉）

富有道德之性的「松」與「人」在詩境的空間位置總高過僅有氣質之性的「禽鳥」一個層次。洪亮吉詩中的意象多爲劉若愚所謂的「單純意象」——只喚起感官知覺或者引起心象而不牽涉另一事物的語言表現，〔註 53〕然「松」與「禽鳥」蘊含的隱喻象徵義，卻在詩境中呈現儒家精神的光輝之處，表現出與其他山水詩中道家沖淡、佛法智慧不同的境界，凸顯北江詩獨特的內涵。

第二節　詩句篇章的行布

意象之設計應用屬於「字法」、「置辭」層級，偶而涉及「句法」，然著重點仍在於詞語間的肌理聯繫；至於詩句篇章之行布已涉及「句法」、「篇法」層次而與格律相關。洪亮吉論詩不重格律，〔註 54〕但並不意味其詩毫無安排詩句篇章的習慣，或用韻、平仄之原則可言。事實上，北江在不同的詩體皆以不同的寫作技法應對之，可謂「括囊雜體，功在銓別，宮商朱紫，隨勢各配。」〔註 55〕而能「因情立體，即體成勢」〔註 56〕在不同的詩體中呈現不同的風格。從體裁上來看，洪

〔註 53〕參見劉若愚著，杜國清譯：《中國詩學》（臺北：幼獅文化事業公司，1983 年），頁 152。

〔註 54〕《北江詩話》卷二：「詩文之可傳者有五：一曰性，二曰情，三曰氣，四曰趣，五曰格……至詩文講格律，已入下乘。然一代亦必有數人，如王莽之摹《大誥》，蘇綽之倣《尚書》，其流弊必至於此。明李空同、李于鱗輩，一字一句，必規倣漢、魏、三唐，甚至有竄易古人詩文一二十字，即名爲己作者。此與蘇綽等何異？本朝邵子湘、方望溪之文，王文簡之詩，亦不免有此病，則拘拘於格律之失也。」（參見〔清〕洪亮吉著，劉德權點校：《洪亮吉集》，冊 5，頁 2257。）

〔註 55〕參見〔齊〕劉勰著，范文瀾註：《文心雕龍．定勢》，《文心雕龍註》，頁 530。

〔註 56〕參見〔齊〕劉勰著，范文瀾註：《文心雕龍．定勢》，《文心雕龍註》，

亮吉詩古體爲多，五古與七古之間又有差異，而近體較少。樂府多是諷喻時事紀錄風土之作，少有歌詠山水之美者。至於北江歌行與七古書寫策略相近，故一併論之。本節所舉詩例，以徐世昌《清詩匯》所選之北江詩爲主，不足之處則以洪亮吉的代表作爲輔，避免因主觀之好惡而過度詮釋其詩的形式特質。

一、五言古體

五古部分，清人依形式與風格上的特色認爲洪亮吉仿效謝靈運，師法選體、老杜。〔註 57〕我們從實例分析檢驗清人所說，以下諸例分別取自《附鮚軒詩》、《卷施閣詩》與《更生齋詩》，創作的時間點與風格雖不同，但章法句法等結構卻是一致：

（1）屢危信千殊，積駭非一狀。晨遊藉僧侶，夕止託神貺。
孤生寄危磴，一轉一翠幛。諸峰漸莊嚴，雲霞聳奇相。
千繩束一綆，步窘不得放。差無虺蠚懼，已見星緯上。
束炬入巖竇，捫壁類古壙。聞呼數前踵，怯響屢後望。
峯形覆空釜，口缺入遠亮。翻疑造化力，至此斷心匠。
留茲胚胎質，攻鑿至久曠。陰泉滴虛房，乳香留佛藏。
持梯抑何晚，升陟固不讓。憑崖步初攝，初實神始王。
回瞻北斗光，空濛永相向。（〈文殊洞〉）

（2）一松扶上天，一石絕入地。信哉雲門塹！巨石上鑿「雲門

頁 529。

〔註 57〕王昶《湖海詩傳》：「（稚存）性好奇山水……作詩五言古仿康樂，次仿杜陵。」；符葆森《國朝正雅集》引《蘭言集》曰：「（北江）詩則五言追蹤大謝，以性好遊山，故所作相似。」；朱庭珍《筱園詩話》：「洪稚存以經學考據爲長，詩學選體，亦有筆力，時工鍛鍊，往往能造奇句。」（轉引自錢仲聯：《清詩紀事》，頁 6787、6790。）詩學選體，即《昭明文選》所選之詩。大陸學者雷磊論「選體」有精闢的意見。他以爲，從體裁上來看文選所選之詩未必是五言，但後人論「選體」多就五言以論之，將「選體」視之爲唐代以前五言古詩的典範。就風格上來說，「選體」有典雅、翰藻、新創三項特徵。（詳見雷磊：〈「詩家律令」——「選體」三論〉，《湘潭大學學報》（哲學社會科學版），第 28 卷第 4 期，2004 年 7 月，頁 97～101。）

天塹」四大字奇險難久閉。坡陀半日上，直下復里計。飛騰掛枝猿，曲折施磨蟻。非徒鐫鑱工，迥出神鬼意。坤靈信難戴，天意怳立異。排空刺日月，鬗鬗試鋒利。仙人萬間廈，破碎忽被棄。巖東不開闢，擬以巨靈臂。十折復八折，草路入雲細。回瞻足幾失，直視神乃悸。藍輿尚徐行，天路誠匪易。(〈由車廂谷經十八盤諸險〉)

(3) 清晨出城南，日晚宿山半。江城望茲嶺，不啻出霄漢。甯知天地高，俯此若童冠。三層雲霧接，一谷羅綺煥。橫峯支危檣，直石立若岸。翠雨屋上飛，清泉竹中亂。空明禮星斗，齋肅手先盥。回看斜照沒，始覺來路斷。時有五色煙，山僧夕將爨。(〈由石門澗抵報國禪林宿〉)

(4) 三更望茲峰，月出石腹內。雲容方欲展，雷雨已在背。明明神所宅，乃復遘陰晦。冰柱十丈長，驚看石厓戴。居然神斧落，厓半亦奔潰。回飆搜激電，雪月光迸碎。遂令登陟客，倏忽迷向背。清遊雖暫阻，未敢遽思退。終當攜松明，絕壁掃蕪穢。(〈泰山道中五首〉五首之五)

(5) 溪水綠已窮，巖扃忽重閉。日華與山翠，層疊川上膩。前村爨煙好，穿此石林細。一徑山雨來，寥寥入秋氣。(自新塘至伍浦溪行雜詩〉四首之一)

(6) 屋前童失聲，屋後山起立。尤愁沙石滑，空處不置級。斜暉初沒水，行客勢轉急。君看厓上樹，迅羽亦不集。飛騰如猿猱，我僕愧難及。明星三兩顆，天已逼斗笠。石罅出一門，雷霆復相襲。時時涼沁體，衣袂宿雨濕。過嶺望九華，淩空向予揖。(〈度柯冲嶺〉)

首論結構。北江五古山水句式多爲上二下三之形式（如「甯知」——「天地高」），後三字無論是一二（「日晚」——「宿」——「山半」）或二一（「一谷」——「羅綺」——「煥」），皆與五言詩之傳統一致。章法部分，與康樂尤爲接近。林文月認爲謝靈運的山水詩有一種井然的推展次序：記遊→寫景→興情→悟理。〔註 58〕洪亮吉正如唐代以後

〔註 58〕參見林文月：〈中國山水詩的特質〉，《山水與古典》（臺北：三民書

受大謝影響的詩人，在其詩藝成熟的階段已能避免玄言悟理的「繁蕪之害」，〔註 59〕然記遊、寫景及興情部份仍有大略之結構。北江五古起頭兩句到四句具有記遊之性質，點明此詩的時空，續以兩句到四句爲一單位，以白描手法爲主交代「一個動作」或傳達山水一景，詩末結尾則回應詩題或回顧詩首。如（1）例起頭一、二句預告了行旅文殊洞萬種奇景之空間，三、四句說明行旅時間由晨至夕。以下諸句除「翻疑造化力」以下四句，則一一寫景。詩末兩句之「回瞻」以北極星之「不變」對詩首所謂文殊洞奇景之「萬變」，如范德機論五古所謂：「首段是序子，序了一篇之意，皆含在中。結段要照起段」。〔註 60〕（2）例起頭四句作爲「序子」，以松、石之空間位置直陳華山奇險，詩末以天路難行收束，頭尾蓄全篇之意。中間寫景的部分，王英志評曰：「『飛騰掛枝猿，曲折施磨蟻。』之妙喻，『排空刺日月，齾齾試鋒利。』之聯想，『十折復八折，草路入雲細。』之描寫，『非徒鐫鑱工，迥出神鬼意。』之議論……正是『歷險』的歷程中享受到『縋幽歷險』的奇特審美情趣……」〔註 61〕王氏對（2）例修辭的分析，正說明了筆者所謂以兩句到四句爲一單位交代一個動作或描摹山水一景。至於（3）例，一、二兩句開頭，末四句之「回看斜陽」、「夕將孌」回應詩首之「日晚」，頭尾相顧交代全篇時空，而中間寫景句亦爲兩句兩句一單位。（4）（5）（6）等例亦是如此。

次論聲調。一般說來，古風之平仄用韻未若近體來得嚴格而毫不可犯。然詩學發展至清代，王漁洋、趙執信及翁方綱等人認爲古體亦

局，1996），頁 20～65。

〔註 59〕〔梁〕鐘嶸《詩品》卷上：「（大謝）其源出於陳思，雜有景陽之體。故尚巧似，而逸蕩過之。頗以繁蕪爲累。」（轉引自〔清〕何文煥編：《歷代詩話》，冊上，頁 9。）

〔註 60〕參見〔元〕范梈《木天禁語》，收入〔清〕何文煥編《歷代詩話》，冊下，頁 745。

〔註 61〕參見陶文鵬、韋鳳娟主編：《靈境詩心——中國古代山水詩》（南京：鳳凰出版社，2004 年），頁 871。

有其格律之規則可循。北江五古詩學大謝、選體，依近人羅尚對五古的聲調之體會，選體並無一定的聲調限制，只有一些原則可言：

> 收入《昭明文選》有代表性的五言詩，稱爲選體，選體唐律五言，分別在語氣與用字方面，聲調則唐律、唐古有聲調，選體無聲調可言。作選體五古，難免混入五律句法。又有原則，混入一律句，上句或下句，用純古體聲調，以分化其律的氣氛。如用律句一聯入五古，則此聯之上下句，別用純古體聲調以分化氣氛。〔註62〕

洪亮吉對於漢魏古音的見解，頗可應證羅尚所說。北江聲韻著作《漢魏音》四卷，論古音以《說文》之「讀若」爲主要體例歸納漢魏音讀，保留古音之破讀異讀，未若傳統研究漢魏古音者，以韻文分析，或以《切韻》律古。〈漢魏音序〉曰：「反語出，則一字拘於一音；四聲作，而一音又拘於一韻。而聲音之道，有執而不通者焉。是以里師授讀，俗士言詩，皆執音韻之書，以疑天籟。」〔註63〕孫星衍亦曰：「沈約之分四聲矣，何益於經傳，而五方之人受其弊……賦律詩者或多誤用焉。俗韻之不知轉聲也……」。〔註64〕既然以四聲平仄觀漢魏音有所缺失，則知「選體無聲調可言」之原則，置疑則闕的態度，較清人聲調譜之說更爲科學。以羅尚所說探討北江詩作，律句上下用純古聲調之情形確實存在。如（1）例「晨遊藉僧侶，夕止託神聣。」對仗稍整，下聯之「一轉一翠幃」遂連用近體極力避免的五仄；（2）之「飛騰掛枝猿，曲折施磨蟻」略有律味，上聯之「直下復里計」亦五仄；同樣的情形亦見於（3）例之有律味的「三層雲霧接，一谷羅綺煥。」、「翠雨屋上飛，清泉竹中亂。」，此二聯中間一聯即「横峯支危檣，直石立若岸」用五平五仄語。

〔註62〕參見羅尚：《古典詩形式說》（該書爲作者自印），頁55。

〔註63〕參見〔清〕洪亮吉著，劉德權點校：《洪亮吉集》，冊1，頁178。

〔註64〕參見〔清〕孫星衍：〈漢魏音・後序〉，收入〔清〕洪亮吉著，〔清〕洪用懃校：《洪北江（亮吉）先生遺集》（臺北：華文書局，1969年，影印光緒三年（1877）授經堂刻本），冊13，頁6819。

在語氣用字部分，如（1）例之「貺」、「虺蘬」，（2）例之「鬱鬱」用古奧字；（1）例之「不得」、「已見」、「抑何晚」、「固不讓」諸語及「翻疑造化力」以下四句、（2）例之「非徒」、「直視神乃悸」、「信哉」、「誠匪意」、（3）例之「不啻出霄漢」、「甯知天地高」等句、（4）例之「明明」、「乃復」、「居然」、（5）例之「忽」、「與」、（6）之「尤」、「亦」、「如」可謂以古文筆法之虛字虛詞入詩，避免過於對仗而風格近似律體。

用韻方面，毛先舒《詩辨坻》卷四曰：「五古須論體裁風雅，宜用先秦韻，漢、魏稍密，晉、宋漸近於唐韻矣。倘於韻學未能精，只以唐韻行之爲妥。」〔註65〕洪亮吉雖然長於小學，漢魏音亦有所研究，然其詩並不一味以古爲範。筆者以上古音、《漢魏音》之韻母系統及平水韻〔註66〕觀其五古，認爲詩人並未以漢魏古音押韻，亦無一定的用韻傾向。（1）例韻腳「狀、貺、嶂、相、放、上、曠、望、亮、匠、讓、王、向」同屬上古陽部，亦同屬平水韻之去聲十五漾，屬於用本韻者；〔註67〕（2）例韻腳於上古音「細」屬脂部，「計、棄、悸、閉、利」屬質部，「蟻、地」屬歌部，「意、異」屬職部，「易、臂」屬錫部，以平水韻觀之則韻腳「地、意、異、利、棄、臂、悸、易」屬去聲四寘、「閉、計、細」屬去聲八霽、「蟻」屬上聲四紙，以寘聲字爲主，與霽聲紙聲上去通押（按：寘、霽、紙韻依聲韻學之研究，皆以"

〔註65〕參見〔清〕毛先舒：《詩辨坻》，收入郭紹虞編選，富壽蓀校點《清詩話續編》（上海：上海古籍出版社，1983年），頁74。

〔註66〕洪亮吉《漢魏音》述而不作，廣泛收集編排了大量語料而未立理論。故本文參考戴俊芬：《洪亮吉《漢魏音》研究》（高雄：中山大學中文系博士論文，2006年）所整理《漢魏音》韻母系統分析詩作。上古部分除參考陳新雄的分部外（按：戴俊芬之研究亦以陳氏分部爲主），亦參考王力的分部。

〔註67〕〈文殊洞〉作於乾隆三十七年，然依戴俊芬的考據，《漢魏音》之撰述始於乾隆三十九年，成書於乾隆四十九年。（參見戴俊芬：《洪亮吉《漢魏音》研究》，頁50～53。）〈文殊洞〉成詩尚在北江蒙發研究漢魏音的動機之前。

i ”收尾），濁上歸去的情形大約出現在晚唐，但不見於盛唐，〔註 68〕可見洪亮吉用韻亦不專學盛唐；（3）例韻腳「半、漢、冠、煥、岸、亂、盥、斷、爨。」卻又是用同韻，同屬上古元部，亦同屬平水韻去聲十五翰；（4）例韻腳「內、潰、碎、退」上古音屬物部，「背」屬職部，「晦、戴」屬之部，「穢」屬月部，於平水韻同屬去聲十一對；（5）例用韻近於（2）例，乃支部、齊部字通押的狀況；（6）例復為用同韻者，韻腳於上古同為緝部，於平水韻則是入聲十四緝。

綜上所論，北江用韻仍是以唐韻為原則，通韻的頻率（通韻者多為止攝蟹攝字）不高，更罕見換韻者，並不以促密的切換韻腳引導詩中情緒的起伏。除此之外，其穩定之篇法更使節奏相對和緩而不激昂迫切。楊載《詩法家數》：「五言古詩或興起或比起或賦起，須要寓意深遠，託辭溫厚，反覆優遊，從容不迫……寫景要雅淡推人心之至情……」〔註 69〕張維屏論洪亮吉詩曰：「其所為詩文，脫去恒蹊，直攄胸臆。」〔註 70〕誠如張氏所論，洪亮吉詩五古詩確實不如五古詩法所謂「寓意深遠，託辭溫厚」。然其筆法篇法與用韻，其五古山水大抵來說，可謂從容不迫而古韻悠矣。

文體之形式特質與作者的寫作技法及風格息息相關。清人認為北江五古學杜，筆者以為清人所述是基於「風格力求多變」這個層面。屠隆論杜詩曰：「少陵雖沉雄博大，多所包括，而獨少摩詰之沖然幽適，泠然獨往。」〔註 71〕北江亦對王、孟「沖然幽適，泠然獨往」之風格興致不大，〔註 72〕而力求「多所包括」。以上述諸作為例，（2）

〔註 68〕參見王力：《漢語詩律學》（上海：上海教育出版社，2005 年），頁 343。

〔註 69〕參見〔元〕楊載《詩法家數》，收入〔清〕何文煥編《歷代詩話》，冊下，頁 731。

〔註 70〕參見〔清〕張維屏《國朝詩人徵略初編》卷 51，收入周駿富輯《清代傳記叢刊》（臺北：明文書局，1985 年），冊 22，頁 711。

〔註 71〕轉引自葛曉音：《山水田園詩派研究》（瀋陽：遼寧大學出版社，1999 年 5 月），頁 312。

〔註 72〕參見〔清〕洪亮吉著，劉德權點校：《洪亮吉集》，冊 5，頁 2257。

例的華山諸作之奇險、恢奇，（1）例之黃山諸作、（4）例之泰山諸作的古奧渾厚的風格，（3）例、（5）例則擅用白描筆法，再現清麗、清峻的山水美質。只是北江雖有藉由五古呈現各種風格的企圖，但觀其一生所作之五古山水詩，風格還是比較單一，以陽剛之作爲多。

二、七古與歌行

七古與歌行不同，胡應麟《詩藪》：「七言古詩，概曰歌行。」〔註 73〕此說大有斟酌之必要。徐師曾《文體明辨序說》：「放情長言，雜而無方者曰歌，步驟馳騁，疏而不滯者曰行，兼之者曰歌行。」〔註 74〕又錢木庵《唐言審體》：「歌行本出於樂府，然指事詠物，凡七言及長短句不用古題者，通謂之歌行。故《文苑英華》分樂府、歌行爲二。」〔註 75〕文體既殊，篇法則異，吳訥《文章辨體序說》：「歌行則放情長言，古詩則循守法度，故其句語格調亦不能同也。」〔註 76〕但北江在這兩個詩體的表現上還是頗有相似、相近之處——它們都是雜言，風格皆以奔放爲主。爲求論述方便，筆者以爲不妨一併論之。以下（1）至（5）例爲《清詩匯》所錄之七古，（6）例爲歌行之代表作：

（1）雲門古松三十七，三十六株鱗盡裂。一松蟠蟠徑離石，勢欲上天猶去尺。白雲移松巔，巨石忽欲走。岩風吹征衣，上險切星斗。石鏡露落，山泉微光。暝色入樹，松花初黃。人間殘暑不至此，鶴氅乍著宜新涼。雲光深，霞色淺，倒影空濛眾山顯。枕泉半日不飲泉，飽向松梢餐露眼。（〈縹紗嶺納涼〉）

（2）亂峰高映斜陽赤，谷裏人行已深黑。溪南新月透山來，千朵白雲遮不得。東西秋水隔一村，跣涉尚喜山泉溫。

〔註 73〕參見〔明〕胡應麟：《詩藪》（臺北：廣文書局，1973 年），頁 137。

〔註 74〕參見〔明〕吳訥、徐師曾：《文章明辨序說．文章辨體序說》（臺北：長安出版社，1978 年），頁 104

〔註 75〕參見〔清〕錢木庵：《唐音審體》，收入丁福保：《清詩話》，頁 781。

〔註 76〕參見〔明〕吳訥、徐師曾：《文章明辨序說．文章辨體序說》，頁 32。

山村樹濕昨宵雨，石屋泠泠出蠻語。(〈道中作〉)

(3) 峰形南北殊凹凸，入地上天皆一日。潛行五里不見天，蠟炬光遠空浮煙。莓苔森森綠疑夢，蝙蝠手捫皆不動。一風沖出微帶腥，足底萬竅聲俱鳴。好奇徑欲窮顛末，行僮失聲炬將滅。四人急轉我後來，風黑恍有千人追。是時屈指當交酉，出洞見天天尚晝。飲泉百盞神始清，坐調鼻息方遠行。樹巔斜行途轉窄，鴉點撲人如雨黑。東行一洞勢較低，一洞復出清泉西。斜陽沉沉嶺頭落，客意極疲龕極樂。下方已黑天頂青，側帽恐礙當頭星。(〈自慧聚寺北行歷化陽朝陽觀音諸洞晚上極樂峰作〉)

(4) 山光欲雨江欲晴，雲黑復白波微明。此時擊楫涉江去，薄暝始向前山行。林梢一抹斜陽色，高下山磎一千尺。雲中道士來遠迎，語不分明指碑石。纍纍林果紅一山，傾耳祇覺禽聲蠻。道旁礫石削如鐵，山溜滴瀝苔花斑。沿岡久立怯北風，送客出户聞敲鐘。昏江棱棱水聲起，卻喜一星明舵尾。(〈涉漢欲至峴首輿丁誤入九宮山時日已將暝因小憩而返〉)

(5) 朝曦色染滄溟綠，東望海門如半粟。滄溟突處天蕩搖，頃刻已見西來潮。象山南頭蒜山尾，一舸倒流還數里。風威不敵潮勢狂，吹角北岸停帆檣。君不見，日居萬瓦鱗鱗內，眼暗頭低殊不耐。此時懷抱覺暫開，足底隱隱聞驚雷。天公似把炎蒸洗，東海叱龍龍盡起。一晌江都電影來，翠屏洲上紅三里。(〈登別峰庵望海忽值風雨〉)

(6) 千峰萬峰同一峰，峰盡削立無蒙茸。千松萬松同一松，幹悉直上無回容。一峰雲青一峰白，青上籠烟白凝雪。一松梢紅一松墨，墨欲成霖赤迎日。無峰無松松必奇，無松無雲雲必飛。峰勢南北松東西，松影向背雲高低。有時一峰承一屋，屋下一松仍覆谷。天光雲光四時綠，風聲泉聲一隅足。我疑黃河瀚海地脈通，何以戈壁千里非青蔥。不爾地脈貢潤合作天山松，松幹怪底一一

直透星辰宮。好奇狂客忽至此，大笑一呼忘九死。看峰前行馬蹄駛，欲到青松盡頭止。(〈松樹塘萬松歌〉)

首論結構。清人認爲洪亮吉七古似李白，〔註 77〕從句法篇法角度來看，他們同樣長於騰挪變化而不泥整齊對偶的拘束。〔註 78〕北江詩中的七言句，以上四下三（山光欲雨一江欲晴）的句式爲主，可目之爲五言上二下三之拓展。以此穩定句式的七言句書寫，卻並不顯單調而反覺明快，是因爲北江作品正如太白之〈蜀道難〉、〈夢遊天姥吟留別〉等詩，以「雜言」之形式營造節奏的變化。以五言兩句或四句起頭，再以七言鋪敘，是其主要的表現方式，於集中俯拾即是。除此之外，或爲三字句如（1）例：「雲光深，霞色淺，倒影空濛眾山顯。」、〈十三夜三鼓抵星星峽〉：「天上星，白皚皚。地上星，黑纍纍。星星峽中十五夜，天星地星光激射。」、〈石湖串月歌〉：「東橋月，西橋月，碧玉玲瓏串成玦。」以其短促的律動，活潑了穩定的節奏，亦帶有民謠的味道；在歌行中，又有九字十字以上的長字句，如（6）例之：「我疑黃河瀚海地脈通，何以戈壁千里非青蔥。不爾地脈貢潤合作天山松，松榦怪底一一直透星辰宮。」又如〈涼州城南與天山別放歌〉：「天山天山與我有夙因，怪底昔昔飛夢曾相親……」其長句之拗口破壞了詩行的流暢，加深了內容之感慨、議論的深度。詩人對於四字句的應用尤爲巧妙。偶字句的效果，高友工說得深入明確：

偶字句的聯是最整齊平整的結構，很容易形成最工整的對仗。這類四四或六六的對仗就漸漸與五七言的對仗爭衡。如果說奇句對句多變化，易流轉，那麼偶字對句則自有其

〔註 77〕王昶《湖海詩傳》：「（稚存）七言古仿太白。」；符葆森《國朝正雅集》引《蘭言集》：「（北江）七古步武青蓮，風發泉湧，一往莫禦，尤爲人所難及。」（轉引自錢仲聯：《清詩紀事》，頁 6787、6790。）

〔註 78〕葛曉音認爲李白山水詩的主要成就在描寫名山的七言與雜言歌行。這些詩作是詩人精神境界的自然化，在形式上打破了初唐歌行整齊對偶的拘束，雜用古文和楚辭句法，用豪放縱逸的氣勢駕馭瞬息萬變的感情，用仙境和夢幻構成了壯麗奇譎的理想世界。（參見葛曉音：《山水田園詩派研究》，頁 302。）

和諧和緊密之處。因此，後者是最理想的描寫感覺所得的直接印象，這與前者總要摻入一些主觀的印象不同。〔註79〕

雖然高氏乃是針對詞體的發展而立論，但筆者以爲這個觀察挪之於洪亮吉的七古與歌行亦爲可行。如（1）例之：「岩風吹征衣，上險切星斗。石鏡露落，山泉微光。暝色入樹，松花初黃。人間殘暑不至此，鶴氅乍著宜新涼。」從節奏的流動變化給予讀者之感覺上來看，倘若五七字句似行，三字句似走，那麼四字句就似止。（1）例以七言起頭，進入「岩風」句如《說詩晬語》所謂：「每段頓挫處，略作對偶，於局勢散漫中求整飭也。」〔註80〕節奏已漸慢。接著出現著兩聯四字句，句與句乃平仄對（四平對四仄），聯與聯乃辭意對（如「山泉微光」與「松花初黃」），對仗之工巧更使讀者目光聚焦，詩歌節奏凝滯。以此停頓，又令人覺得詩尾「雲光深」之三字句輕快。四言句與三言句類似的效果亦出現於〈早發邛水〉：「濛濛千樹花，正罩邛溪上。花朵落盡，巢禽不知。遊魚吹花，香氣若絲。花光深，萍色淺，襯出魚苗綠千點……」四言之對仗雖未若（1）例齊整，但語意的「若盡若絲」與節奏「漸緩漸止」，兩者配合之密則猶有過之。四字句也不只會出現於全詩的中段部分，亦有以四字句起首者，如〈中秋夜三鼓雨止月出喜而有作〉：「纖纖雨止，一更二更。雲白天微青，團團明月三更生。」內容由雨止至月出，節奏由四字之緩漸漸轉快，讀者的情緒眞如詩人一起波動了。洪亮吉爲駢文名家，對四字句的體會看來是勝過常人，並非一般作手能及。

至於篇法，范梈認爲長篇七古重「突兀萬仞，不用過句，陡頓便說他事。」短篇則宜「辭明意盡」。〔註81〕其實洪亮吉詩作無分題材體裁，內容多爲明朗直露。至於范氏對長篇的要求，北江七古有時亦

〔註79〕參見高友工：《中國美典與文學研究論集》（臺北：國立臺灣大學出版中心，2004年），頁277。

〔註80〕參見〔清〕沈德潛：《說詩晬語》，收入丁福保編：《清詩話》，頁536。

〔註81〕參見〔元〕范梈：《木天禁語》，收入〔清〕何文煥編：《歷代詩話》，冊下，頁745～746。

突然忽冒議論、突出一語，有時卻通篇環環相扣，與范氏詩法就沒有那麼切合。

詩法未合，但大原則並不違背。《師友詩傳續錄》：「問：『五言古、七言古章法不同如何？』答：『章法未有不同者。但五言議論不得，用才氣馳騁不得。七言則須波瀾壯闊，頓挫激昂，大開大闔耳。』」〔註82〕洪亮吉雖然多次批評王漁洋詩學觀念，但以阮亭此論詮釋北江詩作卻頗爲合宜。這是因爲王氏所論乃中國詩人對七古的傳統概念、基本原則。

再論七古歌行聲調，毛先舒曰：「詩作七古，宜從唐人用韻，乃爲無弊。」又曰：「古歌行押韻，初唐有方，至盛唐便無方。然無方而有方者也，亦須推按，勿得縱筆以擾亂行陣，如李將軍之廢刁斗也。」〔註83〕洪亮吉之七古、歌行詩作，屬於用唐韻而不拘泥，如前文題及，不爲聲調所累者也。以下是上舉諸例之轉韻現象，符號「→」表韻腳變動，括號內字爲所押韻部：

（1）七（質）裂（屑）→石、尺（陌）→走、斗（有）→光、黃、涼（陽）→淺、顯（銑）眼（濟）。

（2）黑、得（職）→村、溫（元）→雨（麌）語（語）。

（3）凸（月）日（質）→天、煙（先）→夢（送）動（董）→腥（青）鳴（庚）→末（曷）滅（屑）→來（灰）追（支）→酉（有）晝（宥）→清、行（庚）→窄（陌）黑（職）→低、西（齊）→落、樂（藥）→青、星（青）

（4）晴、明、行（庚）→色（職）尺、石（陌）→山、蠻、斑（刪）→風（東）鐘（冬）→起（紙）尾（尾）。

（5）綠、粟（沃）→搖、潮（蕭）→尾（尾）里（紙）→狂、檣

〔註82〕參見〔清〕王士禎：《師友詩傳續錄》，收入丁福保編：《清詩話》，頁149。

〔註83〕參見〔清〕毛先舒：《詩辨坻》卷4，收入郭紹虞編選，富壽蓀校點：《清詩話續編》，頁74、76。

（陽）→內、耐（隊）→開、雷（灰）→洗（薺）起、里（紙）。

（6）峰、茸、松、容（冬）→雪（屑）日（質）→奇（支）飛（微）西、低（齊）→屋、谷（屋）綠、足（沃）→通、蔥（東）松（冬）宮（東）→此、死、駛、止（止）

由前文的整理可知其轉韻則配合詩作內容及節奏。黃永武論古詩轉韻的審美效果曰：「一韻到底的，情感的變化少，波瀾也少……二句一轉韻，三句一轉韻，又覺得太局促……四句一轉韻或八句一轉韻，多寡雖停勻，但往往由於『韻意雙轉』的關係，時有略嫌刻板的毛病。」〔註 84〕北江七古、歌行不似五古少有轉韻，大多爲二句或四句一轉韻的搭配，以韻腳的疏密間接呼應詩作內容。如（3）例每句句用韻，兩句一轉，節奏之迫切反映了「山洞探險」的緊張感；又如（1）例，前文已述其句式變化的效果，使得詩歌節奏由快漸慢（七言→五言→四言），慢到了極致詩歌又流動起來（四言→七言）。韻腳的選擇與安排亦與這個節奏息息相關，詩首四句寫松姿奇偉，故句句入韻，又用仄韻。仇兆鰲論杜詩曰：「入蜀諸章，用仄韻居多，蓋逢險峭之境，寫愁苦之詞，自不能爲平緩之調也。」〔註 85〕洪亮吉詩以奇警爲主，用韻的原則正如杜甫入蜀詩，其古體之用韻以仄韻爲大宗，不獨此詩如此。到了詩之中段，焦點由奇偉松姿轉至縹紗嶺上風景，節奏減緩，句式則由七言至五言、四言，韻腳則由仄轉平且不再句句用韻。節奏來到最緩之處，又以三言七言拉高速度，韻腳又轉回仄。然詩尾亦不再句句入韻，以隔句入韻的平穩之格，和平中正的節奏結束此詩。正如此詩，北江對詩歌韻腳的轉換看似隨意揮灑，但其中自有精心設計之處。其他諸例，也分別是在句句用韻，兩句四句一轉之間取得節奏的平衡。而三句一轉、八句一轉的情形亦出現在北江集中，只是這些情形出現的頻率甚低，屬詩人偶一爲之的嘗試之作，我們就略而不談了。

〔註 84〕參見黃永武：《中國詩學．設計篇》，頁 168。

〔註 85〕參見〔唐〕杜甫著，〔清〕仇兆鰲注：《杜詩詳註》（臺北：漢京文化事業有限公司，1984 年，據四部刊要本排印），頁 679。

至於風格部分，北江之七古多爲奇警雄健之作，而此風格最適合以七古發之。楊載曰：「七言古詩，要鋪敘，要有開合，有風度，要迢遞險怪，雄俊鏗鏘，忌庸俗軟腐。須是波瀾開合，如江海之波，一波未平，一波復起。又如兵家之陣，方以爲正，又復爲奇，方以爲奇，忽復是正。出入變化，不可紀極。」〔註 86〕劉熙載《藝概》亦曰：「豪慨感激，於七言宜」、「七言要如鼙鼓宣舞」。〔註 87〕北江七古正符合了楊、劉對七古的審美要求。歌行亦多雄健，然又較七古來的奔放不拘。除文中所舉（6）例之外，北江集中歌行往往擅用歌行體裁活潑的特質，句式恣意變化，議論、想像與白描寫景融爲一爐。由此我們得知清人謂北江步武太白，其言有自。

三、近　體

洪亮吉的近體詩清人罕有論之者，〔註 88〕筆者以爲，這是因爲北江近體遠不如他在古體上的表現。以下諸例（1）至（5）爲絕句，（6）到（10）是律詩：

（1）積雨厨烟重，穿雲澗水溫。馬頭山鵲噪，牛角野禽蹲。

（〈人日登東山遇雪復西課至黔靈山久憩〉十首之五）

（2）炊煙紅不起，雲白膩空山。只有漁樵侶，閒蹤自往還。

（〈早從烏溪口出太湖〉）

（3）楊柳三層皆綠苔，春陰如海侵樓台。山凹一騎穿花出，錯認雲帆天半來。（〈三望坡騎馬歷黑土坡老鴉關諸隘〉二首之二）

（4）畢竟誰驅澗底龍，高低行雨忽無蹤。危厓飛起千年石，壓倒南山合抱松。伊犁大風每至飛石拔木。（〈伊犁記事詩四十

〔註 86〕參見〔元〕楊載：《詩法家數》，收入〔清〕何文煥編：《歷代詩話》，冊下，頁 731～732。

〔註 87〕參見〔清〕劉熙載：《藝概》（臺北：華正書局，1988 年），頁 70。

〔註 88〕如張維屏《國朝詩人徵略》：「先生絕句有奇情快論者。」然張氏所言，並非專指山水詩。又如符葆森《國朝正雅集》引《蘭言集》：「其餘各體（按：五古、七古外）亦皆備美，無一襲前人牙後語也。」（轉引自錢仲聯《清詩紀事》，頁 6789、6790。）說得也略嫌空泛。

二首〉四十二首之八）

（5）峯巒臨水極崢嶸，面面都疑刃削成。終恐此江留不住，小孤南畔石帆撐。山南面尤削，形如石帆。（〈歸舟過小孤〉）

（6）到來青歷歷，七十二峰巔。駭浪魚先拜，驚雷鳥已顛。水聲搖短夢，風色眯長年。昨夜前山雨，茫茫笠澤煙。（〈五鼓自五浦渡湖至東山〉）

（7）一山途四出，曉日正當頭。好鳥背人立，清泉擇地流。霧歸僧閣暗，雲出寺門浮。半晌沿林走，偏忘路阻修。（〈阿江汛道中〉）

（8）萬仞峰何峻，岩腰豁一扉。遠從波影入，已有日光飛。攀徑野花綠，排空石筍肥。谷鶯偷覷客，時復散紅旗。（〈路穿巖〉）

（9）到來已覺上青天，尚有人耕屋上田。老樹綠零前夜雨，夕陽黃破半城烟。江聲似恨山重疊，鄉夢都迷路七千。且倚石闌閒啜茗，半空靈果落僧肩。（〈觀音閣〉）

（10）更從石背眺昏黃，無盡江流入渺茫。百歲過人疑短夢，兩山與月鬥圓光。鸕鷀影逐浮漚沒，蟋蟀聲隨墜露涼。北府健兒京口酒，算來今日總尋常。（〈月夜登北固更望金焦二山回途與友人憩演武廳小作〉）

首論結構。在句式上，北江近體正如其古體，以上二（七言爲四）下三的安排最爲常見；偶以「折腰格」〔註 89〕如（6）例之「七十二峰巔」、（10）例之頸聯之「三一三」句式，使節奏突兀。章法部分，大抵合乎傳統詩論所謂的「起承轉合」。〔註 90〕對此，《詩法家數》說得

〔註 89〕〔明〕王昌會《詩話類編》論折腰格：「五言如『似梅花落地，如柳絮因風。』（六一）七言如『管城子無食肉相，孔方兄有絕交書』（山谷）讀詩若不律，自是一格。」。張健以爲五言詩以「二一二」或「二二一」，七言詩以「二二三」、「二二一二」、「二二二一」句式最爲順暢。王昌會所舉例者五言爲「一四」，七言乃「三一三」句式，皆拗口。（參見張健：〈王昌會論詩格研究〉，收入《詩話與詩》（臺北：五南出版社，2002 年），頁 133～134。）

〔註 90〕古往今來論近體章法者極多，宋代的《詩人玉屑》、明代的《詩話類編》都總納了相當多寶貴的意見。清代文學批評發達，評述的文章

詳細：

> 律詩要法，起承轉合。破題或對景興起，或比起，或引事起，或就題起。要突兀高遠，如狂風捲浪，勢欲滔天。頷聯或寫意，或寫景，或書事，用事引證。此聯要接破題，要如驪龍之珠，抱而不脫。頸聯或寫意、寫景、書事、用事引證，與前聯之意相應相避。要變化，如疾雷破山，觀者驚愕。結句或就題結，或開一步，或繳前聯之意，或用事，必放一句作散場，如剡溪之棹，自去自回，言有盡而意無窮。〔註91〕

楊載所論雖爲律體，但也有一些批評家認爲將楊說易「聯」爲「句」來觀察絕句亦無不可。如《師友詩傳續錄》曰：「起承轉合，章法皆是如此，不必拘定第幾聯第幾句也。律、絕分別，亦未前聞。」〔註92〕上舉（2）（3）（5）三例，藝術成就或有高低，但皆以對景興起作首句。承的部分，或有如以景承景的（2）例（「白雲」續「炊煙」）；或有以想像之筆拓展起句之白描筆法的（3）例；或有以一句之份量，加強刻畫起句之山水意象的（5）例。雖然寫作技巧不同，但皆合乎「承」處拓展起句的原則。到了第三句的轉，除了視點〔註93〕的迅速切換如（2）（3）

更如雨後春筍。張夢機爬梳整理前賢所說，以爲近體章法有一大原則——即「起承轉合」。然有法之極，歸於無法，不可爲法所囿。（可參見張夢機：《近體詩發凡》（臺北：中華書局，1984年），頁129～172；《古典詩的形式結構》（臺北：駱駝出版社，2001年），頁170～199。）

〔註91〕參見〔元〕楊載：《詩法家數》，收入〔清〕何文煥編：《歷代詩話》，冊下，頁729。

〔註92〕參見〔清〕王士禛：《師友詩傳續錄》，收入丁福保：《清詩話》，頁154。

〔註93〕視點與視角有所不同。李清筠曰：「視點是視覺感知有意投射的聚焦」又曰：「除了視點，審美角度的定位性和流動性如何結合，也會影響美感經驗的呈現。所謂『定位性』，視說我們在欣賞景觀時，必須找到一個準確的視角，以掌握景觀的客觀典型特性……至於『流動性』，則是採取『視點漂動』的觀察方式，以對景觀作依連續性的把握。」（參見李清筠：《時空情境中的自我影像》（臺北：文津出版社，1990年），頁262～264。

例之外，亦有轉爲議論語調的（5）例。無論如何，皆從「起」、「承」之詩境空間轉移或跳脫。而詩末之合，總能歸納以上三句之意，帶出審美的趣味。如（2）例以漁樵之「自在」與雲煙之「不自在」相對，突顯隱者閒情逸趣；（3）（5）同樣以船行意象作比喻作終，而（3）的雲帆與「承」之「春陰如海」的比喻呼應，（5）例則呼應起句之「峯巒臨水」，以及讀者對小孤山「獨立江中」的印象。兩例之「合」，亦均以比喻「開一步」收尾，但仍以整體結構聯繫，維持形式的有機。

（4）例與（2）（3）（5）之以寫景起頭的筆法不同，它是由虛入實，從議論轉爲具體意象的呈現，但仍合乎起承轉合章法。首句是議論、是想像，次句寫雨既承續前句造化、神龍之變幻無方，也爲開啓後兩句寫奇景的空間。「轉」、「合」之處，白描奇景，不假雕飾使讀者彷彿「身觀其地，身歷其境，而後知心驚魄動。」〔註 94〕（1）例四句，對仗工整，似乎不合「起承轉合」章法。其實此例體現了北江絕句的另一種寫作技法，嚴明曰：「北江絕句長於紀事，是較爲突出的。絕句因其形式短小，並不適於紀事，而北江爲了克服這一短處，就往往採用組詩的方法，集合數首甚至數十首的絕句來敘事紀實，其藝術效果並不亞於長篇敘事詩。」〔註 95〕像（1）例此種以絕句合爲組詩寫山水者，在北江集中還有〈自鎭遠舟行至常德雜詩〉、〈廬山道中雜詩〉、〈自崇安城外至九曲溪道中作〉、〈自西湖至理安寺道中雜詩十四首即呈際風方丈〉……等。這些絕句，其功能正如前論五古時所謂：「以兩句到四句爲一單位，以白描手法爲主交代一個動作或傳達山水一景。」〈人日登東山遇雪復西課至黔靈山久憩〉除上舉（1）例外，或如「半城新綠影，齊上振衣岡。露濕棲鴉徑，春濃選佛場。」、「樹侵官道窄，山壓女墻低。馬逐雲頭上，人隨雨脚低。」等絕句，於組詩中並未帶有「起承轉合」之功能，它們是以一組組的「單位雙

〔註 94〕參見〔清〕洪亮吉著，劉德權點校：《北江詩話》卷五，《洪亮吉集》，冊 5，頁 2298。

〔註 95〕參見嚴明：《洪亮吉評傳》（臺北：文津出版社，1993 年），頁 97。

句」〔註96〕處理詩中的意象、動作與時空，使詩中「一切色相，俱聚於一點」。〔註97〕

北江律體與絕句之「起承轉合」結構大致相同。上舉諸例除（8）之「百歲過人疑短夢」屬議論外，皆以「目之所及」之破題起興，頷聯延續。「轉」的部分，視覺之外的感官經驗以及詩人的想像與感嘆，成爲強調的重點。如（9）之「江聲似恨山重疊」以聽覺經驗使用擬人法、（10）之「蟋蟀聲隨墜露涼」綰合聽覺與觸覺效果，都能增強詩味的濃度。尾聯之「合」則較絕句更能達到「自去自回，言有盡而意無窮。」的審美要求。無論是以景作收（如（6）（8）（9）例），或以論斷語言訴諸理智與了解以總納全詩（如（10）例），都能帶有安於當下悠然自適的哲理智慧。

次論聲調。從上面諸例來看，北江近體所犯聲病頗多。雖然「失對」、「失粘」、「孤平」皆有所避免，但「夾平」（如（8）之「攀徑野花綠」）則偶有所犯，「上尾」毫不避諱，而（8）例甚至出韻了。至

〔註96〕簡錦松以爲，傳統詩論中「起承轉合」的理論基礎乃是以「意」爲主導，對於詩的意脈運行的掌握上確實有其長處。但對於七言絕句此一文體的基礎結構的掌握上，以「意」爲主導的理論就顯現出難以掌握的不穩定現象。簡氏認爲一首七絕在結構上可分作兩個「單位雙句」構成，「第一單位雙句」的作用是要構成一個「具象的」或「不具象的」畫面，以提供緊隨其後的「第二單位雙句」一個立足的基地，而「第二單位雙句」必須嚴格地自我約束，只可在「第一單位雙句」所構成的基礎畫面中找出它所要的那一個重點。（詳見氏著：〈七絕章法結構新論〉，收入《古典文學》（臺北：學生書局，1988年），集10，頁359～373。）

〔註97〕簡錦松以爲，「單一法」是中國古典詩中共同的結構要求。何謂「單一法」？就是作者在創作過程中，詩中的對象、景物、事件、空間、時間、動作都必須是單一的。假使詩中的對象、景物、事件、空間、時間、動作等等並非獨一無二，但作者以注意到此，並加以處理，使一組對象、景物、事件、空間、時間、動作等等爲主題外，其他的均很明確地是一種附從關係，也符合「單一」的要求。此書寫策略原則運行於詩中動作、時間、空間的設計與處理，所達到的審美效果，即「一切色相，俱聚於一點」。（詳見氏著：〈七絕章法結構新論〉，收入《古典文學》，集10，頁373～395。）

於「拗救」部分，前人以爲拗救可使句法勁健，上面諸例亦頗多拗救的現象。只是其所救者，多爲七言之第一字，或「平平仄仄平」以外的五言第一字、七言第三字，〔註 98〕這種情形不救可也，並不能視爲詩人刻意爲之的技巧。

最後來看風格問題。《詩法家數》:「絕句之法，要婉曲回環，刪蕪就簡，句絕而意不絕。」;〔註 99〕《藝概》:「絕句取徑貴深曲，蓋意不可盡，以不盡盡之。」〔註 100〕北江絕句並不符合這類傳統對絕句的審美要求，它們多半清新明朗帶有趣味，非旦少有「婉轉回環」的效果，有時彷彿深怕老嫗不解，或許亦受當時「學人詩」之影響，更將詩境所欲表達、描寫之現象於詩外註解之。律體部分，雖然並不嚴守格律，但風格上無論五七言皆符合傳統詩論的要求，〔註 101〕在內涵的表現上也較爲深厚而具有可讀性。

第三節　詩境中的時空意識與物我關係

山水詩是以文字作爲媒介表現自然之美的藝術。無論是「目擊可圖」的題紀之作，還是旨在捕捉「象外之象，景外之景」的山水清音，詩境中的時空關係往往是我們體會詩作內涵的重要指標。王建元曰：「山水詩應是一種表達『空間經驗』的藝術型態……研究中國山水詩

〔註 98〕七言第一字對句相救者：如「更從石背眺昏黃，無盡江流入渺茫」；五言第一字及七言第三字對句相救，如「馬頭山鵲噪，牛角野禽蹲」、「水聲搖短夢，風色眯長年」、「霧歸僧閣暗，雲出寺門浮」、「老樹綠零前夜雨，夕陽黃破半城烟」、「且倚石闌閒啜茗，半空靈果落僧肩」、「北府健兒京口酒，算來今日總尋常」；本句自救又對句救之者：如「終恐此江留不住，小孤南畔石帆撐」。

〔註 99〕參見〔元〕楊載：《詩法家數》，收入〔清〕何文煥編：《歷代詩話》，冊下，頁 732。

〔註 100〕參見〔清〕劉熙載：《藝概》，頁 70。

〔註 101〕楊載《詩法家數》:「七言：『聲響，雄渾，鏗鏘，偉健，高遠。』；五言：『沉靜，深遠，細嫩。』。」(參見〔元〕楊載：《詩法家數》，收入〔清〕何文煥編：《歷代詩話》，冊下，頁 729。)

的雄渾美感而集中焦點在空間和時間上，等於將討論觸角伸入這個藝術型態的深層……」〔註 102〕事實上透過詩中時間與空間的觀察，往往也能探析詩境中「詩人觀照的型態」，辨別詩中物我關係進而深入體會詩人所欲傳達的審美經驗。

一、詩境中的時空意識

北江五古與絕句組詩似謝靈運，這並非單純技法上的模仿。〔註 103〕其深層原因正如清人所說：「以性好遊山，故所作相似。」——他們再現山水之美，都是出於探幽尋勝的獵奇心態而採取「游觀」的方式。白振奎認爲以此態度審美，於詩中之景物表現，在空間上的轉換較強，時間亦不斷推移。詩人對山水景物較少定向定點的描摹，而是處於持續的動態之中。〔註 104〕這種時空意識其實從詩題的安排即可得知一二，謝靈運對詩題的命名，本身就像是一篇遊記；〔註 105〕洪亮吉在諸多筆者稱之爲「組詩」的詩篇中，完全師法大謝這個特質。如華山諸作的〈未

〔註 102〕參見王建元：〈中國山水詩的空間經驗時間化〉，《現象學與中西雄渾觀》（臺北：東大圖書出版公司，1982 年），頁 135。

〔註 103〕洪亮吉對陶潛的評價高過二謝。《北江詩話》卷二：「陶彭澤詩，有化工氣象。餘則惟能描山繪水，刻畫風雲，如潘、陸、鮑、左、二謝等是矣。」（參見〔清〕洪亮吉著，劉德權點校：《洪亮吉集》，冊 5，頁 2258。）但北江山水詩、行旅詩與遊覽詩卻以學謝的功夫最深，少見陶詩之痕跡。其中原因，筆者以爲正如方東樹《昭昧詹言》卷五評論陶、謝曰：「陶公不煩繩削，謝則全由繩削，一天事，一人工也。每篇百徧爛熟，謝從陶出，而加琢句工也。」（參見〔清〕方東樹：《昭昧詹言》（臺北：漢京文化事業有限公司，1985 年），頁 131。）蓋康樂詩之人爲精工，乃有跡可尋，可爲詩人效法者。洪亮吉對大謝詩的仿效顯然是經過深思熟慮。

〔註 104〕參見白振奎：《陶淵明謝靈運詩比較研究》（上海：上海辭書出版社，2006 年），頁 94。

〔註 105〕李豐楙〈山水詩境與中國詩學〉云：「題目之作是山水詩中所佔份量極爲可觀的部分，從早期開始嘗試記遊式的寫法，詩題就是簡短的遊記，如謝靈運精於製作的題目：〈遊赤石進帆海〉、〈於南山往北山經湖中瞻眺〉、〈從斤竹澗越嶺溪行〉……」（參見李豐楙〈山水詩境與中國詩學〉，收入羅宗濤等著：《中國詩歌研究》，頁 115。）

曉由金天宮西至環翠巖望山南諸峰〉、〈金天宮夜宿〉、〈松檜亭待新月〉、〈縹紗嶺納涼〉與〈四更上落雁峰看日出〉各首詩詩題的串聯，就是時間順序的遞換以及一連串移步（或移目）易景的瀏覽。讀者於詩境中空間的領略，不只是平面式、圖畫式的單純感受。如高友工論大謝詩曰：「謝詩山水空間的書寫方式，不盡然如圖畫般一景一物整體繪現，乃是經由一個行動接著一個步驟，上下攀爬跋涉，尋山涉嶺，終於形構出立體的山水空間。」〔註 106〕因此筆者以爲，洪亮吉師法大謝是對王漁洋詩學的一種反動。蓋北江詩很重視自然意象的肖像性，又因爲不走盛唐王、孟與當代漁洋的路子，他安排詩境空間的手法反而近於宋人。楊雅惠認爲宋人多以方向詞、處所詞的介入，或以動詞融接，這兩種方式融合遠景與近景，而少用蒙太奇式的意象拼合。〔註 107〕我們看洪亮吉詩中的例子：

（1）山農以爲地，游魚以爲天。下層魚蛤中層田，上層復蓋蒼蒼烟。（〈浮田歌〉）

（2）下方晴訝上方雨，東嶺雲穿西嶺雷。正欲扶雲飛不透，樹頭老鶴亦徘徊。（〈八月初一雨中作〉）

（3）露光開梵刹，雲影抱人家。（〈八匡塘〉）

（4）松陰灑危殿，嵐光度寒門。（〈久憩龍神殿觀泉源并喜春海棠復開〉）

（5）谷暗緘朝雨，池寬熨夕陽。（〈避暑〉）

（1）（2）例以方位詞標明空間關係。正如王國瓔曰：「有的山水詩往往以東西南北四角方向的對比來概括遊覽觀賞的範圍，並表現空間的遼闊感。」〔註 108〕除了「東西南北」等方位詞，筆者以爲不妨納入「上下」，使探討的範圍從四維轉入六合。以方位詞表現景物之間的

〔註 106〕參見高友工：《中國美典與文學研究論集》，頁 223。

〔註 107〕參見楊雅惠：〈山水詩意境中的空間意識——以北宋「三遠」爲例〉，《國家科學委員會研究彙刊：人文及社會科學》第 8 卷第 3 期，1998 年 7 月，頁 399～400。

〔註 108〕參見王國瓔：《中國山水詩之研究》（臺北：聯經出版社，1992 年），頁 359。

深淺、遠近、高低關係的詩句，多半爲一種全景式的書寫。大範圍的山水之美詩人只能以目光或神思所及，因此方位詞的運用，是爲了客觀再現山水的形構。

相對的，（3）例以下的詩句屬於以動詞融合景象者。它們不限於遠景近景，能夠活潑的統合詩境空間。但無論是哪一種安排空間的方式，詩中「我」的位置總是詩人藉以突顯自然意象的位置或形構之重要指標。誠如本文第二、三、四章所論及，洪亮吉追求「詩中無我」並不意味他的書寫總將詩中主體完全隱藏——他追求的「無我」，是「小我」情感的屏除，不再直截的以山水作爲疏發狂情的意符，而是更融洽的與天地合德，將主體融合於詩境之中，以此展現「奇而有理」的山水美質與奇警詩風，茲舉數例於下：

（1）下方已黑天頂青，側帽恐礙當頭星。（〈自慧聚寺北行歷化陽朝陽觀音諸洞晚上極樂峰作〉）
（2）雲中數騎出，北斗貼馬足。（〈發界亭驛〉）
（3）眼前親切雲霧生，足底忽已開山城。（〈將抵黎平歷滾馬坡諸險〉）
（4）空際飛瀑來，忽向足底橫。（〈山居雜詠〉）
（5）人行飛鳥背，面上落雲朵。（〈支硎山雜詩〉）
（6）西行嶺逾陡，星影綴圓笠。（〈天平山〉）
（7）天路眉端出，人煙跨下生。（〈半月臺久坐〉）

從以上諸例我們發現，無論是山之高偉險峻還是水之暴漲湍急；無論寫實的白描或極度的誇示，詩人主體皆在詩境之中。人煙飛泉生於足底，雲霧天星迎面而來，詩人藉由「身體經驗」使讀者更易於領略自然之美。此種強調主體的作法近於宋人，楊雅惠曰：

> 唐詩中「遠」多將觀看主體的位置隱藏，近乎意象的獨白、如畫的平面，而不多作方位的指引。王維既「以物觀物」，消解觀物距離，「無限」在「有限」的甚麼方位，便似爲一矛盾且多餘的問題。宋人則必融行爲主體於遠景之中，以動詞與介繫詞使意象建立網絡而使文本立體化，使有限的

> 主體進入無限的世界有一方位確定的入口。爲顯出主體所在，以貼近身邊的近景代替主體粗糙的自我顯露。〔註 109〕

洪亮吉既然師法大謝，以人物的行旅動作，串聯山水諸景的空間安排。那麼他學宋人不隱藏主體的做法，無疑是聰明且合適的。從上述諸例同時也表明了其題詠江南勝景還是黔貴的名山大嶽諸作，表現最力的是仰觀俯察之視角（如上述諸例），以高遠的意境帶來的雄渾肅穆感。洪亮吉詩風多陽剛奇警，與詩境中的空間意識亦有相當深刻的關係。

上面諸例屬於「片段」的探析。我們從〈由檀柘寺後二里抵龍潭憩八角亭作〉詩中觀察北江如何經營詩中的立體空間。此詩藝術價值雖不甚高，但它清晰的呈現出洪亮吉模山範水諸作時空意識的特質：

> 溯泉來空山，百折泉不見。亭午微北風，千林落花片。孤循危磴上，花瓣驚拂面。半里憩石樓，疏鐘禮神殿。危崖急奔溜，直下有如箭。石墮儼作梁，松頹合成澗。山僧導東轉，傑閣忽高建。百卉合一山，人稀鬧鶯燕。清泉鑑毛髮，坐久復生戀。涼燠既倏殊，風光亦千變。谿茶向樵乞，山果有猨薦。暝坐不覺遲，歸途月如綫。（〈由檀柘寺後二里抵龍潭憩八角亭作〉）

王國瓔以爲，以多重或迴旋的視點把握山水的全境，傳達美感經驗的全部，是中國山水詩在安排詩境整體畫面的一個傳統。〔註 110〕洪亮吉詩中的視點切換與詩中主體的行旅過程密切相關。以章法上來看，此詩亦符合前文所述的「以二到四句交代一個動作或描寫一景」，轉換的關鍵是「動作」，藉由「溯泉」、「孤循危磴上」、「憩石樓」、「東

〔註 109〕參見楊雅惠：〈山水詩意境中的空間意識——以北宋「三遠」爲例〉，頁 403。

〔註 110〕王國瓔曰：「把不同的視點（如高、低、遠、近）以及不同的瞬間（如朝、夕）的自然景象並置、共存於空間，正是中國山水詩畫面構圖的特徵。它們表現的，不是美感經驗的片面，而是美感經驗的全部；揭露的不是從固定位置，依單向透視法來經營安排山水構圖，而是和中國傳統山水畫家那樣，以多重或迴旋的視點，來把握大自然的全境。」（參見王國瓔：《中國山水詩之研究》，頁 378。）

轉」、「坐」、「歸」等動詞或動詞片語，我們甚至可以將此詩化為簡單的流程圖：

（甲）溯泉而深入景中→（乙）賞花並沿石階向上攀爬→（丙）小憩石樓→（丁）觀覽一帶危崖、飛泉等近景→（戊）東轉續行，見到目的地八角亭→（己）觀覽八角亭景緻→（庚）於八角亭久憩→（辛）歸途

隨著這些動作的頻繁替換，視點不斷變化，它不只是左右平移或上下擺動，而是斜行騰挪於各個景物。黃永武《中國詩學》論詩中空間的轉向以為：「垂直方向有嚴肅莊重感，水平方向有平和寂靜的氣氛，斜線有躍動與不安定的感覺。」〔註111〕綜上所論，詩人最強調的是高下起伏的對比，著重於高遠美感的呈現，在整體空間順序表現上則多斜行的規劃，重視「行旅」、「遊覽」動作為空間所帶來的律動感。

接著探討北江詩中的時間安排。空間的安排不可能脫離時間意識，依王建元的觀察，二者的結合主要可透過兩種現象觀察之：

> 詩人將其空間經驗視為一種「情況」（situation），其基本結構深植於時間之中。這種將重心從空間轉移到時間，在詩作中大致有兩種現象：其一是具體時間意象的直接呈現，其二是時間意象退隱為詩中一種內在的時間性，是一種蘊藏在詩人的「意旨」（intentionality），甚至身體行動（bodily motility）的綜合時間性。〔註112〕

在〈由檀柘寺後二里抵龍潭憩八角亭作〉中，時間與空間是交融的。最具體的時間意象詩末的「月如綫」，詩首的「亭午」也作為時間詞，明確交代行旅過程的起始時間。至於「內在的時間性」，我們可以藉由「溯泉」、「東轉」等行旅動作，甚至是一些動作與表示時間之副詞的揉合如「坐久」、「暝坐不覺遲」掌握詩中時間的流動。洪亮吉絕大多數的作品正如此詩，時間的流動明快而少有遲滯。詩中總能提及（或

〔註111〕參見黃永武：《中國詩學．設計篇》，頁62。

〔註112〕參見王建元：〈中國山水詩的空間經驗時間化〉，《現象學與中西雄渾觀》，頁137～138。

暗示）這次行旅所橫跨的時間，或從某日到某日、幾更到幾更，又罕見倒敘及預敘，而多以順序的序列推衍行旅的動作。在一些詩作中，「空間的時間化」〔註 113〕尤其分明，詩歌內涵裡的時間流動與詩句節奏更爲相輔相成，下面諸例中尤爲明顯：

（1）一更初明山寺鐙，二更雨止歸寺僧，三更棲烏碧光景，塔漾空明七層影。船頭明月已四更，孤客幽夢隨潮生。寺樓疏鐘只一聲，北風吹舟南岸橫。（〈夜宿金山寺〉）

（2）一更初聞柔櫓聲，二更分燈入北城。三更濃香袖中起，客夢猶疑㵿花底。（〈閏二月朔日曾同年燠招同人至平山堂探梅歸途風雨漫賦一首〉）

（3）纖纖雨止，一更二更，雲白天微青，團團明月三更生。（〈中秋夜三鼓雨止月出喜而有作〉）

「一更」、「二更」等時間詞隨著其「數字」的遞增，使得這些詩句具有趣味的節奏之美。但這並非這些時間詞最主要的效用。上例每一句——詩人領略的空間經驗，一個個美的瞬間並非片段的，卻因時間詞的標明而連貫。如（1）例，讀者感受的並非不同而斷裂的金山寺景，而是藉由時間詞的提攜使得每個瞬間彼此交融，體驗一整個「天明的過程」。筆者以爲，洪亮吉對詩中時間明確而順序的安排，使其詩句的展示並非如幻燈片一一傳達每個美的瞬間，而像電影一般，再現其完整的行旅經驗。

二、詩境中的物我關係

王國瓔將中國山水詩中的物我關係，分作「相即相融」、「若即若離」與「或即或離」三種典型。「相即相融」，即詩人觀物之際完全拋卻「我」之知性思維與情緒；詩中人物雖未必完全隱去，但詩中之「人」

〔註 113〕仇小屏探析王建元〈中國山水詩的空間經驗時間化〉、李元洛《詩美學》以及簡政珍《電影閱讀美學》的說法。仇氏認爲「空間的時間化」乃作品中出現的空間意象，要靠時間爲線索所勾連起來；等於在時間的流逝之下，帶出空間的轉變。（參見仇小屏：《古典詩詞時空結合的設計》（臺北：文津出版社，2001 年），頁 261。）

已在美感經驗中渾然忘我，與物俱化，渾而爲一。「若即若離」者，同樣也是詩人忘卻社會人生之榮辱情感，純粹呈現美感經驗的詩作，但詩人「觀照者」（contemplator）的意識還是存在；因爲「步步不忘我是遊山人」，詩中存在著賞景的「意圖」，是以未能完全與物相即相融。至於「或即或離」之狀態，意味著詩中時有美感經驗以外的經驗（或情緒的感傷，或哲理的思維）涉入，並不完全沉浸美感經驗裡。〔註 114〕這三種典型的物我關係可單獨存在，亦可輪流出現於一詩中。依此分類，洪亮吉詩中「相即相融」之典型極少出現，但詩人與法式善等人深思「詩中有我／無我」之議題後，在黔中諸作裡可以找到一些詩人與物相即相融的絕句，〔註 115〕本章二節所剖析的〈人日登東山遇雪復西課至黔靈山久憩〉十首之五：

積雨厨烟重，穿雲澗水溫。馬頭山鵲噪，牛角野禽蹲。

詩境中人跡全無。詩人以「以物觀物」審美態度，於是詩筆下的自然諸景皆自陳其本來之面貌。另一種類型的「相即相融」的絕句，如〈渡無溪〉：

溪亭皆有屋，分半作水巢。昨夜前攤漲，遊魚上樹梢。（〈渡無溪〉）

「有屋」意味著有人跡的存在。但溪亭之屋既作水巢，可見「人跡」與「自然」並不相對，而是成爲自然之景的一部分。三、四兩句，遊魚上樹，對此奇景詩人既不贊嘆，也不作其他的修辭。物我已經相融，詩人只是任物自顯。

洪亮吉與山水「若即若離」的詩作，往往出現在詩人深入山水的「組詩」，以詩人遊華山的〈自玉泉院至五里關〉爲例：

入谷氣始陰，上坂地復失。盤盤行空中，石亂忽拒轍。維時正晴午，昏晦霧欲結。遂令高峰雲，慘若太古雪。陰暗生蒼苔，錯落繡根節。神工竟草創，巨斧未剗截。萬古積

〔註 114〕詳見王國瓔：《中國山水詩之研究》，頁 401～441。

〔註 115〕王國瓔認爲五言小詩或絕句，因爲詩體上的特色，在「物我相即相融」上最令人激賞。（詳見氏著：《中國山水詩之研究》，頁 402。）

> 鬱怒，欲下勢已猝。危茲幽人居，陡向厓底突。云開北邊牖，夜半或見月。欹松橫成梁，直石立作闕。幽瞻正徘徊，飛瀑頂上出。

前文論北江詩境中的時空關係題及，洪亮吉多以「游觀」的態度探訪山水，以自我之身體經驗爲中心，表現詩境中的時空。詩人遊歷的「動作」相當明顯，也因其「遊歷的姿態」而未能與自然完全物我相融。如此詩中之：「遂令高峰雲，慘『若』太古雪」、「神工『竟』草創，巨斧未劖截」。詩人在表達其審美經驗已染上「尋幽探勝」的色彩。

洪亮吉詩裡所表現的物我關係，絕大多數是「或即或離」的。早年借山水以抒發狂情，晚年以山水傳達哲思，即便「無我」思想最爲高漲的入黔諸作和藝術成就最高的西域諸作，我們發現洪亮吉的情感或哲思往往投射於山水。北江論詩以性情爲重，不喜「假王、孟詩」，是以其詩作中的模山範水總帶有自己的性情。主體自我性情之凸顯，也勢必與物有所隔閡。

第六章　結　論

本章乃結論，歸納本文對洪亮吉山水詩的創作背景、文學內涵與寫作技法及風格的研究成果，分析其繼承與開拓、長處與缺失，並提出本研究之侷限與展望。

筆者在第二章，以四個小節論洪亮吉山水詩創作背景。第一節，論乾嘉詩壇與常州文風給洪亮吉帶來的影響。乾隆時期因爲試帖詩的再現以及詩社集結普遍，使得整個社會寫詩風氣熱絡。但又因爲文字獄的興盛，當時詩人對詩歌題材的開創極其有限，以徜徉山水、消遣時序、應酬之作佔了極大多數。洪亮吉的詩歌創作也不能免於時代風氣之影響，這也是山水題材成爲北江詩中精華的外緣原因之一。乾嘉時期引領詩壇的是格調、性靈、肌理三種詩論，影響洪亮吉最大的則是袁枚的性靈說，其山水詩也極力追尋自我風格的建立。至於洪亮吉所出身的常州，因爲經濟環境的優渥而人文鼎盛，出身於此的學者多有一種「淵博」的特質及耿介疏狂的人品。洪亮吉的一生，基本上就是常州人文精神的縮影，他本身就是常州精神的典型。這種士風也反應在其詩歌風格中。

第二節，勾勒洪亮吉的生命歷程。筆者以爲幕客生涯的開始、高中榜眼後的轉變、宦遊黔貴與謫戍西域的經歷，以及歷劫歸來後的沉潛，這些事件對北江的詩作都造成了影響。

第三節，論洪亮吉的詩友交遊對他帶來的影響。朱筠影響了他對山水題材與雄奇詩風之偏愛，袁枚則啓發了他論詩重視性情的概念，畢沅的詩歌成就則是他一生努力的目標，此三人乃洪亮吉「師長」輩中對他影響較大的。與亮吉「同輩」相交的詩友中，黃景仁、孫星衍、法式善、張問陶、錢維喬、趙翼與詩僧巨超、慧超都是理想的讀者，其中法式善、趙翼、錢維喬對北江詩的缺點都能準確指出，也能促使詩人深入思考詩學問題。

第四節，論洪亮吉的詩觀。洪亮吉論詩並重「性情」、「學識」、「品格」，不特別以詩中「模山範水」爲重，但亦有一定的審美標準。他以爲詩中描山繪水應「奇而入理」、「詩似其境」且「精簡詩筆」，也應追求性情與山水的有機結合，以窺化工之境並再現自然之趣和化工氣象。在深入北江的詩作後，我們發現他的創作基本上符合他的詩觀。

在第三、第四章，筆者以五個小節論析山水詩內涵特質。第三章一節，論《附鮚軒詩》時期的詩作。洪亮吉在二十六歲以前，雖已具備山水詩必要的寫景技巧，且有意識的將遊覽山水的熱情與審美經驗做爲創作主題發之於詩，但其所作普遍比較稚嫩。二十六歲入朱筠幕僚，洪亮吉漸漸以山水寫性情，建立奇警的風格。這個階段傑出的詩作有兩種型態，一種是深入山水，以「組詩」型態表現其自然之美，如《黃山白嶽集》集中諸作；另一種是詩人以濃烈的儒者色彩，借山水之壯景寫入世的渴望，即形成王英志所謂「借山水抒狂情」的詩作。但無論何者，這階段的詩作都有「甯詩不工句必彊」的特質，可以說是少年之作的生澀，因此筆者將這個階段的創作視爲洪亮吉山水詩的奠基期。

第二節，論《卷施閣詩》中「未達以前」的詩作。這個階段是洪亮吉山水詩的成長期。詩人顛沛於中原、西北等地，其山水詩的境界更爲雄偉。如《傭書東觀集》與《憑軾西行集》中面對歷史古蹟留下的詩作，融合時間的「悠遠」與空間的「高遠」、「平遠」提煉出無比的壯美；《太華凌門集》的華山諸作與《中條太行集》行經華北諸作，筆力集中於「山」、「石」、「松」、「雲」等意象，以此做爲營造整體詩境的焦點，在造境的表現上更加出色，從描繪江南諸景的「奇幻」、「奇秀」更開拓出「奇險」的風格。但北江也隨著詩作漸多，出現了一個明顯的疏失，那便是意象、結構時有重複，並不是每一首詩都有嶄新的原創性。

第三節，論洪亮吉入黔時期的詩作。北江這階段的詩作在內涵上有很大的變化。詩人高中榜眼後，面對山水的心態有所轉變。此時，他與法式善、張問陶等人深交，時時與這些詩友切磋，也因此對「模山範水」有更深入的思考。這階段的詩作企圖拋卻小我的情感、俗世的欲念以追求「無我」之詩境，這些詩作中則並存著「平易」與「奇警」兩種迥然不同的風格。平易詩風的創作主要是出於追求「無我」詩境的詩學觀念。這類詩作以近體爲多，詩人往往避免警句，利用意象的並列，抹去「我」的痕跡。其佳者雖沖淡有味，但仍未臻王漁洋神韻的境界，也失去了洪亮吉詩有「眞氣」、「奇氣」的長處。對洪亮吉的詩人生涯來說，此種風格上的突破與嘗試自然是有意義的，但遺憾的是這類平易的詩作文學成就較低。至於詩人在奇警「本色」上的發揮，往往以擬人手法面對山水景物，消融物我之間的隔閡，捕捉黔中山水「清峻」、「多雨」、「顏色鮮明」等美質，展現出與書寫江南、華北諸作不同的審美感受。是以筆者以爲這階段可以定位爲洪亮吉山水詩的轉變期。

第四章第一節，專論《萬里荷戈集》、《百日賜環集》行旅西域諸作。洪亮吉對西域山川的歌詠是其文藝創作生涯的高峰。他因言獲罪謫戍伊犁，故言語不敢涉及餘事，在遣戍路途上只能更加專注於山水之間。又因嘉慶帝不准作詩之令，使詩人滿腹的詩思必須沉澱至回歸故里時才得以抒發。種種外緣因素使得《荷戈》、《賜環》集中的詩作避免了以往意象、結構時有重複的缺失。洪亮吉出入西域諸作，可分爲歌詠天山者與書寫戈壁者兩部分。天山是詩人精神的寄託、家鄉的投射，詩人往往並用幻想之虛筆與白描之實筆，勾勒出詩境裡不可思議的天山。至於戈壁沙漠，詩人則強調其自然環境的惡劣，以戈壁沙漠的奇險營造文學作品所需的「陌生感」。

詩中的山水，又往往與詩人的性情心境結合。《荷戈》集中諸作寓詩人行旅之苦，復與詩中山水及寒冷的天候形成「冷」的特質；《賜環》集中的詩作屢見詩人得以回歸故里的喜樂，和詩中山水及春暖花開時節形成「暖」的特質。兩種特質的呈現豐富了洪亮吉往還西域詩作的內涵。洪亮吉西域詩對西域自然之美的表現，其文學藝術的成就遠勝當代如紀昀《烏魯木齊雜詩》等詩作。他師法岑參奇而入理的原則，卻除去嘉州詩中「小我」建功立業的欲念而將西域的壯美表現得更加純粹。此外，綜觀中國詩史，出入佛老而寄情山水的傳統淵遠流長。《荷戈》、《賜環》中的作品，達到了不遜於那些詩作的思想高度，卻有不同的特質。北江排斥佛理，對老莊學說也無太大興趣，他以一個純粹的儒者，對道家思想的選擇性的吸收，重視老莊體悟自然，以自由無礙的心靈觀照萬物，勘破生死。北江詩因爲這種特質，於詩史上應有一個特殊的位置。《荷戈》、《賜環》兩集置之於整個中國詩史之中也因其開創性與獨特性而有一定地位。

第二節，論洪亮吉征戍歸來、終老江南的詩作。這時期的詩作在意象、詩境的開創上已不如從前，可以說是洪亮吉山水詩的衰退期。但洪亮吉對名山勝水「舊地重遊」與「初度登臨」所留下的詩歌，也存在著與從前諸作不同的特質。「舊地重遊」部分如重遊焦山、天台赤城山所留下來的作品，往往能將山水之美與老者智慧、胸襟結合，形成一種帶有理趣與哲理思維的「老境」。詩人徜徉於山水之間，使歷經風霜的心靈得以平靜。至於一些「初度登臨」的詩作，我們發現詩人對山川的狂熱從未因年紀老大而衰退，他還是鍾情於歌詠廬山、武夷山等地。縱使這些詩作已不能突破以往的成就，但詩人還是憑藉著豐富的創作經驗，適當的調整其寫作技法，捕捉大自然的各種面貌。

第五章，論洪亮吉山水詩的寫作技法。第一節，論洪亮吉對「山水、風雲、竹石、花草、雪霜、星月、禽鳥」等自然意象的塑造與應用。首論名詞意象物性的強調。這部分從數字的應用與色彩的鋪設兩方面來談。數字應用在北江詩中相當普遍，其使用的情形可以歸類成「數詞＋名詞」、「數詞＋量詞＋名詞」與「名詞＋數詞＋量詞」三種短語句型。普遍的應用數字卻不失堆垛呆板，是因爲詩人對數詞與量詞的琢磨與其他細膩的修辭策略。色彩鋪設部分，洪亮吉山水詩可以說是各種顏色相互搭配，但以青綠色系出現頻率最高。在技巧上，或以「顏色字置第一字，卻引實字來」之詩藝鋪采、或隨意點染巧妙生姿，整體來說可以說是將顏色字精簡使用而凸顯視覺意象，亦能反覆使用卻不害其審美效果。

次論意象與意象間「動態的演示」。蓋洪亮吉自云其詩如「急湍峻嶺，殊少迴旋」，筆者以爲此種詩風的形成除了是詩句語義直截無隱外，亦與北江長於表現詩中「力的轉移」有關。關於動態的演示，筆者從動詞的提煉與擬人之手法兩方面談。洪亮吉在動詞的鍛鍊上最下工夫，以豐富的修辭技巧來提煉動詞，在整齊的句型中形成詩句「警策」的效果。在參差的句型中，亦藉由動詞的此起彼落，掌握大自然「力的轉移」，搭配詩歌節奏的生動，而形成奔放的詩風。擬人手法部分，「欲」、「迎」、「引」、「爭」、「鬥」、「戀」等動詞是北江使用頻率較高的。這些動詞的擬人效用拉近了物我之間的距離，也呈現了詩人伉爽有志節、熱愛大自然的個性。

三論洪亮吉詩中物我兩涉的意象。筆者以爲，北江詩作中的意象大部分都是「直陳其事」，但「松」、「禽」兩意象卻是例外，有隱喻或象徵的功能。洪亮吉寫「松」，繼承了傳統「以松比德」的概念。詩中的「松」總是站在最高最奇的地方，展現最孤挺的姿態，以松作爲自己的投射。至於「禽」之意象，詩人總以鷙鳥的烈性來反襯「松」與「人」生命強度，富有道德之性的「松」與「人」在詩境的空間位置總高過僅有氣質之性的「禽鳥」一個層次，藉由「松」、「禽」兩豐富意涵之意象的並陳以表現儒家精神的光輝。

第二節，論洪亮吉詩句篇章的行布，從五古、七古歌行、近體分別論之。五古部分，章法等結構接近謝靈運，起頭兩句到四句具有記遊之性質，點明此詩的時空，續以兩句到四句爲一單位，以白描手法爲主交代「一個動作」或呈現山水一景，詩末結尾則回應詩題或回顧詩首。句法表現上，有時則以古文筆法之虛字虛詞入詩，避免過於對仗而風格近似律體。格律用韻方面，是以唐韻爲原則，有時用五平五仄，以破壞因詩中對仗形成的「近體味」。在風格上，則師法杜甫力求多樣，但實際創作中，還是以奇警雄健的詩作數量較多，表現得也較出色。

七古與歌行部分，句法、章法似李白靈動活潑。洪亮吉七古、歌行的特色在於活用雜言，以三言之短促、四言之嚴整、長句之拗口，設計出巧妙的詩歌節奏以表現山水諸景萬種變化。格調用韻上，以唐韻爲主，多用仄韻來表現詩中山水的險峭之境。風格上，則多爲陽剛、奔放之作。

近體部分，成就較低。章法上大抵合乎傳統詩論所謂的「起承轉合」，但有時也善用組詩的方法，集合數首甚至數十首絕句來敘事紀實。格調用韻上，所犯聲病頗多，有明顯的缺失。雖不乏清新明朗之作，一些律詩也頗具可讀性，但整體而言還是遜於古體。

第三節，論詩境中的時空意識與物我關係。首論時空意識，洪亮吉對山水景物較少定向定點的描摹，而是處於持續的動態之中，故詩中之景物表現，在空間上的轉換較強。詩人常以方位詞，以自我身體的經驗作爲中心，藉由行旅過程讓多重或迴旋的視點表現山水的空間位置。詩境空間裡山水諸景的位置，詩人總強調高低起伏的對比，以「俯仰」呈現空間的高遠之美。在整體空間順序表現上則多以斜行的跳躍，重視「行旅」、「遊覽」動作爲空間所帶來的律動感。北江對空間的安排也表現出他的時間意識，因爲詩中時間與空間是交融的。他對詩中時間總是交代得明確且「順時序」，像電影一般再現其完整的行旅經驗。

次論詩中之物我關係。以王國瓔論中國山水詩歸納出的「相即相融」、「若即若離」與「或即或離」三種典型探討北江詩。我們發現，「相即相融」之典型極少，在入黔諸作的絕句中可以找到一些。這與洪亮吉入主詞館後與法式善等人論詩涉及「詩中有我／無我」之議題有關。至於詩人深入山水的所作之「組詩」，因爲「步步不忘我是遊山人」，雖然純粹的表達審美經驗，但不能拋去「遊歷的姿態」，是以物我之間的關係是「若即若離」的。北江絕大多數的山水詩爲了表現「性情」，主體的情感與哲思就介入了審美經驗，與大自然的關係多是「或即或離」。

藉由各個層面的探討所得到的結果，我們已能掌握洪亮吉山水詩的繼承與開拓、長處與缺失。從詩史的角度來看洪亮吉，他不追求王漁洋神韻山水詩沖淡的審美趣味，反而以一種積極的生命精神表達山水之美。北江詩歌的內涵特質，相信是詩人之性情完整的呈現於詩作，並非單純藉由師法前賢如東坡等人的詩作可以達到的。洪亮吉以性情塗抹山川，正如袁枚、趙翼等性情詩人，爲乾嘉山水詩打開了新的局面。他充滿「眞氣」、「奇氣」的山水詩，可與張問陶的詩作比肩。

洪亮吉在內涵上講性情重獨創，但不廢轉益多師之原則。在寫作技法部分，五古鉅細靡遺之舖寫學大謝、七古和歌行奔放的筆法學李白、奇而有理的筆法私淑岑參。相信北江也是承受吸收了這些豐富偉大的文學傳統，才有健全的詩藝與遼闊的眼界，使其寫黔貴清峻山川、西域浩瀚風光的詩篇達到唐宋詩人未及之境界，在詩史上特別具有開創性。

洪亮吉山水詩的短處，整體而言，不足之處主要有四：（一）詩作的內涵較不深刻；（二）某些意象與結構重複出現；（三）近體詩作較弱；（四）風格比較單一。但這些短處也使詩人洪亮吉的長處更爲明顯。他的長處如：（一）善用古體、歌行展現豐富且奔放的詩思；（二）以陽剛的風格再現山川的壯美；（三）詩中深刻而爽朗的將個人情感與自然之美結合，形成獨具一格的性情山水詩。

除了前文對研究成果的報告外。洪亮吉詩的研究還有一些課題有待耕耘，蓋北江在處理詩境空間上，總以自我身體的經驗作爲中心，藉由行旅過程讓多重或迴旋的視點表現山水的空間位置。那麼，除了以傳統的批評視野剖析文本，透過強調「譬喻」由「肉身經驗」與「文化傳承」而來的認知語言學來探討洪亮吉的山水詩，或許更能挖掘出一些有趣的現象，提出更具科學性的論述。一年時光、十萬文字，但求對洪亮吉詩的研究成果，稍有補苴罅漏之功。然限於學力，拙文難免粗疏，尚祈方家不吝斧正。

附　錄

附錄一　授經堂本《附鮚軒詩》、《卷施閣詩》、《更生齋詩》及《更生齋詩續集》創作時間表〔註1〕

分集名稱	創作時間
《附鮚軒詩》八卷	
卷一：《機聲鐙影集》	亮吉十三至二十歲作（1758～1765）
卷二：《采石敬亭集》	二十四至二十七歲作（1769～1772）
卷三：《黃山白嶽集》	二十七、二十八歲作（1772～1773）
卷四：《長淮清潁集》	二十七、二十八歲作（1772～1773）
卷五：《桐廬林屋集》	二十九歲作（1774）
卷六：《鍾阜蜀岡集》	三十歲作（1775）
卷七：《茅峰攝山集》	三十、三十一歲作（1776～1777）
卷八：《天台雁蕩集》	三十一歲作（1776）
《卷施閣詩》二十卷	
卷一：《傭書東觀集》	三十四至三十五歲作（1779～1780）
卷二：《憑軾西行集》	三十六、三十七歲作（1781～1782）
卷三：《仙館聯吟集》	三十六至三十八歲作（1781～1783）
卷四：《官閣圍爐集》	三十七歲作（1782）
卷五：《太華淩門集》	三十七、三十八歲作（1782～1783）
卷六：《中條太行集》	三十八、三十九歲作（1783～1784）

〔註1〕本表參考的材料除洪亮吉詩文集外，主要有：〔清〕呂培、今人林逸、嚴明和陳金陵各家之洪亮吉年譜，與丁蘊琴之「洪亮吉詩集創作時間表」。

卷七：《緱山少室集》	四十至四十三歲作（1785～1788）
卷八：《靈巖天竺集》	四十一至四十四歲作（1786～1789）
卷九：《西苑祝釐集》	四十五、四十六歲作（1790～1791）
卷十：《祕閣研經集》	四十六歲作（1791）
卷十一：《五陘聯騎集》	四十六、四十七歲作（1791～1792）
卷十二到十四：《黔中持節集》	四十七至四十九歲作（1792～1794）
卷十五：《關嶺衝寒集》	四十九、五十歲作（1794～1795）
卷十六：《蓮臺消暑集》	五十歲（1795）
卷十七：《回舟百嶠集》	五十、五十一歲作（1795～1796）
卷十八：《侍學三天集》	五十二歲作（1797）
卷二九：《全家南下集》	五十三歲作（1798）
卷二十：《單車北上集》	五十四歲作（1799）
《更生齋詩》八卷	
卷一：《萬里荷戈集》	五十四、五十五歲作（1799～1800）
卷二：《百日賜環集》	五十五歲作（1800）
卷三：《山椒避暑集》	五十六歲作（1801）
卷四：《滬瀆消寒集》	五十六歲作（1801）
卷五：《箬嶺授經集》	五十七歲作（1802）
卷六：《蠡河傷逝集》	五十七、五十八歲作（1802～1803）
卷七：《西圃疏泉集》	五十八歲作（1803）
卷八：《北郊種樹集》	五十八歲作（1803）
《更生齋詩續集》十卷	
卷一	五十九歲作（1804）
卷二：《天台石梁集》	六十歲作（1805）
卷三：《匡盧九江集》	六十歲作（1805）
卷四：《徑山大滌集》	六十一歲作（1806）
卷五：《武夷九曲集》	六十一歲作（1806）
卷六	六十二歲作（1807）
卷七	六十二歲作（1807）
卷八	六十三歲作（1808）
卷九	六十三歲作（1808）
卷十	六十四歲作（1809）

附錄二　《北江詩話》與《梧門詩話》論述相近之條目

《北江詩話》最早有張詩舲四卷本、李云生二卷本與周霽堂六卷本，其中周刻本乃爲足本。咸豐四年伍崇曜《粵雅堂叢書》本，乃以張刻本之四卷與洪齮生續刻其父《北江詩話》五、六兩卷合刊。洪用懃授經堂刻本中的《北江詩話》六本，乃以周刻本爲底本校定而成。本表所用之《北江詩話》爲〔清〕洪亮吉著，劉德權點校：《洪亮吉集》（北京：中華書局，2001 年）本。《梧門詩話》今存大陸國家圖書館藏清進學齋十二卷本、臺灣中央圖書館藏法式善手定稿本（全本）。本表所用之《梧門詩話》，乃張寅彭、強迪藝編校：《梧門詩話合校》（上海：鳳凰出版社，2005 年）。此本以十六卷本爲底本，並保存十二卷本之不同處。

《北江詩話》	《梧門詩話》
論　詩　人	
一、論施朝榦、任大椿	
太僕朝榦之詩古茂……侍御大椿詩淒麗……太僕詩，以四言五言爲最，次則歌行，即近體亦別出杼軸，迴不猶人。讀其詩可以知其品也。五言《哭亡婦》云：「白水貧家味，紅羅舊日衣。」七言《志感》云：「委蛇歲月羞言祿，寂寞功名稱不才。」何婉而多風若此！侍御於三《禮》最深，所著《深衣考》等，禮家皆奉爲法度。故其詩亦長於考證，集中金石及題畫諸長篇是也。然終不以學問掩其性情，故詩人、學人可以並擅其美。猶記其《送友》一聯云：「無言便是別時淚，小坐強於去後書。」情至之語，余時時喜誦之。（卷五，頁 2297。）	詩有情餘於言者。余最愛施小鐵太常朝榦《悼亡》：「白水貧家味，紅蘿舊日衣。」二語絕無傷悼字面，深於傷悼矣。（卷一，頁 39。） 任子田《別友》云：「無言便是別時淚，小坐強於去後書。」……能令讀者黯然傷神。（卷五，頁 151。）
二、論畢沅	
畢宮保沅詩，如洪河大川，砂礫雜出，而渾渾淪淪處，自與眾流不同。平生所能，歌行最佳，次則七律。憶其《荊州水災記事》云「劈空斧落得生門」，又云「人鬼黃泉爭路入，蛟龍白日上成遊」，	詩有氣象，乙巳、丙午間，畢尚書秋帆撫河南，以亢旱得雨，集同人爲《喜雨》詩，詩多佳者。先生一聯云：「五更驟入清涼夢，萬物平添歡喜心。」詞氣自與諸人不同。

眞景亦可云奇景。至《河南使署喜雨》詩云：「五更陡入清涼夢，萬物平添歡喜心。」則又民物一體，不愧古大臣心事矣。（卷一，頁 2250。）	（卷二，頁 71。）
三、論管世銘	
管侍御世銘，以制舉文得名。然所作詩，實出制舉文之上。記其《漢茂陵》一律云：「要使天驕讐漢旌，登臺絕幕橫遠行。雄心晚爲泉鳩悔，萬命先因宛馬輕。獨攝衣冠容汲直，不留弓劍待蘇卿。凄涼玉怨人間出，起告曾無同舍生。」神完氣足，非僅以格調見長者。（卷一，頁 2250。）	管侍御世銘詩極工，歌行尤淩厲一世，爲制藝所掩，不知其詩實出制藝上也。《詠漢武帝茂陵》云：「雄心晚爲泉鳩悔，萬命先因宛馬輕。獨攝衣冠容汲直，不留弓劍待蘇卿。」《高帝長陵》云：「上巳嘉平秦歲月，大風鴻鵠漢文章。一抔俯盡英雄首，偏使儒生有短長。」可謂雅鍊。（卷七，頁 229。）
四、論嚴長明	
嚴侍讀長明詩，致清遠善，能借古人意境轉進一層，記其在《秦中消寒四集同詠蠟梅》句云：「幾時過小雪，一樹恰斜陽。」可云工巧。然生平不能造意造句，是以尙難方駕古人。（卷四，頁 2294。）	嚴侍讀長明詩思新穎，又善運用古人成句，略一轉移，愈覺生新。記其《詠臘梅》云：「幾時過小雪，一樹卻斜陽。」（卷七，頁 230。）
五、論孫星衍	
孫兵備星衍少日詩才爲同輩中第一。如集中「千杯酬我上北邙」等十數篇，求之古人之中亦不多得。小詩亦凄艷絕倫，如《夜坐詠月》云：「一度落如人小別，片時圓比夢難成」；《廣陵客感》云：「紅燭照顏年少去，碧山回首昔遊非。」讀之令人惘惘。中年以後，專研六書訓詁之學，遂不復作詩。即間有一二篇，亦與少日所作如出兩手矣。（卷一，頁 2249。）	淵如少歲詩筆最佳。稚存於友人處見其一篇，嘆爲奇絕，因與定交。嗣後，兩人蹤跡出入，類無不偕。壯歲後，皆留意經史之學，稚存猶間作詩，淵如則幾絕響矣。然少年之作，尙足以冠絕流輩。如《宿江上》云：「波心月出天蕩搖，欲上不上知天高。」《偕婦登岸步月》云：「一風吹衣映空碧，欲立溪水行青天」《偶成》：「新叢生枝故改色，君看今夕非前夕。」《花下獨飲》：「繞花百匝枝在身，醉影貼地疑花魂。」近體云「獨雀度雲影，一星爭月光」、「欲看白霧縈天末，便有空江落眼前」。《詠月》云：「一度落如人小別，片時圓比夢難成」此例數十篇，皆能獨到。（卷七，頁 232。）

<table>
<tr><td colspan="2">六、論呂星垣</td></tr>
<tr><td>呂司訓星垣詩，好奇特，不就繩尺，曾用七陽全韻作柏梁體見貽，多自三四百句。末兩句云：「乾坤生材厚中央，前後萬古不敢望」。頗極奇肆，然古人無此例也……（卷一，頁 2251）</td><td>呂學博星垣詩尚奇險，所謂「語不驚人死不休」者。其贈稚存長歌一篇，末云：「乾坤生才厚中央，前後萬古不敢望。」可謂一語抵人千百……（卷七，頁 233。）</td></tr>
<tr><td colspan="2">七、論楊白雲</td></tr>
<tr><td>吾鄉「六逸」詩，惟楊起文宗發天分最高，故所爲詩，亦度越流輩。錄其《春日飲友人花下》云：「桃花已紅顏，李花已白首。鮑家復値湯惠休，千載風流一杯酒。綠煙滿堂吹不開，明月欲去花徘徊。人間到底不能別，除是襄陽醉裏回。」無意學太白，而神致似之。（卷四，頁 2292。）</td><td>常州六逸，詩以楊白雲爲第一，其至者與太白如出一手。記其一篇云：「桃花已紅顏，李花已白首。鮑家復値湯惠休，千載風流一杯酒。綠煙滿堂吹不開，明月欲去花徘徊。人間到底不能別，除是襄陽醉裏回。」（卷七，頁 233。）</td></tr>
<tr><td colspan="2">八、論張本</td></tr>
<tr><td>「生不並時恨我晚，死無他恨惜公遲。」查編修慎行過紅豆山莊也。近湖北張明經本，有《題袁大令小倉山房集後》云：「奄有眾長緣筆妙，未臻高格恨才多。」同一用意，而各極其妙。（卷一，頁 2256。）</td><td>張明經本楚北人，肄業太學，工詩。常記其《題袁簡齋太史集後》云：「奄有眾長緣筆妙，未臻高格恨才多。」恰合此老身分。（卷十二，頁 364。）</td></tr>
<tr><td colspan="2" align="center">論　詩　作　主　題</td></tr>
<tr><td colspan="2">一、論遊山詩</td></tr>
<tr><td>遊山詩，能以一兩句檃括一山者最寡。孟東野《南山》詩云：「南山塞天地，日月石上生。」可云善狀終南山矣。近日畢尚書沅《登華山》云：「三峰三霄通，一嶽一石作。」余丙午歲《遊嵩高山》云：「四面各萬里，茲山天當中。」或庶幾可步武東野。（卷三，頁 2292。）</td><td>袁子才令陝西，日登華山。《青柯坪詩》云：「白日死崖上，黃河生樹梢。」奇境奇語，可與孟東野「南山塞天地，日月石上生」句併傳。（卷一，頁 53。）
遊山之作有一二語可以包括一山並不能移至他處者，如畢尚書華山詩「三峰三霄通，一嶽一石作。」洪編修嵩山詩「四面各萬里，茲山天當中。」又云「赤日照上方，正如心在胸。」則婦豎皆可以知嵩華二山矣。具此才力方許作五嶽詩。（卷七，頁 233。）</td></tr>
</table>

其　　他	
一、論當代金山詩	
近人作金山詩，五言以方上舍正澍『萬古不知地，全山如在舟』二語爲最；七言以童山人鈺『重疊樓臺知地少，奔騰江海覺天忙』二語爲最。」（卷二，頁2269。）	詠金山詩集多。方子雲「全山如在舟」、石遠梅鈞「帆回四面盡樓台」二語，確切不移。遠梅，吳縣人，著《清素堂詩文集》、《清閣詩鈔》、《西莊選》。（卷七，頁211。）

參考書目

一、古籍部分（據朝代先後，姓氏筆劃排列）

（一）洪亮吉詩文集（依出版時間排列）

1. 〔清〕洪亮吉：《洪北江詩文集》，臺北：世界書局，1964 年。
2. 〔清〕洪亮吉著，〔清〕洪用懃編：《洪北江（亮吉）先生遺集》，臺北：華文書局，1969 年，光緒三年（1877）年授經堂影印本。
3. 〔清〕洪亮吉：《卷施閣集》，收入沈雲龍主編：《近代中國史料叢刊》，臺北：文海出版社，1975 年。
4. 〔清〕洪亮吉：《洪北江詩文集》，收入王雲五主編：《四部叢刊正編》，臺北：商務印書館，1979 年，據上海商務印書館縮印北江遺書本。
5. 〔清〕洪亮吉著，陳邇冬校點：《北江詩話》，北京：人民文學出版社，1980 年。
6. 〔清〕洪亮吉：《卷施閣集》，收入《四部備要》，臺北：中華書局，1981 年。
7. 〔清〕洪亮吉：《更生齋集》，收入《四部備要》，臺北：中華書局，1981 年。
8. 〔清〕洪亮吉著，劉德權點校：《洪亮吉集》，北京：中華書局，2001 年。
9. 〔清〕洪亮吉：《漢魏音》，收入《續修四庫全書》，上海：上海古籍出版社，2002 年，據清乾隆五十年（1785 年）刻本影印。
10. 〔清〕洪亮吉：《更生齋集》，收入《續修四庫全書》，上海：上海古籍出版社，2002 年，據清光緒三年（1877）洪氏授經堂刻洪北江全集增修本影印。

11. 〔清〕洪亮吉：《北江詩話》，收入《續修四庫全書》，上海：上海古籍出版社，2002 年，據清光緒三年（1877）洪氏授經堂刻增修本影印。

（二）其他詩文總集、別集（依作者朝代先後，作者姓氏筆劃排列）

1. 〔唐〕白居易：《白居易集》，臺北：里仁書局，1980 年。
2. 〔唐〕杜甫著，〔清〕仇兆鰲注：《杜詩詳註》，臺北：漢京文化事業有限公司，1984 年，據四部刊要本排印。
3. 〔唐〕杜甫著，〔清〕楊倫箋注：《杜詩鏡銓》，上海：上海古籍出版社，1998 年。
4. 〔唐〕李賀著，楊家駱編：《李賀詩注》，臺北：世界書局，1996 年。
5. 〔宋〕陸游著，錢仲聯校：《劍南詩稿校注》，上海：上海古籍出版社，1985 年。
6. 〔清〕李慈銘：《白華絳柎閣詩集》，收入《續修四庫全書》，上海：上海古籍出版社，2002 年，據上海圖書館藏清光緒十六年（1890）刻越縵堂集本影印。
7. 〔清〕沈德潛：《唐詩別裁集》，香港：中華書局，1977 年。
8. 〔清〕沈德潛選，王雲五編：《清詩別裁》，臺北：臺灣商務印書館，1974 年。
9. 〔清〕法式善：《存素堂詩初集錄存》，收入《續修四庫全書》，上海：上海古籍出版社，2002 年，據中國科學院圖書館藏清嘉慶十二年（1807）王墉刻本影印。
10. 〔清〕孫星衍：《芳茂山人詩錄》，北京：中華書局，1985 年，據平津堂叢書本排印。
11. 〔清〕袁枚著，王英志主編：《小倉山房文集》卷 19，收入《袁枚全集》，南京：江蘇古籍出版社，1993 年。
12. 〔清〕袁枚著，王英志主編：《小倉山房續文集》卷 31，收入《袁枚全集》，南京：江蘇古籍出版社，1993 年。
13. 〔清〕翁方綱：《復初齋文集》，收入《續修四庫全書》，上海：上海古籍出版社，2002 年，據清李彥章校刻本影印。
14. 〔清〕清聖祖敕撰，〔清〕曹寅、彭定求等輯：《全唐詩》（北京，中華書局，1985 年）。
15. 〔清〕黃景仁：《兩當軒全集》，上海，上海古籍出版社，1983 年。
16. 〔清〕趙翼著，華夫編：《趙翼詩編年全集》，天津：天津古籍出版社，1996 年。

17. 〔清〕錢維喬：《竹初文鈔》，收入《續修四庫全書》，上海：上海古籍出版社，2002 年，據上海辭書出版社圖書館藏清嘉慶刻本影印。

（三）文學批評著作（依作者朝代先後，作者姓名筆劃排列）

1. 〔齊〕劉勰著，王更生注譯：《文心雕龍讀本》，臺北：文史哲出版社，1999 年。
2. 〔齊〕劉勰著，范文瀾註：《文心雕龍註》，臺北：學海出版社，1980 年。
3. 〔梁〕鍾嶸：《詩品》，收入〔清〕何文煥編：《歷代詩話》，北京：中華書局，2004 年。
4. 〔宋〕范晞文：《對床夜語》，收入《百部叢刊集成》，臺北：藝文印書館，1966 年，轉印《知不足齋叢書本》。
5. 〔宋〕歐陽脩：《六一詩話》，收入〔清〕何文煥編：《歷代詩話》，北京：中華書局，2004 年。
6. 〔宋〕魏慶之：《詩人玉屑》，臺北：世界書局，1992 年。
7. 〔元〕范梈：《木天禁語》，收入〔清〕何文煥編《歷代詩話》，北京：中華書局，2004 年。
8. 〔元〕楊載：《詩法家數》，收入〔清〕何文煥編《歷代詩話》，北京：中華書局，2004 年。
9. 〔明〕吳訥、徐師曾：《文章明辨序說．文章辨體序說》，臺北：長安出版社，1978 年。
10. 〔明〕胡應麟：《詩藪》，臺北：廣文書局，1973 年。
11. 〔明〕許學夷著，杜維沫校點：《詩學辯體》，北京：人民文學出版社，1987 年。
12. 〔清〕毛先舒：《詩辨坻》，收入郭紹虞編選，富壽蓀校點《清詩話續編》，上海：上海古籍出版社，1983 年。
13. 〔清〕方東樹：《昭昧詹言》，臺北：漢京文化事業有限公司，1985 年。
14. 〔清〕王士禎：《師友詩傳續錄》，收入丁福保編《清詩話》，臺北：木鐸出版社，1988 年。
15. 〔清〕王夫之：《薑齋詩話》，收入丁福保《清詩話》，臺北：木鐸出版社，1988 年。
16. 〔清〕朱庭珍《筱園詩話》，郭紹虞編，富壽蓀點校：《清詩話續編》，上海：上海古籍出版社，1983 年。

17. 〔清〕沈德潛：《說詩晬語》，收入丁福保《清詩話》，臺北：木鐸出版社，1988 年。
18. 〔清〕法式善著，張寅彭、強迪藝編校：《梧門詩話合校》，上海：鳳凰出版社，2005 年。
19. 〔清〕袁枚著，王英志校點：《隨園詩話》，收入《袁枚全集》，南京：江蘇古籍出版社，1993 年。
20. 〔清〕張維屏：《國朝詩人徵略初編》，收入周駿富輯：《清代傳記叢刊》，臺北：明文書局，1985 年。
21. 〔清〕舒位：《乾嘉詩壇點將錄》，收入沈雲龍主編：《近代中國史料叢刊續輯》臺北：文海出版社，1974 年。
22. 〔清〕葉燮《原詩》，收入丁福保《清詩話》，臺北：木鐸出版社，1988 年。
23. 〔清〕錢木庵：《唐音審體》，收入丁福保：《清詩話》，臺北：木鐸出版社，1988 年。
24. 〔清〕錢詠：《履園譚詩》，收入丁福保：《清詩話》，臺北：木鐸出版社，1988 年。
25. 〔清〕劉熙載：《藝概》（臺北：華正書局，1988 年）。

（四）其他資料（依作者姓名筆劃排列）

1. 〔清〕江藩：《漢學師承記》，收入周駿富輯：《清代傳記叢刊》，臺北：明文書局，1985 年。
2. 〔清〕呂培等編：《洪北江先生年譜》，臺北：廣文書局，1971 年。
3. 〔清〕張玉書等奉敕纂：《康熙字典》，臺北：文化圖書出版社，1994 年，影印同文書局本。
4. 〔清〕清仁宗敕撰：《大清一統志》，收入《四部叢刊續編》，上海：上海書店，1984 年。
5. 〔清〕顧祖禹《讀史方輿紀要》，臺北：新興書局，1981 年，影印光緒五年（1879）敷文閣本

二、近人著作（依作者姓氏筆劃排列）

1. 丁福保編：《清詩話》，臺北：木鐸出版社，1988 年。
2. 丁成泉：《中國山水詩史》，臺北：文津出版社，1995 年。
3. 丁放：《金元明清詩詞理論史》，合肥：安徽大學出版社，2001 年。
4. 仇小屏：《古典詩詞時空結合的設計》，臺北：文津出版社，2001 年。

5. 王力：《漢語詩律學》，上海：上海教育出版社，2005 年。
6. 王易：《詞曲史》，南京：江蘇教育出版社，2005 年。
7. 王建元：《現象學與中西雄渾觀》，臺北：東大圖書出版公司，1982 年。
8. 王英志：《袁枚與隨園詩話》，臺北：萬卷樓圖書有限公司，1993 年。
9. 王英志：《清人詩論研究》，南京：江蘇古籍出版社，1986 年。
10. 王國瓔：《中國山水詩研究》，臺北：聯經出版事業公司，1986 年。
11. 白振奎：《陶淵明謝靈運詩比較研究》，上海：上海辭書出版社，2006 年。
12. 朱立元、李均編：《二十世紀西方文論選》，北京：高等教育出版社，2002 年。
13. 朱光潛：《文藝心理學》，臺北：開明書局，1999 年。
14. 何耀宗：《色彩基礎》，臺北：東大圖書有限公司，1982 年。
15. 李曰剛：《中國詩歌流變史》，臺北：文津出版社，1987 年。
16. 李文初等著：《中國山水詩史》，廣東：廣東高等教育出版社，1991 年。
17. 李文初等著：《中國山水文化》，廣東：廣東人民出版社，1993 年。
18. 李清筠：《時空情境中的自我影像》，臺北：文津出版社，1990 年。
19. 孟森：《清代史》，臺北：正中書局，1970 年。
20. 尚小明：《清代士人遊幕表》，北京：中華書局，2005 年。
21. 吳宏一：《清代詩學初探》，臺北：臺灣學生書局，1986 年。
22. 吳宏一主編：《清代詩話考述》，臺北：中央研究院中國文哲研究所，2006 年。
23. 林文月：《山水與古典》，臺北：三民書局，1996 年。
24. 林逸，《洪亮吉（北江）及其人口論》，臺北：商務印書館，1979 年。。
25. 林逸：《清洪北江先生年譜》，臺北：臺灣商務印書館，1981 年。
26. 林書堯：《色彩認識論》，臺北：三民書局，1995 年。
27. 俞崑編：《中國畫論類編》，臺北：華正書局，1984 年。
28. 洪順隆：《六朝詩論》，臺北：文津出版社，1985 年。
29. 柯愈春：《清人詩文總集總目提要》，北京：北京古籍出版公司，2002 年。
30. 柳詒徵：《中國文化史》，上海：上海書店，1947 年據正中書局影印本。

31. 唐圭璋：《全宋詞》，北京：中華書局，1986 年。
32. 徐世昌：《晚晴簃詩匯》，收入《續修四庫全書》，上海：上海古籍出版社，2002 年，據民國十八年（1929）退耕堂刻本影印。
33. 高友工：《中國美典與文學研究論集》，臺北：國立臺灣大學出版中心，2004 年。
34. 張惟驤：《毘陵三種》，臺北：鼎文書局，1978 年。
35. 張夢機：《近體詩發凡》，臺北：中華書局，1984 年。
36. 張夢機：《古典詩的形式結構》，臺北：駱駝出版社，2001 年。
37. 張健：《詩話與詩》，臺北：五南出版社，2002 年。
38. 梁啓超：《近三百年學術史》，臺北：華正書局，1994 年。
39. 梁啓超：《近代學風之地理的分布》，臺北：臺灣中華書局，1971 年。
40. 葛曉音：《山水田園詩派研究》，瀋陽：遼寧大學出版社，1993 年。
41. 郭紹虞：《中國文學批評史》，臺北：五南圖書出版公司，2003 年。
42. 郭紹虞編，富壽蓀校：《清詩話續編》，上海：上海古籍出版社，1983 年。
43. 陶文鵬、韋鳳娟主編：《靈境詩心——中國古代山水詩》，南京：鳳凰出版社，2004 年。
44. 陳金陵：《洪亮吉評傳》，北京：中國人民大學出版社，1995 年。
45. 陸文虎編：《管椎篇談藝錄索引》，北京，中華書局，1994 年。
46. 黃永武：《中國詩學．思想篇》，臺北：巨流出版社，1979 年。
47. 黃永武：《中國詩學．設計篇》，臺北：巨流出版社，1992 年。
48. 黃逸之：《清黃仲則先生年譜》，臺北：臺灣商務印書館，1980 年。
49. 黃葆樹等編：《黃仲則研究資料》，上海：上海古籍出版社，1986 年。
50. 楊伯峻：《列子集釋》，北京，中華書局，1985 年。
51. 歐麗娟：《杜詩意象論》，臺北：里仁書局，1997 年。
52. 蔣寅：《清詩話考》，北京：中華書局，2007 年。
53. 蔡鎭楚：《中國文學批評史》，北京：中華書局，2006 年。
54. 錢鍾書：《談藝錄》，北京：中華書局，1984 年。
55. 錢仲聯主編：《清詩紀事》，南京：江蘇古籍出版社，1989 年。
56. 劉月華、潘文娛、故韡等著：《實用現代漢語語法》，臺北：師大書苑有限公司，2004 年。
57. 劉世南：《清詩流派史》，臺北：文津出版社，1995 年。

58. 劉若愚著，杜國清譯：《中國詩學》，臺北：幼獅文化事業公司，1983年。
59. 瞿同祖著，范忠信等譯：《清代地方政府》，北京：法律出版社，2003年。
60. 蕭一山：《清史》，臺北：中華文化出版事業委員會，1952年。
61. 蕭一山：《清代通史》，臺北：臺灣商務印書館，1985年。
62. 羅宗濤等著：《中國詩歌研究》，臺北：中央文物供應社，1985年。
63. 羅尚：《古典詩形式說》（此書爲作者自印）。
64. 嚴明：《洪亮吉評傳》，臺北：文津出版社，1993年。
65. 嚴迪昌：《清詩史》，杭州：浙江古籍出版社，2002年。
66. 〔日〕青木正兒著，陳淑女譯：《清代文學批評史》，臺北：臺灣開明書店，1991年。
67. 〔日〕松浦友久著，孫昌武等譯：《中國詩歌原理》，臺北：洪葉文化事業有限公司，1993年。
68. 〔加〕諾思羅普・弗萊（Northrop Frye）著，陳慧、袁憲軍、吳偉仁譯：《批評的剖析》，天津：百花文藝出版社，1998年。
69. 〔英〕燕卜蓀（W.Empson）著，周邦憲、王作虹、鄧鵬譯：《朦朧的七種類型》，杭州：中國美術學院出版社，1996年。
70. 〔美〕格朗 （Wiffred L. Guerin）編，徐達夫譯：《文學欣賞與批評》，臺北：幼獅文化事業公司，1984年。
71. 〔美〕韋勒克（R.Wellek）等著，王夢鷗譯：《文學論》，臺北：志文出版社，1992年。
72. 〔美〕蘭色姆（J.C.Ranson）等著，王臘寶、張哲譯：《新批評》，南京：鳳凰出版社，2006年。
73. 〔美〕雷可夫（George Lakoff）詹森（Mark Johnson）著，周世箴譯：《我們賴以生存的譬喻》，臺北：聯經出版社，2006年。
74. 〔德〕顧彬（Wolfgang Kubin）著，馬樹德譯：《中國文人的自然觀》，上海：上海人民出版社，1990年。

三、學位論文（依作者姓氏筆劃排列）

1. 付大軍：《洪亮吉論》，長春：吉林大學古代文學碩士論文，2007年4月。
2. 何映涵：《柳宗元山水詩之研究》，臺北，國立臺灣大學中文系碩士論文，2007年7月。

3. 吳德玲：《洪亮吉〈意言〉研究》，臺中：國立中興大學中文系碩士論文，1996 年 6 月。
4. 林秀珍：《宋詩中的松意象》，高雄：國立中山大學中文系碩士論文，2003 年 12 月。
5. 邱林山：《洪亮吉詩歌研究》，蘭州：西北師範大學中國古代文學碩士論文，2007 年 7 月。
6. 紀玲妹：《毗陵詩派研究》，南京：南京師範大學文學博士論文，2007 年 4 月。
7. 陳姿吟：《洪北江詩論研究》，高雄：國立高雄師範大學國文系碩士論文，1999 年 6 月。
8. 黃雅歆：《清初山水詩研究》，臺北：輔仁大學中文系博士論文，1998 年 10 月 。
9. 戴俊芬：《洪亮吉《漢魏音》研究》，高雄：國立中山大學中文系博士論文，2006 年 6 月。
10. 楊鳳琴：《孫星衍詩歌研究》，鄭州：鄭州大學文學碩士論文，2006 年 5 月。

四、期刊論文（依作者姓氏筆劃排列）

1. 丁蘊琴：〈洪亮吉評傳〉，《東方雜誌》，第 41 卷第 20 期，1945 年 10 月，頁 60～65。
2. 王文進：〈南朝「山水詩」中「遊覽」與「行旅」的區分——以《文選》爲主的觀察〉，《東華人文學報》，第一期，1999 年 7 月，頁 103～114。
3. 王英志：〈常州“二俊”山水詩論略——洪亮吉的無我之境與黃景仁的有我之境〉，《齊魯學刊》，第 6 期，1997 年 6 月，頁 101～107。
4. 王英志：〈洪亮吉詩論管窺〉，《文學論叢》，第 21 輯，1985 年 2 月，頁 347～365。
5. 王英志：〈袁枚於乾嘉詩壇的影響〉，《揚州大學學報》，第 4 卷第 3 期，2000 年 5 月，頁 20～25。
6. 古添洪：〈記號學中的「解」傾向——兼「解」「構」中西山水詩〉，《中外文學》，第 14 卷第 20 期，1986 年 5 月，頁 98～126。
7. 李中耀：〈洪亮吉對西域壯美山河的吟唱〉，《新疆大學學報（社會科學版），第 28 卷第 2 期，2000 年 6 月，頁 63～67。
8. 李國華：〈試廣論域闊　持論亦時新——讀《北江詩話》〉，《雲南民族學院學報》（哲學社會科學版），第 2 期，1998 年 2 月，頁 67～71。

9. 林逸：〈洪亮吉的學術和藝文〉，《書和人》，第 397 期，1980 年 8 月，頁 1～8。
10. 張修齡：〈洪亮吉與乾嘉詩壇〉，《蘇州大學學報（哲社版）》，第 2 期，1987 年 2 月，頁 72～75。
11. 張麗：〈試論洪亮吉的天山詩〉，《新疆教育學報》，第 21 卷第 1 期，2005 年 3 月，頁 13～16。
12. 曹虹：〈從《北江詩話》看洪亮吉對婦女德藝的評章〉，《中國文學研究》，第 4 期，2002 年 4 月，頁 99～105。
13. 梁爾濤：〈談談毗陵七子形成過程中的家庭因素〉，蘇州：《古典文學知識》，2007 年 1 月，頁 62～66。
14. 梅祖麟、高友工著，黃宣範譯：〈論唐詩的語法、用字與意象（上）〉，《中外文學》，第 1 卷第 10 期，1973 年 3 月，頁 31～63。
15. 梅祖麟、高友工著，黃宣範譯：〈論唐詩的語法、用字與意象（中）〉，《中外文學》，第 1 卷第 11 期，1973 年 4 月，頁 100～114。
16. 梅祖麟、高友工著，黃宣範譯：〈論唐詩的語法、用字與意象（下）〉，《中外文學》，第 1 卷第 12 期，1973 年 5 月，頁 152～169。
17. 陳訓明：〈靈氣歸筆端奇矯得未嘗——洪亮吉旅黔紀遊詩當論〉，《貴州社會科學》，第 2 期，1985 年 2 月，頁 47～51。
18. 陳鵬翔：〈中英山水詩理論與當代中文山水詩的模式〉，《中外文學》第 20 卷第 6 期，1986 年 5 月，頁 96～135。
19. 楊師雅惠：〈山水詩意境中的空間意識——以北宋「三遠」爲例〉，收入《國家科學委員會研究彙刊：人文及社會科學》，第 8 卷第 3 期，1998 年，7 月，頁 399～400。。
20. 雷磊：〈「詩家律令」——「選體」三論〉，收於《湘潭大學學報》（哲學社會科學版），第 28 卷第 4 期，2004 年 7 月，頁 97～101。
21. 蔡靜平：〈論洪亮吉《北江詩話》〉，《中國文學研究》，第 4 期，1996 年 4 月，頁 62～68。
22. 劉兆云：〈洪亮吉萬里荷戈〉，《新疆大學學報（社會科學版）》，第 2 期，1978 年 2 月，頁 34～39。
23. 簡錦松：〈七絕章法結構新論〉，《古典文學》，第 10 集，1988 年 2 月，頁 359～373。。
24. 龔顯宗：〈洪亮吉詩觀〉，《中華詩學》，第 9 卷第 4 期，1973 年 10 月，頁 35～40。
25. 龔顯宗：〈一個學博才高的異人〉，《國文天地》，第 7 卷第 10 期，1992 年 3 月，頁 84～87。